分裂森林
A Forest Divided

晨星出版

特別感謝凱特・卡里

鼠耳—耳朵像老鼠般小的公貓

泥掌—有四個黑腳掌的公貓

（小貓）

梟眼—灰色公貓

礫心—公虎斑貓，胸前有白色斑點

麻雀毛—玳瑁色母貓

鷹羽—棕色公貓

暴皮—灰色公貓，藍色眼睛

露鼻—母虎斑貓，有白色鼻頭和尾間

河波的營地

首領—**河波**—銀色長毛公貓

夜兒—黑色母貓

露珠—毛髮髒亂，滿身疥癬的公貓

風奔的營地

首領—**風奔**—瘦長結實的棕色母貓，黃色眼睛

金雀毛—精瘦的灰色公虎斑貓

灰板岩—灰色母貓

（小貓）

蛾飛—綠色眼睛的母貓

塵鼻—灰色公貓

惡棍貓

星花—金色母貓，綠色眼睛

蕨葉—黑色母貓

斜疤—棕色公虎斑貓

陣營成員

清天的營地

首領—清天—淺灰色公貓，藍色眼睛

葉青—黑白色公貓

快水—灰白色母貓

蕁麻—灰色公貓

荊棘—毛髮豐厚的短毛灰色母貓，淡藍色眼睛

橡毛—紅棕色母貓

粉紅眼—視力不佳的白色公貓

花開—玳瑁相間的母貓

（小貓）

白樺—褐白相間公貓

赤楊—灰白相間母貓

高影的營地

首領—高影—毛髮豐厚的黑色母貓，綠色眼睛

灰翅—毛色光亮的暗灰色公貓，金色眼睛

鋸峰—體型較小的灰色公虎斑貓，藍色眼睛

斑皮—體型嬌小的玳瑁色母貓，金色眼睛

碎冰—灰白色公貓，綠色眼睛

雲點—黑色長毛公貓，白色耳朵，白色胸毛，還有兩隻白色腳爪

閃電尾—黑色公貓

雷霆—薑黃色公貓，琥珀色眼睛，白色大腳爪

冬青—皮毛如針倒豎的母貓

獵場
轟雷路
清天營地

新狩
高岩
轟雷路
高影營地
四喬木
風奔營地
瀑布
河波營地
河流

月光籠罩的山谷裡，貓兒們在橡樹下不安地來回踱步，冷凝的霧氣就像水一般盤旋在他們腳下。

清天站在空地邊緣望著貓兒們，他們身上閃閃發亮，像撒了星光金粉。當他看到守候在另一端的灰翅時，突然心頭一震。他想，**死的比活的還多**，此時他的眼光投向另一端被翻動過不久的土堆，土堆底下躺著的，是曾經與他並肩狩獵的貓兒，他們都戰死在那場戰役中。

貓靈們停下來瞄他一眼，然後又繼續踱步，彼此交頭接耳，喃喃低語。他們頭上的四喬木被風吹得吱嘎作響，霜白的樹枝也被冷風吹得光禿禿。

禿葉季就像狼咬獵物般緊抓著大地不放，清天感到他腳下的土地就如石頭一樣堅硬。難道貓靈就不能召喚他到綠葉季嗎？至少在那裡還有和風吹拂，畢竟這不過是一場夢而已。

一隻銀色的母貓從貓群中現身，踱步向他。「你來了。」

「是的，風暴，我來了。」清天的心再度因哀傷痛了起來，如果當初沒讓她懷著小貓離開森林，那現在他的生活就不一樣了。「為什麼把我叫來？」

風暴的眼神冷冷地盯著他。「我們已經等得不耐煩了。」

等？等什麼？清天還來不及問，山坡上的蕨叢就傳來沙沙作響聲。河波正穿越結霜的樹叢而來，他豐厚的毛在月光下發出銀光，那銀光就這樣一路穿梭，來到谷中空地。

在近一點的一棵橡樹底下，高影眨著眼睛，好像剛睡醒，而雷霆薑黃色的毛髮也在黑暗中發出亮光。貓靈一定把所有首領都叫來了。

清天感覺身後結霜的枯草在晃動，回頭一看，發現風奔正悄悄與他擦身而過。她已經從灰翅那一陣營分裂出去了，貓靈也召喚了她？

清天不安地挪動腳掌，活著的群雄分裂，倒是死的都在一起了。難道非得要靠貓靈才能把他們聚集在一起？

「怎麼樣？」風暴尖銳的喵聲把他從思緒中拉回。

「什麼？」

「我們叫你要像熾烈之星一樣繁衍、擴散出去……」風暴望向活貓。「而你卻還沒有開始，難道你怕了？」

「才沒有！」清天鼓脹起胸膛。「不過我們還可以擴散到哪兒去？我們已經統治了森林和高地，也招募了更多貓。」他想，自上次夢境之後，他自己的族群成長了不少。

「這樣還不夠！」生氣的喵聲從風暴身旁傳來。

清天低頭一看，驚訝得倒退一步，從那毫無畏懼的眼神中他認出了這隻小貓，原以為再也見不到祂了。最後一次看到這隻小貓時，她瘦到皮包骨，連離開襁褓的機會也沒有，就被餓死在山上。而現在的祂，抬頭挺胸、眼神熾熱，纖瘦的身形在星光閃耀下顯露出結實的肌肉。

清天看著他的小妹，喉嚨緊繃。「鬫鳥！」他叫了出來。「是祢！」

「當然是我。」她的黃色眼睛熾熱有神。

「我有話得去跟雷霆講。」風暴這時向清天點頭示意要離開，留下清天和他妹妹單獨在一起。

「看到祢真好——」

鷂鳥打斷清天的話。「你簡直膽小如鼠！」

清天突然僵在那裡，祂還這麼小，竟敢這樣跟他講話？不過……他眉頭深鎖困惑著，祂跟貓靈在一起多久了？雖然看起來像隻小貓，可是卻能見他所不能見。想到這裡，清天感到渾身不自在，難道他的小妹現在比他有智慧？

鷂鳥盯著清天看。「我們上次跟你說話的時候還是綠葉季，不是告訴你要讓貓群繁衍擴散出去，像熾烈之星一樣嗎？看看你，你光說不練！」

「可是我們熬過來了，」清天為自己辯護：「食物那麼少，禿葉季又到了。」

鷂鳥抽動了耳朵說：「你應該為你的子孫，還有你子孫的子孫著想。像是受驚嚇的獵物一樣退縮到山谷和沼澤地，並不會產生更強大的力量。」

清天逼近祂，怒髮直豎。「我沒有退縮！」

「那就用行動證明啊！」鷂鳥毫不畏懼。「跟隨你的心，你的心就能指引你走向回家之路。」

清天皺眉，「要我們回到山上？」

「不是回老家！」

「那是去哪裡？」

「我們不能帶著你們一步一步走，這樣做會削弱你們的力量！所有你們該知道的事都告訴你了。」翩鳥的眼神燒向清天。「現在該是你們自己為自己設想了。」

清天抬頭望去，看到高影正在和月影、鷹衝、寒鴉哭講話；風奔也跟她失去的孩子在一起，用鼻子撫摸他們，寒夜中可以聽見她愉快的低吟聲。「我親愛的孩子，快過來，我們可以在一起的時間不多了。」

雷霆來回踱步，昂首熱切地迎接走向他們的風暴；阿狐、花瓣和冰霜也和河波聚在一起，輕柔的喵聲飛散在風中；幾條尾巴遠的灰翅，正和蔭苔、龜尾講話。他們好像真的都分家了。

「這趟旅程我們是一起走過來的，」清天喃喃自語。「但是現在我們甚至已經不再分享獵物了。」憂傷扯著清天的肚腹。

「這要怪誰呢？」翩鳥怒吼道：「是你背叛了你自己。」

「不是這樣的！」他回嗆。「我已經盡力了！我已經盡我所能要忠於我自己。」

「那麼現在你為什麼孑然一身地站在這裡？」翩鳥質問。「有誰會在乎你？」

清天嚥了一口口水，無話可說。灰翅和他之間的距離突然變得非常遙遠，似乎有大峽谷阻隔在他們中間。到達山谷後，雷霆根本從頭到尾都沒有正眼瞧他一下。他知道為了那場戰役，大家都還在怪他，怪他收留了一眼，最後成為貓群的禍害。他們也曾經想要親近他的，不過是他自己把他們推開。那現在呢？如果清天需要他們，有誰會來嗎？

他看著翩鳥，祂是刻意要傷害他嗎？「祢為什麼要這樣說？」

「清天，你一直跟著你的頭腦走，而不是你的心。」她彈了一下尾巴。「每隻貓都有個家在等他們，你也是一樣。只不過你要自己去追尋，而且要快點找到。」

「那我該怎麼做？」

家在哪裡？要怎麼知道已經找到了？「跟著你的心。」

翩鳥開始從眼前漸漸消失，他僵住了，全身毛髮直豎。**還沒有！**其他的貓靈也逐漸消失，隨著夢境一起淡去，天上的星星、山谷也漸次模糊。

「翩鳥！」清天拚命想要看見祂：「我的心會帶我們去哪兒？」

有誰會在乎你？祂的話一直在清天心中盤旋不去。翩鳥是要他再去跟親族和好嗎？或許要讓貓兒們像熾烈之星一樣繁衍擴散出去，就是要把勢力再度結合在一起，像部族那樣。

此時黑暗淹沒了他，他睜開眼睛。

清天又回到窩裡了。他環視月光照耀下的山谷，他們從森林來時就在這裡紮營。他的毛髮隨著平靜的心情漸漸平復下來。**我了解了！**翩鳥是要他明白當初自己的愚昧，竟然想要脫離貓群自立門戶。

充滿決心的清天，此刻非常清醒，他站起來穿過空地，潛行穿過圍住營地的荊棘叢，奔向森林。星光灑在他身上，他抬頭望天。**現在我了解了，翩鳥！我必須要把貓兒們再度凝聚在一起，這樣我們才能像熾烈之星一樣繁衍擴散出去。**

清天打了個呵欠、伸個懶腰，伸展到前肢微微發顫為止。他望著自己窩穴邊緣，刺骨寒風從那拱形樹根底下竄進來，要是在平常，他可以睡得很安穩，但這寒風把他耳朵給吹得凍僵了，他向外看時還得瞇著眼，才足以對抗迎面而來的寒風。

快水穿過營地，鼓脹起全身的毛來禦寒，嘴裡叼著一隻乾癟的老鼠。白樺和赤楊從低矮蔓生的紫杉底下偷瞄，花瓣收養他們之後，就把他們的窩築在那深綠色的枝葉中。他們的母親被殺死了，對母親的氣味早已不復記憶；現在連花瓣也死在禿葉季之前森林裡蔓延的那場疾病。那時候白樺和赤楊也差點死掉，幸好熾烈之星救了他們。

熾烈之星，清天感到悲從中來，要是星花早點告訴他們就好了，那是唯一能醫治他們的解藥，現在甚至還影響著他們的未來。他站起來甩動全身，這時候白樺和赤楊也衝到快水身邊。

「這是給我們的嗎？」白樺眼神裡充滿希望。

他姊姊赤楊向快水點頭。「如果妳告訴我們在哪找的，我們也可以自己去抓。」

這兩個小傢伙已經快長大了，輕巧敏捷，對狩獵躍躍欲試。清天對他們的成長引以為傲，他很高興當初答應花瓣收養他們。

「別松鼠腦袋了！」快水把老鼠丟下來。「我們可以一起吃，再一起去打獵。」

白樺和赤楊感激地向她眨眼睛。

看著他們俯靠向快水，輪流啃食那隻乾癟的獵物，清天憂心忡忡。獵物實在太少了，很多獵物也都死於那場病，現在森林裡安靜得詭異，就算是禿葉季也不該如此。

清天甩掉一身寒意，跳出睡鋪。清晨他才結束遊蕩，從森林回到窩裡，又累又冷的再度入睡，就在那片刻的休息裡，他又想起那夢境。夢裡，翩鳥要他把貓兒們凝聚在一起，就像熾烈之星一般，也像繞著花心的花瓣。他相信這個夢，因為這夢是有道理的。如果連森林裡都這麼冷了，那麼高處的高地不就更嚴寒了嗎？而且獵物這麼少，高地貓在他們的洞穴裡一定也是飢寒交迫。如果他們能像翩鳥指示的那樣，和我們一起在這樹林的遮蔽下打獵就安全多了。他一定要告訴他們。

或許他們已經知道了？這還是他第一次感到好奇，貓靈是怎麼跟其他貓說的。他燃起一線希望，或許他們已經準備要統一。

他從樹根底下鑽出去，背脊被樹皮刮了好幾下，然後走過冰冷的地面。

蜷伏在冬青樹叢下的粉紅眼半閉著眼抵擋寒風，片片雪花在空中迴旋，飄落在他的毛髮上，他厭煩地抽動了一下尾巴，再把腳緊縮到身體底下。

清天跟他點個頭，然後問：「花開在哪？」

這隻老公貓和那玳瑁白相間的母貓一起來到邊界的時候，空中還掛著一抹新月，那時才剛經歷過與一眼的那場戰役。

「還在睡呢。」粉紅眼回答，說完鼻子還朝冬青樹叢的方向點了一下。樹影底下，清天看到花開的毛髮。這隻年輕的母貓如果醒著是靜不下來的，她總是充滿活力。

清天第一次見到她的時候，她正在樹林裡撲著漫天紛飛的落葉，那時粉紅眼坐在幾條尾巴以外的距離，纖瘦的白尾巴捲著兩隻死老鼠。粉紅眼在清天質問他們為何在邊界徘徊之前，就先站起來開口說：「我們可以投靠你們嗎？」

清天大可把他們兩個趕走，尤其是粉紅眼——他的視力差到連樹上的小鳥都看不見。但是他們尊重清天劃定的邊界，而且服貼著全身毛髮，讓清天感受到他們的善意，因此他們得以加入營地。清天事後也很高興有他們的加入，粉紅眼的視力差，但其他感官卻很靈敏。這隻白公貓能聽到鄰近林地裡老鼠的聲音，聞到野蒜田裡兔子的氣味。

赤楊吃到一半抬起頭來，一片片雪花落在她背上，使得她一身灰白斑點相間的毛髮豎了起來。她舔舔嘴唇，眼光落在粉紅眼抖動的尾巴上。清天見她露出頑皮的眼神，接著就撲過去抓住粉紅眼的尾巴，在那兒翻滾，發出呼嚕呼嚕的聲音，用後腿拚命踢打。

「嘿！」粉紅眼生氣地轉向她。「追妳自己的尾巴去！」

「為什麼？」赤楊的腳掌停在半空中，天真地對他眨眼睛。「我又不是狗！」

粉紅眼氣得瞪著她。「我的尾巴又不是獵物。」

白樺走到他姊姊身邊，一身棕白相間的毛在微曦中發亮。「我還真希望獵物這麼好抓。」他輕聲說道。

老公貓哼了一聲，轉身走到橡樹下的隱蔽處，在那兒兜幾個圈之後坐下，直盯著白樺和赤楊。

營地遠端的荊棘叢圍籬傳來聲響，蕁麻從入口走進來，一身豐厚的灰毛都溼了。橡毛緊跟在後，嘴裡垂掛著一隻被打扁的歐掠鳥。葉青在最後，叼著一隻瘦巴巴的松鼠。

「從來沒見過這麼少的獵物，」蕁麻穿過貓群，到清天身邊。「真不曉得我們要怎麼撐到新葉季。」

清天滿腹焦慮，白樺和赤楊飢餓地盯著橡毛的歐掠鳥，顯然快水帶回來的老鼠並沒有餵飽他們。**我們一定要活下去！**清天望向樹林，高地上的獵物會比較多嗎？突然間他劃的疆界，好像反而把自己困住了。**我們應該要分享所有，而不是守住所有的不放。**翩鳥一定早就知道了。

「我要去灰翅的營地。」清天跟蕁麻說。

蕁麻的耳朵抽動了一下。「為什麼？」

清天不安地挪動腳步，蕁麻一直跟著他守著這片領土，如果突然聽到清天決定要把這塊地和其他貓分享，他會怎麼想？如果他明白這是貓靈的旨意的話，他會諒解的，但現在沒有時間解釋了。

「我要去看鋸峰的孩子。」沒錯，他還沒去看過他弟弟的新生小貓。

「天色愈來愈暗了，」蕁麻望著樹林頂端，那兒覆蓋著厚厚的黃色低層雲。「就要下大雪了，如果又起風的話……」

清天打斷他。「別忘了，我是山上來的貓，鬍鬚上沾點雪對我來說算不了什麼。」

蕁麻聳聳肩。「命是你的。」他向空地望去，看見花開從冬青樹叢裡鑽了出來。

「我聞到的是獵物的味道嗎？」她開心地問，目光在橡毛身上打轉。

橡毛放下歐掠鳥。「獵物不多，我們大夥兒一起吃吧！」

葉青也把松鼠放在地上。「暫時就這樣。」

他的聲音聽起來蠻愉快，但清天看出他眼中的憂慮。清天得儘快去說服貓群才行，告訴他們，凝聚在一起才是求生之道，而且要愈快愈好。他朝著荊棘圍籬的出口走，邊走還邊回頭喊著，「要讓粉紅眼吃點東西，這老傢伙一餓肚子就愛生氣。」說完，丟了一個促狹的眼神給白貓。

但粉紅眼不為所動，裝聾作啞地看著前方。清天知道，以他敏銳的聽覺，絕對聽得到自己的打趣，愛護之情不禁油然而生，**這個驕傲的老傢伙！**

花開一躍來到粉紅眼身邊。「你想吃歐掠鳥還是松鼠？」

「那就來點松鼠肉好了。」公貓不情願地說。

看到此景，清天愉快地發出低吟聲，快步穿過荊棘隧道出發了。

營地外寒風刺骨，頭上的樹枝隨風晃動，他打開嘴巴嚐嚐白雪，雪中帶有岩石的氣息。蕁麻說得沒錯，就要下大雪了。他急忙在林間趕路，愈快到達高地的營地愈好。

他沿著山脊的起伏走，抵達低窪地時就跳上傾覆的樹幹，然後又爬向另一個山坡。光禿的荊棘像蛇一般蔓延，他踩出去的每一步都要小心翼翼。羊齒植物早就枯萎了，泥爛的殘根嗅得出森林綠葉季時一片繁茂的景象。硬蕨叢都擠在山坡頂上，清天穿過蕨叢走到森林邊緣時，光線逼得他瞇起眼睛。他走出樹林，本能地壓低了身子，因為他已經抵達開闊的原野了。

冷冽的寒風穿過鬍鬚，他壓下耳朵左看右看，偵查空氣中可能潛藏的危機。草叢裡殘存的狗味，是很久以前留下的。他穿過林地邊緣那些枯萎的羊齒植物，再爬向廣漠的高地。

爬到高地邊上一棵孤立的矮小荊棘樹時，他停下了腳步。樹下有一坏土，一眼就是被埋葬在那裡。那時高地貓、森林貓和河貓，都加入了那場對抗一眼的戰局。雪花落在土堆上，畫眉鳥在枝頭唱著歌。

他是一道真實的光。

清天想起星花埋葬一眼時說的話，他的喉嚨感到一陣苦澀。她怎麼會被迷惑到這樣的地步？儘管一眼是她爸爸，但她也一定被他的殘酷給嚇到了。

她怎麼會為了他背叛雷霆？清天哼了一聲，他無法相信那隻母貓騙了他兒子。

風勢愈來愈大，前方的石楠隨風勢搖擺，他趕緊找地方避風。蹲在褐色灌木叢時，他發現草桿間有一條兔子走的小徑。他沿著小徑曲曲折折地往前走，慶幸還好有這麼一條遮蔽風雪的路。

石楠叢的盡頭是一片平緩的草坡，清天來到這廣闊的原野，眺望山坡邊上的一處坑地，高地貓的營地就在那裡。他加快腳步，雪愈下愈大，積雪也愈來愈深了。

突然眼前一陣騷動，草叢裡閃過的小毛球讓他停了下來。

獵物。

一隻小兔子正蹦向石楠叢，清天豎起耳朵、壓低身體匍匐前進。

那充滿鼻腔的兔味讓他頓時血脈賁張，他彈彈尾巴，擺動後腿，準備飛撲過去。

突然間，兔子停下來，豎起耳朵，四下張望。

清天也靜止不動。

就是現在！清天往前衝，爪子刮響了冰凍的地面。

兔子驚覺危險逃逸，清天緊追在後，眼睛緊盯不放，賣力地踩著結霜的草地飛奔。

接著他一躍，伸展前肢，正好不偏不倚地落在獵物身上。他腳掌下的獵物奮力抵抗，竟然還蠻有力氣。不過很快地，清天的尖牙利齒刺過牠的脖子，脊椎喀擦一響，這隻兔子就全身癱軟了。

當兔子的血流過舌頭時，清天流了口水。他坐起身，舔舔舌頭。應該要把這獵物留下來帶回去給自己營裡的貓嗎？他朝坑地望去，高地貓應該有更迫切的需要，而且這是去探望小貓時，送給鋸峰和冬青的好禮物。

他叼住兔子頸背，往上坡走。

接近高地營地時，他往金雀花圍牆的頂端望去。高影在哪？通常她都會坐在岩石上，用她那嚴峻、警戒的眼神環視高地。清天緩緩地接近營地入口，竟然沒有貓駐守，他豎起耳朵，難道是天候的關係，他們退到隧道裡去了？

「我們應該等風雪過後再派狩獵巡邏隊出去。」

隔著營地圍牆，清天聽到雷霆的聲音，不禁十分感到驕傲，他的兒子已經長大了。

「如果這場雪連下個好幾天，怎麼辦？」灰翅問著雷霆。

「真的那樣的話再擔心吧！」

清天鑽進金雀花叢入口。

灰翅轉身看到他，驚訝得瞪大眼睛。「清天，你怎麼會在這裡？」

清天放下他捕獲的獵物。「我是來探望鋸峰的小貓的。」他環顧營地，看到空地另一邊有三隻貓在草叢翻滾，喉嚨不禁發出愉悅的呼嚕呼嚕聲。

雷霆沒管他在看哪兒，緊盯著清天腳前的兔子。「那是在我們的領土裡抓的嗎？」他瞇起琥珀色的眼睛。

清天對他眨眨眼，才不過幾個月以前，他們好像比較親近了，怎麼現在又感覺跟自己的兒子更疏遠了。「這是我——我特地帶來給鋸峰和冬青的。」

有一隻小貓興奮地尖叫。「我最快！」

然後清天看到一隻棕色小公貓掙脫玩伴，衝向鋸峰，他正在空地另一端觀看，那兒的草長得高高的。

「才不是你呢！」另一隻母虎斑貓追過來，她身上的斑點長得很像冬青，鼻尖和尾端有白點，看起來好像沾上了雪花。

「等等我！」第三隻貓也跟過來了，他那豐厚的灰毛和輕盈的體態，不禁讓清天想起意外發生之前，鋸峰沒有瘸腿的樣子。

「鷹羽！」冬青從草叢後的隱蔽處走出來，這隻棕色小公貓正好撞上她，她一把抓起他，往草叢後拋過去。「暴皮！露鼻！你們全都回到窩裡去，外頭太冷了。」

鋸峰甩著尾巴。「他們只要一直動就不會冷。」

「讓他們玩吧！」碎冰在廣場的另一邊喊著。「這樣才會更壯。」這隻灰白公貓看起來很瘦。

泥掌和閃電尾坐在一起，分食一隻瘦巴巴的老鼠，清天可以清楚看到他們毛皮底下一根根的骨頭。

泥掌抬起頭，邊嚼邊說話。「檢查他們的尾尖，如果冰冰的，就表示不能玩了。」

「讓他們玩個夠！」麻雀毛從拱形的金雀花叢下走出來，這隻母貓長大了，但還是很瘦，而且毛色暗沉。「如果真的有暴風雪要來，他們能玩的也只有這幾天了。」

灰翅腳掌搓揉著地面。「現在真的應該要派狩獵隊出去。」

「那他們可能會被困在暴風雪裡，」雷霆爭辯。「而且清天帶了兔子來，」他用他的大腳掌推了獵物一下。「這樣就餓不著小貓了。」

清天眨眨眼。「他們已經可以吃獵物了？」

「他們是在上上個新月出生的。」灰翅提醒他。

有那麼久嗎？清天的思緒轉移到那個夢境，**我們已經等得不耐煩了**，而他承諾了要像熾烈之星一樣成長繁衍出去。

他引起灰翅的注意。「我們得談談我們所看到的，」他環顧廣場。「高影在嗎？」

「礫心在治療她的腳傷，」雷霆擺頭朝金雀花叢突出處示意。「在雲點的窩裡。」

「我可以去叫她，如果你要的話。」清天的背後傳來喵聲。

清天轉頭一看——是梟眼。這隻年輕公貓有寬闊的肩膀，額頭幾乎跟灰翅的一樣寬。「你長大了！」

「礫心也是。」梟眼踱步離開，對著金雀花叢喊。「高影，清天來了。」

「我知道，」黑色母貓熟悉的聲音從陰影處傳來。「我聞到他的味道了。」樹叢一陣顫動，高影從裡面悄悄走出來。

礫心也跟出來。「我明天再幫妳換新藥。」

「謝謝。」高影走到清天身邊。「你來幹嘛？」

清天好像沒聽到一樣，他望著空地的另一邊，鋸峰正用鼻子輕撫著鷹羽，而礫心正跟著梟眼穿過草叢。

麻雀毛從金雀花叢底下喊。「來這裡躲雪！」

灰翅看著這一切，感到很自豪。「她真像她媽媽，」接著發出一陣低吟。「鋸峰是個好爸爸。」

清天十分內疚地看著雷霆，兒子會原諒他當初把他趕走嗎？他又轉頭看著鋸峰，他正蹲低身體讓鷹羽爬上他的背。**鋸峰是個好爸爸，比我好多了。**他挪動腳掌，感到一陣冷風刺骨。**灰翅幫別人養孩子，而我卻連自己的孩子都照顧不了。**

「怎麼樣？」高影尖銳的喵聲把他喚回現實。「你來這裡做什麼？」

他迎視她的目光。「我昨晚在夢裡看到妳。」

「我們也看到你了。」高影側著頭。

清天身體前傾，心跳加快。「貓靈告訴妳什麼？」

「坐而言，不如起而行。」高影告訴他。「我們耽擱太久了。」

「祂們也是這樣跟我說的！」清天興奮得顫抖。「祂們要我們統一。」

「統一？」高影瞪大眼睛看著他。

「你確定你沒聽錯？」雷霆歪著頭，十分好奇。

「祂們要我們擴散出去。」灰翅駁斥。

清天的挫折感讓他的肚子糾結成一團，**他們誤解貓靈的意思了**。「我們要在一起才會更強大，尤其現在氣候惡劣、獵物稀少。」他抬起頭看著愈下愈大的雪。「我們要凝聚力量，才有可能成長擴散出去。」

灰翅瞇起眼睛。「你忘了上個夢境之後我說的話嗎？熾烈之星有五片花瓣，所以我認為我們要分裂為五族。」

「我認為不是這樣，」清天提醒：「那只是你的想法，我認為貓靈要我們統一。」

高影耳朵抽動了一下。「這下可好，又是另一場戰爭，你們兩個之間的戰爭。」她低吼著。「就算時候到了，我也不會加入你那一營的，我要在松樹林裡建立自己的營地。」

清天盯著她。「不行！」他急了，他們在說什麼，這跟翩鳥要他們做的相反！

「並不是只有高影想這麼做。」灰翅低聲說道。

清天扭頭盯著他的弟弟灰翅。「你說這話什麼意思？」

灰翅避開他的眼神。「上次的夢境之後，我們在營裡就討論過，並不是每隻貓都想住在高地上。」

清天開口催促。「那就來我的林子啊。」他們為什麼要把事情搞得這麼複雜？「那裡可以遮風避雪，還有更多的貓，可以找到更多獵物。」

雷霆皺起眉頭。「我不懂，你不是一直防著我們，不讓我們靠近嗎？」

清天迎向他的目光。「沒錯，我以前一直守著邊界，」他承認。「但我現在改變了，我和鷗鳥談過，我知道——」

灰翅豎起耳朵。「你見到鷗鳥了？」他眼睛亮了起來。「祂還好嗎？」

「祂很好，」清天想起他妹妹光亮的毛髮，內心就充滿安慰。「比祂活著的時候好多了。」

「祂說了什麼？」高影慢條斯理地問道。

「祂說我們要跟著自己的心走。」清天回答。

「那祂的意思就是要我們去找尋我們自己的家園。」高影得出結論。

「不！」清天扣緊爪子沮喪極了。「為什麼貓靈會要我們現在分裂呢？那只會讓我們更脆弱而已，尤其經歷了那場疾病之後，獵物更稀少了。我們一定要像從前一樣，凝聚在一起！我們本來就應該那樣的啊！」他說得全身熱了起來，灰翅和雷霆瞇起眼盯著他看，他們不信任他嗎？「請跟我到森林裡去，」他朝著半掩在雪地裡的貓兒們彈一下尾巴，這時候廣場裡已大雪紛飛了。「每隻貓都來，那裡有遮風避雪的地方。」

「不，清天，」雷霆的吼聲劃過清天的心。「經歷過這麼多事情以後，我們已經回不去了。」他銳利的琥珀色眼睛盯著清天。「很多貓都死在你劃定的邊界線上，而現在你要我們假裝什麼事都沒發生過。」

「但是貓靈怎麼辦？」清天喵聲沙啞，**他們拒絕我的建議**。

灰翅和清天的眼神對峙。「貓靈要我們擴散成長，這正是我們要做的。」

「你該回去了。」雷霆將鼻尖指向營地入口處。「我們是不會跟你走的，如果你想擁有更多的貓讓你發號施令的話，那就去招募流浪貓吧。」

清天嚥了嚥口水，**雷霆怎麼搞的**？他真的以為自己是想要擁有更多貓可以發號施令，以為自己沒有學到教訓？

高影焦慮地望著風雪，雪花就這樣一片片打在她臉上。「暴風雪就要來了，或許等風雪過後再走。」

清天搖搖頭，他不想再待下去了。「我要走了。」他吼道。

他垂頭走向入口，他為了統一而來，現在卻覺得貓群之間的距離比從前更遙遠了。他要怎麼跟翩鳥解釋，他讓她失望了。他穿過金雀花叢，腳步如石頭般沉重——一定有辦法讓高地貓了解的。走過金雀花叢後，他貼平耳朵踏上廣漠的高地。風勢很強，雪很深，打在身上的風雪就像利爪撕開他的毛皮。清天蹲低身體，急忙朝石楠叢方向趕路。**我會讓他們了解的，翩鳥**。風雪打在他的臉上。**我發誓，我會讓他們跟著他們的心走。我們不久後會統一的。**

第二章

雷霆看著父親的背影消失在金雀花叢中，罪惡感猛刺胸口。**我的態度太惡劣了嗎？**他看著灰翅。「我是不是應該去看看他是否平安回到森林？」

灰翅沒回答，他凝望著空中紛飛的大雪，思緒顯然早已飄到別處。

高影靠過來低聲說：「去吧！」

雷霆向她感激地眨眨眼，朝金雀花叢奔去。他衝向高地，白茫茫的風雪讓他瞇起眼睛，他拚命找尋父親的身影，當瞥見深色的身影在前方移動時，終於鬆了一口氣。他立刻壓低身體，緊跟在後。

「清天！」風雪打散了他的喵聲，他更加奮力向前，腳爪深深嵌入積雪之中，而清天逐漸在石楠叢中消失。

雷霆緊跟過去，潛入兔子走的小徑中，再度見到父親的蹤跡。「清天！」他的叫聲在這隱蔽的石楠小徑中迴盪著。

清天停下腳步。「怎麼？」他警戒地回頭看。

雷霆也猛然止步，感覺胸口的肺像在燃燒一般。「我只是想確保你平安到家。」他挺著胸膛說道。

「就這樣？」清天繼續往前走。

雷霆把罪惡感吞回去。「我比你更熟悉高地，」他堅定地說：「在風雪中是很容易迷路的。」

清天彈了一下尾巴。

雷霆繼續說：「很抱歉我剛剛那樣說話。」

清天沒回答。

雷霆的肚子一緊，**我幹嘛覺得抱歉？當初是他設下邊界的，現在說要廢除的也是他。**他緊跟著清天，貼平了耳朵。

沿著小徑，他們抵達灌木叢間的一片空地，清天停下腳步。寒風在樹叢上方呼嘯著，雷霆豎起毛髮面對轉過身來的清天。

「我沒那麼愛發號施令。」清天的藍眼睛透露著受傷的眼神。

雷霆盯著地面低聲說：「嗯，你以前很愛啊！」

「現在不了，」清天垂著肩膀。「我只想著要把大家凝聚在一起，就像從前一樣，鷸鳥也這麼想。」

雷霆有點同情他，難道父親還在為他死去的妹妹傷心？「如果是你弄錯了呢？」

「我不會錯的，」清天盯著他看了一會兒，然後轉頭指向小徑盡頭空曠處，又比向另一個方向。「哪一條路？」

雷霆擦身超過他，潛入比較近的通道。「往這邊走。」他領著清天沿著熟悉的路線到達山坡邊的曠野，迎面而來的風雪打在臉上，他挺起身子逆風而行。這樣酷寒的天氣，足以把獵物都凍死。

清天追上來和他並肩而行，瞇著眼睛問道：「森林在哪？」

雷霆拚命地想看清楚，可是暴風雪比濃霧更阻礙視線。「如果沿著坡地走，就會走到森林邊緣。」

「我走前頭，」清天超前。「我比你更熟悉森林的氣味，如果森林接近了，我就會知道。」

還說什麼不愛發號施令，一旦做起來還真拿手。雷霆豎起毛髮，忍住話沒說出口，只是默默地緊跟在清天後頭，鼻尖幾乎要碰到他父親的尾尖。耳邊呼嘯的風和刺骨的寒意，讓他幾乎要顫抖起來。「我們或許應該找個地方避一下，等暴風雪過後再走。」

「就快要到了，」清天轉頭喊著。「我聞到新鮮泥土的味道了，森林一定就在不遠的地方。」灰色公貓加快腳步，雷霆趕緊跟上去，突然間父親的尾巴不見了，驚慌感從腳掌底下刺上來。「清天！」他們不應該分開的，尤其在這樣的天候下。雷霆對著迎面的風雪猛眨眼睛，當他再度看到清天的身影時，終於鬆了一口氣。

突然前方傳來一陣怒吼。

恐懼竄過全身，**那是什麼?**雷霆全身寒毛直豎，衝上前去。「清天！」

在漫天白色的風雪中，一個巨大深色的身軀朝清天猛撲。

清天一聲尖叫。

雷霆衝上前去，先聞到一股鮮血的味道，再來是獾的強烈惡臭，讓他胸口的心臟像是要炸開來一樣。「清天！」他聽見結實肌肉撞擊雪地的聲音，以及獾邪惡的咆哮聲。

風雪中出現黑色的身軀，清天躍起，用寬大的後腿顫抖地抵抗著。只見巨獸把清天壓制在地，加上獸嘴猛咬的聲音，讓雷霆驚慌不已。

「放開他！」雷霆衝過去，爪子深深地刺進獾的側身。獾把他甩開，繼續向清天齜牙咧嘴。

雷霆的身體被爪子刮到，跌向清天身邊，而清天正拚命地用後腿踢打。雷霆趕緊起身，一時間天旋地轉——這隻獾太大了！

雷霆又一躍而起，伸出爪子撲向獾的背脊，狠狠地咬下去，再用後腿不斷踢打，但這隻獾還是向著清天咆哮猛咬。

牠會殺了他的！恐懼讓雷霆看不清眼前的東西，他後腳不住地往下滑，滑到獾的腿部時，他感覺到爪子劃過獾身體柔軟的部位，這隻獾突然身體一縮哀號起來。

牠受傷了！總算出現一線生機，他滑到地面，嗅到獾的血腥味，再潛近牠的傷腿，用爪子扒住，往傷口狠咬。

這隻獾發出一陣驚恐的哀號聲，往後退去。

清天，快跑！雷霆望著他父親，但是清天躺在地上一動也不動。這時獾轉頭朝他而來，雷霆愣住了。他嚥了一下口水，往後退，嘗到嘴裡有獾的血腥味，趕緊又吐了出來，那血中帶有感染的酸味。

獾發出不懷好意的低吼，縱身撲過來，雷霆向旁邊跳開，翻滾之後又站起來。他轉頭確認獾還盯著他後，便往山坡奔去。

在後頭追趕的獾讓地面震動起來，雷霆有種勝利的快感，這隻獾是絕對追不上他的，尤其是用那受傷的腿。**我要把牠遠遠地引開，離清天愈遠愈好**。他回頭看到獾笨重的身軀跟了上來，就繼續在雪地裡奔跑，藉以引開牠。強風擊打著他的耳朵，他不斷地往風雪中挺進，接著轉個彎往山上飛奔，遠遠地把獾拋開。**風雪，謝謝！**多虧了這場雪把足跡都蓋住了。他接著往下滑行，兜了一大圈子，回去查看清天傷勢。

拜託請活著！

但是他慌了，**他在哪兒？**

這風雪讓獾找不到雷霆，也讓雷霆找不到他父親。

雷霆張開嘴，試著找尋清天的氣味。雪花落在他的舌尖，他的鼻子被凍到刺痛。

「清天？」與其說那是叫聲，不如說是耳語，他不敢讓獾聽到他的聲音。

前方傳來呻吟聲。

「清天！」雷霆看見雪地上的身形，心情終於放鬆了。「你還活著！」他走過去，蹲了下來。清天側躺著，胸口上下起伏著。雷霆嗅了嗅他全身，聞到獾血的酸味。「牠咬傷你了嗎？」

清天眨眨眼，掙扎著站了起來。

雷霆聞到一股新傷的味道，清天躺過的雪地染上了血紅。

「你被咬到哪裡？」當雷霆看到清天的脖子滲出血時，感到一陣恐懼。

「傷口不深。」清天的聲音沙啞。

「被獾咬到容易感染，」雷霆警告他：「我帶你回去高地。」

「這裡離森林比較近。」清天說話的時候還搖晃了一下，撞到雷霆。

雷霆用爪子抓緊地面，支撐父親的重量。「礫心能治療你的傷口，他知道用什麼藥草。」他感覺到清天的呼吸不順暢。「在獾回來之前，我們快離開這裡。」

「我不懂你們為什麼要待在有獾橫行的高地。」清天咕噥著，讓雷霆撐著他走向石楠叢。

「森林裡也有一窩獾。」雷霆回話。

「他們離營地很遠，不會在那裡徘徊危害貓群。」

聽到清天還會跟他拌嘴，雷霆放心了，這表示他受的傷並沒有大礙，即使這會兒他已經走不動了。他頂著清天向前走，深怕被獾跟過來。

雷霆撐著父親時還被雪花嗆到，一路踉踉蹌蹌往上坡走，被風吹得東倒西歪。到達石楠叢時，雷霆已經上氣不接下氣了。他打起精神，支撐著父親走進兔子小徑，在樹叢的遮蔽下，他才鬆了一口氣，獾不會跟過來了。

當他們走到石楠叢盡頭進入寬闊的高地時，風雪已經變小了。雷霆看到了營地的金雀花圍牆，更加奮力地撐著清天向前走。「我們就快到了。」

「我受傷的是脖子，不是心智。」清天咕噥地發牢騷。

「還有舌頭也是完好的。」雷霆低聲回嘴。

「雷霆？」雲點的聲音從營地入口傳來。「你還好嗎？」這隻長毛黑公貓快步穿過草地走向雷霆，他白色的耳尖和腳掌在雪地裡都看不見了。「我聞到血的味道。」

「清天被獾攻擊了。」雷霆解釋。打從雷霆懂事以來，就看到雲點在照顧傷患，現在他把他的醫術都傳給礫心。

「只是小傷。」清天堅稱。

「小傷沒處理好也會變嚴重，尤其是被獾弄傷的。」雲點有些擔心。「不過我有足夠的藥草，」他抬起頭朝營地喊：「礫心！」

年輕公貓出現在營地入口，他的虎斑毛皮襯著白雪覆蓋的金雀花叢，顯得格外耀眼。「雲點？」他的喵聲中帶著憂慮。

「去嚼一些金盞花和橡樹的葉子，製成藥膏。」

雷霆嗅出雲點聲音裡的憂慮，看向清天。「他沒事吧？」

「我當然會沒事。」清天硬撐著站起來，推開高地貓，大步走向坑地。

雷霆也趕緊跟過去，走進白雪覆蓋的營地。

高影從草叢裡衝出來，甩掉身上的雪花。「我叫你跟過去看，」她含怒抽動了一下耳朵。「沒叫你把他帶回來。」

「我們遇上獾，」雷霆趕緊解釋：「清天受傷了。」

「傷勢嚴重嗎？」高影轉頭看了一眼。

灰翅從空地另一端踏過雪地走來。「他還好吧？」

雲點一邊把清天帶進他窩裡，一邊回答：「他還好。」

灰翅盯著雷霆。「你有必要把他帶回來嗎？」話中帶著焦慮。「這一整天被他攪起的騷動已經夠了。」

「他被獾攻擊了！」雷霆轉過頭去，跟著清天走進雲點窩裡。

雲點讓清天側躺下來。「躺好，讓礫心檢查傷口。」

清天豎起頸毛。「這一點小傷有必要這樣大驚小怪嗎？」

雷霆一踏進窩裡的沙地就皺起鼻子，這裡的空氣瀰漫著藥草的味道。窩裡面有兩個石楠莖織成的床鋪，上頭鋪著青苔。**礫心和雲點怎麼有辦法在這樣的氣味裡睡覺？**

雷霆瞇著眼透過微弱的光線望去，看到一團團藥草塞在金雀花的莖幹之間，很訝異藥草的存量竟然這麼多，就問雲點說：「那就是你們的備用藥草嗎？」

「這些夠我們撐過禿葉季了。」雲點說話的時候，眼睛還緊盯著清天頸部的傷口，礫心正小心翼翼地把沾血的毛髮清洗乾淨。「傷口深嗎？」他問這年輕公貓。

「不深，」礫心抬頭回答。「但不平整，不過這樣傷口反而比較容易癒合。」他轉頭咬了一口身旁準備好的深色藥膏，然後用舌頭慢慢舔在清天的傷口上。

清天縮了一下，厲聲問道：「你確定這藥有效？」

雲點用尾巴劃過他的身體安撫他。「會痛就表示這藥有效。」

雷霆蹲坐在那兒，納悶怎麼會有貓有那樣的耐心去記這些藥草的名稱和功效。「要多久才會好？」他問道。

「好幾天。」礫心站起身。

清天也掙扎地站了起來，他試著輕輕轉頭，好像在感覺傷口的狀況。「謝謝你，」他向礫心點頭致謝。「感覺已經好多了。」

「我嚼了一些藥膏，可以舒緩傷口，」礫心告訴他：「你回去森林之後，只要在睡前敷一些在頸部，就可以舒緩疼痛。」

清天向這隻年輕的貓感激地眨眨眼，然後轉向雷霆說：「你看，只要我們凝聚在一起就可以生存下去。」

雷霆的心一沉，清天還在試圖說服他，要把貓群統一起來。

他眼神空洞地望著父親，想著該說什麼才好。

雷霆還來不及開口，清天又繼續說：「你把我從獾的口中救回來，現在礫心又治療我的傷口。想想看，如果我們都一起住在森林裡，」他愈說愈起勁。「我們一定可以成長擴散出去，就像貓靈說的那樣。」

「我認為祂們不是這個意思。」雲點輕聲說道。

清天轉向他。「你怎麼知道？你又不在場。」

聽出他父親的脾氣大了起來，雷霆貼平耳朵，或許清天並沒有改變多少。「不要對雲點這樣，」他低聲說：「他剛才還幫了你。」

清天把怒氣轉向雷霆。「為什麼你們就是聽不懂？翩鳥要我們凝聚在一起。」

雷霆突然覺得很累，和獾大戰一場已經夠了，他不想再和清天對峙。他站起身來問：「清天可以帶些新鮮的藥草回去嗎？」

礫心回答：「我會把剩下的藥膏用葉子包起來給他。」

「謝謝。」雷霆向窩外走去。「我要去看一下小貓。」他要去確定一下沒有風雪灌入小貓的窩。

外頭雪花紛飛，他就在大雪中穿過空地。

鋸峰拖著一大截石楠枝條走向另一端。

「小貓都還好嗎？」雷霆問道。

鋸峰放下枝條望著雷霆。「我們把他們移到另一個隱蔽處。」

雷霆走過來，跟著鋸峰走到一處突出的金雀花叢底下。「就在這底下？」走進去，裡面有一小圈地，被垂墜的枝條遮掩著相當隱蔽，就算枝條上光禿禿的沒有葉子，也足以遮風擋雪。冬青在這窩的最裡面，用牙咬著石楠枝條編織床鋪，鷹羽、露鼻、暴皮正繞著冬青，彼此撲過來衝過去，興奮地彈動著尾巴。

鋸峰把帶回來的枝條放在冬青身邊，對她說：「現在風雪比較小了，碎冰和閃電尾也出去幫忙再多撿些回來。」

「我們還需要一些青苔來鋪床。」冬青說道。

就在冬青蹲伏著把枝條塞進正在編製的床鋪時，鷹羽逮著機會爬上她背上大叫。「我要騎獾！」

冬青惱火地將他甩下來。「現在不行，我只有兩雙腳掌！」

雷霆走上前去，自告奮勇。「我來跟小貓玩。」

冬青眼神充滿寬慰地望著他。「謝謝你，雷霆。」

「我也來跟他們一起玩。」鋸峰也趕緊加入。

雷霆點點頭。「我倆一起來吧！」

鷹羽跳上他爸爸的背，露鼻衝過來一勁兒爬到雷霆肩頭。

她小小的、荊棘般的利爪把雷霆刺得縮了一下。「暴皮，你不過來玩嗎？」

小灰貓往後退。「我要幫忙冬青。」

冬青的耳朵抽動了一下。「親愛的，去玩啊！」

「我保證我絕對不會幫倒忙，」暴皮認真地看著媽媽。「我可以把突出的枝條推進去。」說著就踮起後腳，用小腳掌把突出的石楠枝條塞進還沒編製好的床鋪。

冬青發出愉快的低吟。「那好吧！」

「快點，雷霆！」露鼻的爪子插進雷霆的毛皮。

「小心點！」雷霆喘著氣。「我不是獵物。」

露鼻眼看雷霆就要穿過窩口的枝條了，她興奮地發出呼嚕呼嚕地震動。

當垂墜的枝條掃過他們身上的時候，雷霆發出警告。「抓緊！」

露鼻的腳掌緊緊抓住他的肩頭，雷霆發出低吟，心想：還好她把爪子收起來了。

外頭的雲淡了，雪停了，不過空地上覆蓋了一層厚厚的積雪。雷霆踩進雪堆，費力地一步步向前行，像極了一隻笨重的獾，他可不想再想起跟他大戰的那隻獾。此時露鼻開心地尖叫，抓得更緊了。

鋸峰追上來問道：「我看到清天和你一起回來，沒錯吧？」

「清天？」鷹羽在鋸峰的背上問。「在哪裡？」

「他在雲點的窩裡，」雷霆解釋。「我們遇上一隻獾，他受了點傷。」他不想嚇到小貓。

「獾？」鋸峰十分震驚的樣子。「在營地附近？」

雷霆搖搖頭。「在森林邊境，那隻獾也受傷了，我想牠在高地上待不久的，尤其在這種天氣底下。」

鋸峰眉頭深鎖。「如果是在森林邊境，那你為什麼要把他帶回來這裡？」

「他受傷了——」他開口解釋。

但是鋸峰沒讓他把話說完，就接著說：「他已經引起營地裡夠多的騷動和疑慮了！我們不要他再來惹更多麻煩。」他停下腳步，把鷹羽甩下肩頭。小貓跌到雪地裡尖叫。「還不夠久！」

鋸峰點頭指向營地一端的巨石。「過去那邊找找，看你們有沒有辦法在高影的巨石底下找到青苔。」

「可是那裡都被雪蓋住了。」鷹羽抗議。

「那就用挖的啊！」鋸峰語氣堅決地說。

露鼻從雷霆的身上滑下來到她哥哥的身邊。「走吧，鷹羽。如果我們找到的話，冬青會很開心的。」

她蹦跳地穿過去雪地，每一下都深陷在雪裡，鷹羽跟著追過去。「等等我！」他們的樣子像極了水中彈跳的青蛙，雷霆看得興味盎然，發出低吟。回頭看鋸峰，這灰色公虎斑貓並沒在看他的孩子，他緊盯著雲點的窩，眼中滿是憂慮。

「他受了重傷嗎？」鋸峰問。

「小傷而已，」雷霆回答，畢竟這裡除了雲點和礫心以外，還有誰會關心清天呢？「只是讓礫心看一下避免傷口感染。」

「所以他可以直接回家了。」

雷霆盯著鋸峰。「難道你一點都不關心他的傷勢？」

鋸峰收回他的視線。「我想，風水總該輪流轉，」他嗤之以鼻。「他老是造成傷痛。」

雷霆退了一步，沒有跟他爭辯。清天將鋸峰逐出森林，後來還殺了雨掃花，他了解為何這隻公貓充滿苦楚，不過他說的話讓雷霆感到憂慮。

雷霆環顧營地，高影坐在岩石上方遠眺高地，而岩石下方的小貓正努力地挖掘，泥掌從草叢的那一邊鑽出來，甩掉耳朵上的雪，斑皮坐在一條尾巴遠的距離，抖動著耳朵，鼠耳就坐在她身旁望著天空。

「你說清天引起騷動？」雷霆問道。

「你知道高影一直想要到松樹林裡建立新的家園，」鋸峰發牢騷。「這樣的天氣讓大夥兒開始懷疑，住在這樣沒有遮蔽的地方是對的嗎?泥掌和鼠耳都說，就算在他們流浪的時候也沒這麼冷過，寒流來的時候，他們還可以躲在樹林間或是河邊。」

此時斑皮走過來。

「我們在山上的時候，也沒這樣毫無遮蔽過！」她說道：「我們有洞穴的保護。」

「不過這裡比較好打獵。」雷霆提醒她。

「沒錯，不過那是以前，」她同意。「那場疾病之後，半數以上的獵物都死了！」

雷霆不安地豎起毛髮。「難道妳想要搬去森林，加入清天的貓族？」他簡直不敢相信，他們才打完一仗，捍衛她在高地上的生活！

「當然不是，」斑皮哼了一聲。「只不過高地並不是我們唯一可以居住的地方。」

雷霆緩緩地點點頭。河波有他的島，而清天的森林並不是附近唯一可以遮蔽風雪的地方，茂密的針葉林形成了天然的屏蔽，或許松林地裡真的感受不到風雪。

泥掌也過來加入討論。「我認為貓靈要我們繼續往前走。」

「貓靈，」鼠耳鼓脹起全身毛髮。「我才不信這個，你真的信？死貓會跟活貓講話？」

斑皮對這隻老公貓眨眨眼。「雷霆、灰翅和高影都見過祂們。」

「只不過是做夢而已，」鼠耳的頭歪向一邊。「他們可能在睡前分食一隻臭老鼠才會做這種夢。」

雷霆厭煩地看著他。「所以你想待在高地上。」

「我可沒這麼說，」鼠耳回嘴。「我只是不想對想像出來的貓言聽計從。」

鋸峰甩甩尾巴。「在大家陷入爭執以前，我們得處理一下。」

雷霆眨眨眼看著鋸峰，他說完後就邁步走向高影的岩石，一躍而上，到她身邊。

高影驚訝地跳了起來。「鋸峰？」

「在大家吵起來之前，我們得討論一下，到底我們要何去何從。」這隻公貓的聲音響徹營地。

冬青從金雀花叢底下探出頭來，雲點的窩那邊也有動靜，清天從裡頭走了出來。

灰翅穿過空地，瞪大眼睛。「鋸峰，你在做什麼？」

雷霆走向岩石，看到清天滿懷希望地看著鋸峰。難道清天以為他弟弟贊成他統一貓族的計畫？一陣驚恐扯著他的肚腹。「我們晚點再討論吧！」他向鋸峰喊話。他非要在清天在場的時候搞出這樣的場面嗎？他們誰也不想加入清天的貓族，但也無需誤導他，讓他下不了臺吧！

斑皮制止雷霆，「讓他說吧，」她輕聲低語。「這個決定已經耽擱得太久了。」

泥掌和鼠耳就站在岩石底下，冬青快步走向他們，暴皮也跳著跟過去。

冬青喊著鷹羽和露鼻。「小傢伙，快過來！」

小貓因在岩石旁邊挖掘的關係，全身沾滿白雪。露鼻的嘴裡咬著一塊青苔，搖搖晃晃地向媽媽衝過來。

冬青一把將她摟過來，塞進溫暖的懷裡。她也抱住鷹羽，而暴皮早就藏在裡面。

「我們找到青苔可以鋪床了。」鷹羽興奮地說道。

「噓。」冬青低下頭，舔掉他鼻頭沾到的雪。

營地外傳來腳步聲，不一會兒閃電尾和碎冰從金雀花隧道走進來。

碎冰眨眨眼。「怎麼一回事？」

閃電尾帶回一束石楠枝條，他把枝條放在斑皮和泥掌之間，問道：「在開會嗎？」

鋸峰看著他。「我們要決定到底該何去何從。」

「終於！」高影興奮地敲擊身旁的岩石。

冬青撇撇嘴。「我才剛把新床鋪弄好！」

「我不想搬去松樹林！」碎冰大喊。「那裡跟沼澤地一樣潮溼。」

「我不想待在這裡！」泥掌說。「在新葉季之前我們會凍死。」

鼠耳也附和地發出怒吼。「老是要在兔子小徑裡打獵，我已經煩透了！」

「我想要住在有新鮮水源的地方，」斑皮喊著。「這裡的水喝起來有煤炭味。」

雷霆看著長久以來一起生活的夥伴，簡直難以置信。他們一直都這樣不滿嗎？憂傷刺痛了他的胸膛，他是在這裡長大的，這就是他的家，怎麼可以拋棄這裡呢？他站了出來，「我們不能離開高地！」

「在這裡我們就得挨餓！」鼠耳回嘴。

清天舉起尾巴。「我們遵循貓靈的指示吧，讓我們像熾烈之星一般凝聚在一起，如同花瓣圍繞著花心一樣。」他的眼睛發出亮光。「隨我一起到森林裡住吧！」

鋸峰瞪著他。「你以為我們是兔腦袋嗎？」

「我們才不想住在任何靠近你的地方，」碎冰怒吼著。「我不想住在樹林底下，我抬頭要看得到天空才行。」

「但是有樹才有遮蔽的地方。」高影說道。

雷霆的思緒不斷地飛轉。「我們連要去哪都不知道，要怎麼行動？」

鋸峰站到岩石前，環顧聚集的貓群。「那我們就按照上次決議的方式做決定。」

雷霆皺起眉頭，**上次**？

鋸峰的眼光轉向灰翅。「還記得嗎？」

灰翅嚴肅地點點頭。「我們投石決定吧！」

第三章

看著鋸峰和高影從岩石上跳下來，雷霆皺起眉頭。**投石？**灰翅在說什麼？「怎麼投？」他喃喃自語。

他突然感到身邊有鼻尖溫暖的碰觸，轉頭一看，斑皮眼中閃著亮光看著他。「我們以前做過，清天在脫離貓群到森林自立門戶的時候投過一次，而在那之前，他要離開深山時也投過一次。」

這時候灰翅已經開始在岩石下方挖雪，他挖到地面的小石子時，就把小石子踢到他背後，鋸峰再把小石子堆成一堆。高影則衝向空地的另一端，開始在雪地上刮出一個寬寬的圓圈。

礫心和雲點從醫治清天的金雀花叢底下走出來，一陣藥草味隨之而來，雷霆注意到礫心的腳掌還沾著綠綠的藥膏。

麻雀毛和梟眼從雪地另一端的草叢走向大家，梟眼打個呵欠，麻雀毛也睡眼惺忪地眨眨眼。

「我們要投石！」斑皮興奮地對他們喊道。

「投石？」梟眼在這玳瑁色母貓身邊坐下來。「為什麼要投石？」

「要決定每隻貓該何去何從。」她回答。

麻雀毛睜大眼睛。「為什麼要現在決定？」

斑皮銳利的看了清天一眼。

雷霆不安地移動腳步，大家都認為是他父親迫使他們現在就得做決定。「我們昨晚做了和貓靈有關的夢，」他向麻雀毛解釋。「祂們要我們像熾烈之星一樣擴散成長。」

麻雀毛滾動她的眼珠子。「這我們早就知道了。」

「昨晚祂們要我們加快腳步。」

麻雀毛的頭歪向一邊，好奇地問：「為什麼？」

「我不知道。」雷霆想起風暴急迫的喵聲，為什麼貓靈要催促他們呢？祂們隱瞞了什麼事沒說嗎？

「雷霆！」高影的聲音把他從思緒中喚回現實。「過來幫我清出一塊地來。」

他趕緊過去幫忙把雪剷開，讓地面露出來，再把高影已經做好的圓圈再弄大一點，但雷霆還是搞不清楚高影到底在做什麼。

當那圓圈有三條尾巴寬的時候，高影又另外在旁邊畫了一個圈，接著又畫了一個。直到地面上共有三個圈，她才抬起頭來。「每隻貓都要到灰翅和鋸峰堆好的石堆那裡拿一塊石頭來，然後看想去哪裡，就把石頭放在代表那地方的圓圈裡。」

碎冰走向前。「哪個圓圈代表哪個地方？」

這時閃電尾嘴裡啣著一條石楠枝走上前去，與碎冰擦身而過。他把樹枝放在地上，從尾端拔下一小段放進其中一個圓圈，然後再拔下兩小段放進另一個圓圈，現在三個圓圈都清楚標示好了。

高影點點頭簡短地說：「謝謝你，閃電尾。」然後再度對貓兒們說話。「沒有樹枝的那個圓圈是清天的營地，有一截樹枝的是松樹林，有兩截的代表高地。」

斑皮甩甩尾巴。「那河流那邊呢？」

閃電尾向她眨眨眼。「那是河波的領土。」

灰翅從岩石那邊走過來，腳掌因為挖土而弄得髒髒的。「河波也應該算在內，他跟我們一樣，貓靈也指示他了。」

「好。」高影在地上畫了第四個圈。

閃電尾把三段小樹枝丟進去。

雷霆歪著頭。「那第五片花瓣呢？」如果河波是的話，但貓靈是要他們分成五族。

灰翅走過鋸峰身邊，停在那塊地的邊緣。「還有風奔他們。」

當風奔的孩子死於疾病之後，她就和金雀毛帶著他們的孩子——蛾飛和塵鼻，離開坑地到高地上自立門戶了。那裡有一隻友善的流浪母貓——灰板岩，也加入他們。

高影環顧營地夥伴。「我也要畫一圈給風奔他們嗎？」

「當然要啊。」碎冰喵道：「她也是五片花瓣之一。」

「不！」灰翅搖搖頭。「她離開是有原因的，」他提醒大家。「她不要我們加入。」

礫心望著營地入口。「或許應該有誰去找她來，這應該也有她的份。」

「有一天她會的，」灰翅輕聲說。「但現在這個時候，她認為由她自己帶孩子才是對的，我們應該尊重她。」

高影點頭。「灰翅說得沒錯，風奔一向都很獨立，時間到了她會自己決定的。」她靠向那塊地。「四個圓圈就夠了。」

泥掌點點頭，鼠耳也用力點頭，雲點則坐下來把尾巴圍在他的腳上。

麻雀毛興奮地在礫心和梟眼之間穿梭。「我們可以自由選擇嗎？」她問道。

「當然，」灰翅回答。「龜尾告訴我，要我們隨著自己的心走。」

雷霆感覺到尾巴顫抖著，風暴也是這樣跟他說的，**但是我的心要往何處去？**望著空地，他突然感到一陣傷痛，想起小時候和閃電尾、橡毛一起玩的時候，鷹衝用疼惜的眼神從草叢的窩裡看著他們，他真的能夠離開這裡嗎？

清天走過鋸峰身邊。「我們的心是在一起的！」他的眼睛炯炯有神。雷霆為他父親感到悲哀，清天是在乞求貓兒們加入他的陣營，**我從沒看過他這麼拚命！**

碎冰嗤之以鼻。「你還妄想要我們相信你？」他瞪著清天。「你的心只會引導你追求權勢，你只想要唯我獨尊！」

看到父親往後倒退，雷霆有些不忍。

清天眼中浮現絕望。「你們想怎樣就怎樣吧。」他喃喃自語，然後悄悄地走到岩石邊，蹲坐在一旁。

鋸峰用腳掌推了推石堆。「那我們開始吧！」

高影低下身來，叼起第一顆石頭，然後把石頭扔向有一根樹枝的圓圈。

松樹林。雷霆一點也不意外，他知道那裡一直是她心之所向。

鋸峰也在那兒投下第二顆石頭。

雷霆盯著他。「你也選那兒？」

鋸峰沒回答，尋求的眼神望著冬青。

冬青也走上前去，鷹羽、暴皮、露鼻看著她取一顆石頭放在鋸峰的石頭旁。她抬起頭，緩緩地跟伴侶眨眨眼。「在惡劣的氣候下，松樹林可以保護我們的孩子。」

鋸峰愉悅地發出呼嚕呼嚕聲，在冬青身邊繞行。

鷹羽踉蹌地爬向他們中間，踢起地上的雪。「可是我喜歡高地。」

冬青低下頭舔舔鷹羽的耳朵。「你會喜歡松樹林的，」她保證。「那裡很適合打獵，而且有很多地方可以玩捉迷藏。」

在岩石旁邊的清天嗤之以鼻，把腳掌緊緊地收進身體底下。

雷霆不想去在意父親的態度，他看著其他貓兒，下個該誰選了？他的腳好像生根一樣定在地上。該跟隨鋸峰和高影嗎？和自己熟悉的貓在一起可能是最明智的選擇。

他看到灰翅拿起一顆石頭放在冬青的石頭旁。

你也一樣？雷霆一想到幽暗的松樹林就發顫，他完全不想住在陰影底下，吃著帶有強烈松樹汁液味道的獵物。接著，看到礫心、泥掌、鼠耳都把他們的石頭放在灰翅的石頭旁邊，他不覺心一沉，**難道大家都要到松樹林去？**

斑皮與他擦身而過，撿起一塊石頭。雷霆屏息觀望，接著斑皮把石頭投進代表河流的圓圈。

清天站起來。「妳是貓，不是魚！」

斑皮冷靜地對他眨眼睛。「我們想去哪裡，我們自己決定。」她的語氣堅定。

清天緊蹙眉頭坐了下來。

雷霆不想理會他父親失控的情緒，因為要選擇去哪裡已經夠他傷腦筋了。他看著斑皮的石頭，不禁鬆了一口氣，畢竟他不是唯一不想去松樹林過日子的貓，不過眼睜睜地看著自己的族群分裂並不好受。

在斑皮之後，碎冰也選擇了河流。接著換閃電尾了，雷霆緊張地看著。閃電尾和他是在同一個窩裡長大的，這隻年輕公貓和他妹妹橡毛，和他可以說是情同手足。

閃電尾叼起石頭走過去，看了雷霆一眼。

他在問我嗎？

雷霆移開視線，**我不能幫你決定，你必須跟隨你的心。**

閃電尾將石頭丟向清天陣營的圈圈。

清天饒富興味地豎起耳朵。

閃電尾當然會選擇森林！雷霆很訝異自己竟然沒有想到，橡毛都已經搬過去了，而鷹衝和寒鴉哭也死了，他在這兒已經沒有別的親屬了。

接下來，麻雀毛也走到石堆撿起一顆石頭，低著頭把石頭扔進代表清天的圓圈。

雷霆看見灰翅挺起身來。

「麻雀毛，妳確定嗎？」灰色公貓看著她。

她面對灰翅的眼神點點頭。「我喜歡那裡。」

灰翅不發一語。

「我喜歡樹林，」麻雀毛堅決地說。「我一直都想嘗嘗松鼠的滋味……」她的聲音漸漸變小，灰翅的眼中顯出深切的憂傷。

「妳必須跟隨妳的心。」他把眼光移開。

梟眼與妹妹擦身而過，撿起一顆石頭丟到麻雀毛的石頭旁邊，然後看著礫心，他們要離開他的同窩手足了。「這樣可以嗎？」

「沒關係的，」礫心發出低吟。「雖然轟雷路把我們隔離，但我們永遠是兄弟姊妹。」

就在礫心走上前去碰他哥哥鼻子的時候，雲點把他的石頭投到清天的圓圈。

礫心扭過頭來，盯著這長毛黑貓，眼中充滿驚恐。「沒有你的引導我該怎麼做？我怎麼知道哪種藥草有什麼用途？」

「你該學的都學了，」雲點簡潔地說。「我已經沒有什麼可以再教你了，而且我們最好把我們的醫術在這兩個族群中散播開來。松樹林的貓兒需要你，而清天他們有我。」他轉頭看清天。「他顯然需要幫手去照顧他的貓兒。」

清天沒聽見似地，緊盯著他圓圈裡的四顆石頭。

雷霆的腳爪緊張地抓緊地面，一遍又一遍地思索這個問題。現在，除了他以外，每隻貓都做了決定。

「怎麼樣?」清天催促著。「雷霆，你選哪兒?」

雷霆環顧與他一同成長的夥伴，他應該跟灰翅和高影去松樹林嗎?還是跟斑皮和碎冰去河的那一邊?

不。他知道自己該怎麼做，他親眼目睹清天幾乎喪命，更糟的是，他看到父親不安、乞求的樣子。在清天的外表下，雷霆感受到他前所未有的軟弱。**他需要我**。他勉強地走向石堆，在剩下的石頭中撿起一顆，然後丟到代表清天的那個圓圈。

「謝謝你，雷霆。」他父親的喵聲聽起來是那麼的沙啞。

雷霆閉上眼睛，**我這樣的決定是對的**。清天已經不再那麼冷酷無情。如果他的貓族要像熾烈之星一樣擴散成長的話，他需要幫手。雷霆抖抖身體，如釋重負。已經做好決定了。

但是一想到族群就此分裂，雷霆的心就痛了起來。這樣做真的對嗎?他想像著這坑地在漫長禿葉季裡一片空蕩蕩的，棄置的窩穴被白雪覆蓋，空地上再也沒有貓兒踩過草叢的痕跡。

鼠耳在高影身邊繞來繞去。「我想松樹林的獵物一定比高地上還多。」泥掌舉起黑色的前爪開始梳洗。「這裡風這麼大，我已經等不及要離開了。」他邊說邊舔。

「你覺得河波會教我們抓魚嗎?」斑皮眼中閃著亮光，不安地在碎冰面前走動。碎冰顫抖著。「妳想要把腳掌弄溼?」他難以置信地看著這母貓。

「我還想學游泳呢！」斑皮回答。

「大概不會比挖地道還難吧！」碎冰接著說。

閃電尾哼了一聲，戲謔地說：「我還真佩服你們的鼠腦袋。」

貓兒們似乎都很開心，不過雷霆對這一切似乎聽而不聞。看到鋸峰和冬青緊緊相依，而小貓環繞在他們腳下，雷霆就覺得有氣，他有必要看起來這麼高興嗎？雷霆踱步走向他。「把族群搞得四分五裂，這下你高興了吧？」

鋸峰毫不畏縮地迎視雷霆。「這是貓靈要我們做的，你知道的。」

雷霆眨眨眼，對鋸峰的膽識感到訝異。

「情況已經改變了，雷霆。」鋸峰回頭看看自己瘸了的後腳。「我們當中有些貓是很能適應環境的，或許你也應該試著調適一下。」他猛然轉身，尾巴甩到雷霆的口鼻，然後把鷹羽推到自己的背上。「你要騎獾到我們的新家嗎？」

雷霆瞪大眼睛，鋸峰變了，他變得很自信。**我該羨慕他嗎？**

他突然感到有貓靠近，是清天。「五隻貓就夠了，」他看著那些正準備離去的貓兒。「就目前來說。」

雷霆突然感到一陣寒意，他父親的語氣中帶著冰冷的決心。或許清天並沒有變得比較軟弱，那焦慮、乞求的眼神或許只是他耍的花招？「你想要所有的貓嗎？」

「不是我，」清天藍色的目光很鎮靜。「是鷳鳥。」

雷霆掉過頭去，或許讓大家分散到高地、河流和森林是最好的選擇，沒有任何一隻貓可以唯我獨尊，號令所有的貓，那樣的權力實在太大了。

清天甩甩尾巴。「你最好去準備準備，就要離開了。」麻雀毛和梟眼已經在入口處徘徊，而閃電尾則在他們旁邊，若有所思地望著空地。

雷霆感到喉嚨一緊，告訴清天，「我得去跟灰翅道別。」他穿過草叢來到灰翅面前。「我會看著他們的。」他一邊承諾一邊點頭指向麻雀毛和梟眼。

「這種感覺好像再次失去龜尾，」灰翅低吟。「我還沒準備好要離開高影，而且礫心也需要我，但是我怎麼能和孩子們分離？」

雷霆實在不願意看到灰翅這麼難過。「他們已經不是小貓了。」他輕聲說道。不過他也知道，雖然梟眼、麻雀毛和礫心都長大了，身為爸爸的灰翅仍會永遠愛著他們。

「無論如何，你知道他們在哪兒，」雷霆安慰他。「只要你想他們，隨時都可以來看他們。」

「那不一樣。」

雷霆的心揪在一起。**是啊，這一切都不一樣了。**他身邊的貓兒們都顯得焦躁不安，他們豎起耳朵、抽動尾巴，為即將要建立新的家園興奮不已。

我只希望我們這樣做是對的。

第四章

雷霆離開後，灰翅慢慢感受到寒意，麻雀毛選擇到清天陣營帶給他的震撼已經漸漸淡去。他甩甩身體，抬頭望著在金雀花叢入口的兩隻年輕貓兒。梟眼在那裡撲著漫天紛飛的雪花，眼中充滿興奮。

灰翅隱忍住悲傷。

忽然有柔軟的毛擦身而過，他轉過頭去。

礫心琥珀色的眼睛正看著他。「我已經跟他們道別過，現在換你了。」

灰翅的腳好像石頭般沉重，他要怎麼說再見？他從沒想過他們會這樣分離。他凝望著營地上空的烏雲，龜尾在看嗎？當祂催促著大家要像熾烈之星一樣擴散成長的時候，祂知道會發生這一切嗎？他滿腔悲憤的低聲道：「龜尾留給我的就只有他們了。」

「你還有我啊，」礫心把他推向前去。「你不去道別，他們是不會離開的。」

我的選擇是對的嗎？灰翅質疑自己是否該去松樹林。要他如何以森林為家呢？這坑地才有家的感覺啊，這裡是他和龜尾築巢的地方，要拋開這裡簡直不可思議，但這是他的決定。沒有一隻貓選擇留在這裡。**這裡將變得空蕩蕩的**。想到這裡，他滿腔悔意，但他知道自己必須放下，因為他應該待在礫心身邊。這隻年輕公貓從小就與眾不同，他是個天生的醫者，他做的夢有預知能力。強烈的責任感讓灰翅認為自己必須和他在一起。貓族命運將和礫心連結在一起，**我必須保護他**。

灰翅試著深吸一口氣穩定情緒，但是他的胸口繃得緊緊的。自從在那場森林大火被濃煙嗆傷後，他就常常覺得呼吸困難。此刻，禿葉季的嚴寒再加上離別的傷痛，讓他的胸口猶如被石頭壓住般，喘不過氣來。他閉起眼睛淺淺地吸了一口氣，然後穿過營地。靠近麻雀毛和梟眼時，他開口。「你們看來很興奮嘛！」話一出口已經收不回來了，灰翅發現自己這樣說好像在責備他們。「我是說……你們看起來很高興的樣子，你們一定做了正確的選擇。」

麻雀毛焦慮地看著他。「我們不是有意要傷害你的。」

「我沒有受傷啊！」灰翅說謊。

梟眼對他眨眨眼。「你在喘氣。」

「那是因為天氣冷。」灰翅抬起頭，先看看麻雀毛再看看梟眼，突然驚覺他們已經長得好大了，小貓的絨毛已經褪去，光亮的毛皮下看得出結實的肌肉。麻雀毛一身玳瑁的毛色像極了她媽媽，梟眼則像他媽媽的纖瘦靈巧。「到了新家，你們還是會記得龜尾吧？」

「當然，」麻雀毛高聲喵道。「我們**永遠**不會忘記祂的。」

梟眼的尾巴顫抖著。「我還記得祂的氣味。」

到了潮溼泥濘的森林，你們還會記得嗎？他把嘆息吞了回去。「你們的媽媽很勇敢，」他繼續說。「而且比任何貓都仁慈，看到你們勇敢面對自己的未來，祂會以你們為榮的。」

梟眼的頭歪向一邊。「**你**也會以我們為榮嗎？」

灰翅往前靠，碰碰梟眼的鼻子。「我一直都以你們為榮，」接著他舔舔麻雀毛的耳朵。「如果你們需要我，就來找我。」

他轉身，努力呼吸以免被悲傷淹沒。他緩緩地走開，感覺背後他們熾熱的眼光。

「好了嗎？你們兩個！」閃電尾愉快的喵聲從後面傳來。「我們走吧！」

「我們不用等清天嗎？」麻雀毛喊回去。

清天從岩石旁邊走過來。「我會跟上去的，」他走向灰翅。「我會照顧他們的。」他保證。

灰翅瞇起眼睛，他哥哥那麼急切地想把大家凝聚起來，幾乎都要用求的了。被獾攻擊後，他顯得更虛弱了，現在的他雖然又像往常一樣挺起胸膛，但灰翅似乎看到他藍眼睛裡潛藏著一絲憂慮。他突然發現自己從來沒看過他哥哥害怕的樣子，這讓他有些不安，他在怕什麼？他歪著頭若有所思。「清天，你還好嗎？」

「當然！」清天甩動身體。

「你還在擔心翩鳥說的話嗎？」灰翅知道，死去的妹妹說的話對清天有很大的影響力。對於妹妹的死，清天覺得全是他的責任，如果當初他們打獵的時間長一點，獵物抓多一點，祂就不會死了。但他想，**當時我們都太年輕了**，而且——

「我不擔心，」清天說：「我只是希望大家能把我的話聽進去。」

灰翅不再爭辯，清天不會放棄說服別的貓。他從很久以前就知道，跟哥哥爭辯只是白費力氣而已，而他現在最不能浪費的就是力氣。

「你確定不跟我們一起走？」清天鼓吹著。

灰翅搖搖頭。「我跟隨高影這麼久了，不能現在離開她，而且礫心也需要我。」

清天低下頭。「很好。」他朝向金雀花叢入口走去，樹叢因閃電尾、麻雀毛和梟眼剛剛走過還顫動著。

鋸峰和冬青也正帶著孩子往那兒走，到了那兒，他們停下來讓清天先走。鋸峰回頭。「該走了，灰翅。有更大的風雪要來了，我們最好快點到達松樹林。」

高影走過來啣起露鼻，露鼻像是被捕獲的魚兒一樣。

「我要自己走！」她尖叫著。

「這段路程很漫長，」冬青說道。「而且營地外的積雪可能很深。」

鷹羽的鼻子抬得高高的。「都沒有貓背我！」

「那騎獾怎麼樣？」鼠耳喊道。

「可以一路都騎嗎？」鷹羽興奮地望著這隻強壯的公貓。

「一路都騎。」鼠耳蹲伏下來，發出呼嚕呼嚕的聲音。

鷹羽連忙爬上他寬闊的肩膀。

「我也可以騎嗎？」暴皮害羞地問。

泥掌大步走向他。「上來！」他把小貓頂上他的背，等暴皮在肩頭坐好，用小腳掌牢牢抓住他的毛。

露鼻大聲尖叫，生氣地拳打腳踢。「我也要騎！」

「好啦！」高影把她放下，蹲下身讓她爬上她的背。

灰翅也想幫忙，不過他知道他要節省力氣。鋸峰說得沒錯，空氣已經有風雪將至的氣息，那股寒氣刺進了他的胸膛。

斑皮和碎冰在金雀花圍牆旁低聲交談。

「如果河波趕我們走怎麼辦？」斑皮問。

「如果真的這樣，我們可以加入其他族。」碎冰看著高影。「妳會接納我們嗎？」

「當然！」高影發出低吟，露鼻在她肩頭亂動。

「走吧！」鋸峰是第一個走出去的。

礫心眼中閃過一絲恐慌。「我的藥草怎麼辦？」

他向突出的金雀花叢望去，樹叢一陣顫動，抖落了一堆雪，雲點從裡頭走出來，嘴上還叼著一包藥草。

他穿過被雪覆蓋的草地，把藥包放在礫心的腳下。「先帶著這些，應該足以應付目前的狀況，裡面還有很多，你可以以後再回來拿。」

礫心對黑貓感激地眨眨眼。「那你呢？」

「我可以製作新鮮藥包，」他正要轉身回到窩裡，又停下來。「森林裡可能有更好的藥草也說不定。」

礫心點點頭，眼睛一亮。「松樹林也是。」

「如果有新發現，我會告訴你的。」雲點保證。

「我也是。」

看到他們溫暖的眼神交流，灰翅突然感到十分忌妒，礫心顯然非常敬愛這隻對他傾囊相授的公貓。

「或許我們應該定期聚會，分享我們學到的東西。」雲點建議。

礫心滿心期待地點頭。「下個新月？在四喬木那裡？」

雲點甩動尾巴。「那就到時候見。」他又消失在他的窩裡。

「走吧，礫心。」灰翅對年輕公貓喊著，其他的貓都已經排隊要走出營地了。

礫心叼起藥包，快步跟上鼠耳，穿過營地隧道。在公虎斑貓背上的鷹羽被樹枝刮得尖叫，就更緊靠著公貓。

灰翅停在隧道口，回頭望著一片死寂的坑地，只有雲點在他窩裡翻東西的聲音劃過這片寂靜。

帶著沉重的心情，灰翅穿過金雀花叢。

外頭的高地已經開始飄雪，石楠叢也隨著風勢搖擺。斑皮和碎冰已經往河流的方向走了，廣闊黃色的天際下，他們的身影顯得十分渺小。

冬青、鼠耳、泥掌和高影跟著鋸峰穿越高地，隱約看到遠方的松樹林。要到那裡，他們得越過高地的最高點才行，礫心跑著追上來。

「快點，灰翅！」鋸峰在隊伍的前頭喊著。

灰翅突然停下腳步，抽動鼻頭，雪地裡有一股不尋常的味道，有惡棍貓剛走過，他們應該在營地入口附近徘徊一陣子了，雪地上還留有他們坐過的痕跡。他們為什麼不進來打聲招呼，就像是那些沒有不良意圖的好奇惡棍貓？灰翅心底升起一股不祥的預感，他覺得自己認得高地上所有惡棍貓的氣味，但這些他不認得。**這有關係嗎？**反正他們都要離開這裡了。灰翅環顧高地，風奔的營地就在這附近，這時他對一眼的記憶又浮上心頭。如果有陌生的惡棍貓在附近遊蕩的話，她的孩子可能有危險。灰翅決定去調查一下。「我會跟著你們的腳印追上去的！」他對著鋸峰喊。「我去看一下有沒有獵物。」他這樣講是不想把小貓嚇著了。

「別耽擱太久！」鋸峰回答時，灰翅開始嗅著雪地上留下的蛛絲馬跡。有一條延續到河邊的足跡，那是斑皮和碎冰留下的；另一條走向森林，是清天他們；第三條則帶有陌生客的氣味。灰翅追蹤那氣味往下坡的一大片石楠叢走去，樹叢漸漸掩蓋了他的頭，那股氣味也愈來愈濃。

兩隻貓。

他放慢腳步，努力地想要多吸到一點味道，他可不想在這麼虛弱的時候和這些陌生貓面對面。不過出於好奇，也是因為擔心風奔他們，他還是一步步地接近。這時一聲低吼響起，他的耳朵豎了起來。

「我沒有時間。」那是一隻公貓的聲音。

另一個焦慮的喵聲回答。「但是我不想自己去。」

突然痛苦的尖叫聲劃過石楠叢。

灰翅整個僵住。

「妳已經不是小貓了！」那第一個聲音斥責道。

灰翅繼續往前爬到看得到亮光的地方，這時石楠隧道向一處較開闊的空地展開，他看到一條虎斑貓的環紋尾巴在雪地上拍打。

他趕緊停住，退到濃密的樹叢裡。他緩慢移動，像水蛇般在枝條間穿梭，周圍的莖稈兒跟著發出脆裂的聲響。

「什麼聲音？」聽到緊張的喵聲，灰翅趕緊停止動作。

「大概是野雞或是兔子吧。」

「獵物？」這母貓發出的嘶嘶聲中帶著興奮。

「我們晚點再吃，」公貓斥責。「妳必須要去跟蹤那些貓。」

跟蹤那些貓？灰翅拉長耳朵，悄悄地潛行到石楠叢邊緣，希望身上的灰土蓋住他的氣味，而透過樹叢，他依稀看出兩隻貓的身形。

一隻寬肩膀的棕色公虎斑貓和一隻黑色母貓面對面，兩隻都有傷疤，他們的耳尖都裂了，身上滿是舊傷。公虎斑貓的胸前斜畫過一道白色傷疤，耳朵撕裂開來，半邊的鬍鬚也不見了。黑貓的尾巴很短，尖端是呈方形的，好像被意外弄斷了一半。

她只有半截尾巴，是怎麼維持平衡的？灰翅在石楠叢中窺視。如果不看那些傷疤，這隻黑貓看起來還蠻年輕的，有一身結實的肌肉。而那隻虎斑貓則已上了年紀，身體鬆垮，不過從眼神中看得出經驗老道，一邊說話還一邊伸縮他的利爪。灰翅想，這是個不

好應付的對手。

虎斑貓繼續開口。「我要妳去跟蹤他們，看他們在哪裡落腳。我早就知道他們終究會離開這塊不毛之地，所以我要知道他們在哪裡紮營、在哪裡狩獵、他們的習性、他們的弱點，所有有關他們的事！」

「為什麼？斜疤。」黑貓顫抖地問。

「蕨葉，別鼠腦袋了！」虎斑貓的前爪往她的耳朵揮過去。

蕨葉閃躲開來，喉嚨發出嗚咽聲。

「難道你不跟我去嗎？」

灰翅很訝異，蕨葉竟然不想跟她這可怕的同伴分開。

「我得去抓別的魚。」斜疤的語氣充滿恫嚇。「蕨葉，別讓我失望。星花背叛了我，我還讓她活著算她幸運，對妳，我可是不會手軟的。」

「我不會讓你失望的。」蕨葉趕緊承諾，她的肚子貼在地上，像是被嚇壞了。

「別讓他們看見妳了！」斜疤露出尖牙。「等到時機成熟時，我要親自看他們那柔軟慈愛的臉上露出驚訝的表情。」

「我會像影子一樣。」蕨葉喵道。

「最好是這樣，不然妳知道我會怎麼處置妳。」

灰翅看到蕨葉渾身顫抖，眼中滿是驚恐。

「我——我知道，斜疤。」

「很好。」斜疤站起來，穿過草叢離去。

看著他遠去的背影，蕨葉眼中的驚恐轉為冷酷的恨意。

灰翅的尾巴不安地抽搐著，這些惡棍貓會帶來麻煩的，不過他們之間的合作基礎是恐懼，**這就是他們的弱點**。蕨葉離去時，他靜靜地待在原地不動。黑貓往上坡走，一定是朝向轟雷路和松樹林的方向前進。他等到蕨葉消失在金雀花叢之後，才從石楠叢中鑽出來，然後抖落一身殘葉，往高地望去。

斜疤在他們的領土遊蕩多久了？從他剛剛說的話聽來，他已經監視他們有一段時間了，而且他認識星花，那他也一定認識星花的父親——一眼。灰翅的腳底不安地刺痛了起來，這些惡棍貓就像毒野草一般，一眼死了，而斜疤取而代之。灰翅感到十分挫折，**難道我們就永遠不得安寧？**

灰翅鑽回石楠叢，他得在不撞見蕨葉的情況下趕上同伴，所以他沿著金雀花叢繞了個弧形路徑，再從高地頂端附近的石楠叢鑽出來。從這裡他可以遠眺一路起伏延伸的山巒，而近處的陡坡則通往轟雷路。就在此時，陡坡上出現了移動的身影，是鋸峰他們！灰翅趕緊衝過去趕上他們，他不管胸口的刺痛，加快腳步，而冷冽的寒風讓他胸口更悶了。雪花打在他身上，更大的風雪就要來了，遠處山區已經籠罩在風雪中。等到他趕上同伴時，能見度已經不到一條尾巴的距離。

「灰翅，是你嗎？」

礫心的聲音從風雪中傳來，灰翅趕上去，看到這隻年輕公貓和其他同伴，終於鬆了一口氣。小貓們仍然緊緊抓著鼠耳、泥掌和高影，他們的身上都覆上一層雪。

「到了樹林裡就會有遮風蔽雪的地方！」鋸峰喊著。

冬青回應，「我們得先穿過轟雷路。」

灰翅的舌頭已經感覺到那黑路傳來的嗆辣味兒，轟雷路不遠了。他們怎麼過得了轟雷路呢？此刻連鬍鬚以外的東西都幾乎看不見！灰翅趕上鼠耳，又超前去和鋸峰並肩而行。「在過轟雷路之前，我們也許應該先找個遮蔽處休息一下。」

「不行，」鋸峰定睛在前方。「我們要繼續向樹林前進。那裡不但有遮風蔽雨的地方，也有獵物，小貓們都已經又冷又餓了。」

風雪中，灰翅瞇起了眼睛，鋸峰表現得像個首領似的。不過他是對的，他們已經很接近轟雷路了，松樹林就在路的那一邊。

耳邊呼嘯的風雪聲愈來愈大，灰翅發現那並不只是風雪而已，他愣住。「小心！」就在他呼喊的時候，一雙巨眼投射出的亮光穿過風雪而來。他往後縮，被那耀眼的光芒照得看不清楚，一隻怪獸正朝著他們狂奔而來。

「退後！」鋸峰大喊一聲，拉著冬青踉蹌地往後退，也把灰翅推向高影。就在怪獸離他們一條尾巴遠時，露鼻嚇得尖叫。大風雪中顯露的巨大黑色腳掌，轟隆隆地奔向遠方，消失在風雪中。

「好險，」鋸峰挺起身，回頭看大家。「大家都沒事嗎？」

「沒事。」鋸峰的鎮定讓灰翅很感動，他看看小貓，他們都緊靠在一起，有礫心和高影護著他們。

「那是怪獸嗎？」鷹羽倒抽一口氣。

「對啊，親愛的。」冬青上前去用鼻子碰碰鼠耳背上的小貓。「我們要小心點。」

「我們會的，」鋸峰低吼。「至少我們知道轟雷路在哪了。」

灰翅看著暴風雪。「我們現在過不去。」

「我們可以的。」鋸峰往前進，然後又停下來。「剛剛那隻怪獸靠近我們之前，地面會先震動起來。」他把他的腳掌深深探入雪中。「如果我感覺到有怪獸靠近的話，我會警告你們的。」

冬青對他眨眨眼。「你不能就這樣站在那兒！」她急了。「如果牠偏離方向撞到你的話怎麼辦？」

「不會的。」鋸峰說道。

他像是脫胎換骨似地，變成一隻完全不一樣的貓。灰翅望著高影，她也驚訝地盯著鋸峰。

高影的眼光迎向灰翅。「我從沒看過改變這麼大的貓。」

灰翅點點頭。「我跟妳想的一樣。」

冬青扭過頭來。「一點點愛的力量就讓你們這麼驚訝。」

她的語氣裡帶著責難嗎？

灰翅感到一陣內疚，他對弟弟是不是太嚴格了？他需要的只是多一點善意的肯定。

冬青抬起頭走到鋸峰身邊。「我相信你。」她用鼻子輕觸鋸峰的臉頰，然後對鼠耳和泥掌喊。「鋸峰叫你們跑的時候，你們就帶著孩子過去。」

鼠耳點點頭，走向鋸峰標示出轟雷路邊緣的地方。

「等等，」鋸峰警告。「地面在震動，」他定住不動喊著。「大家離路邊遠點。」只見鼠耳往後退，鋸峰還站在那兒，呼呼寒風瞬間變成怪獸的嘶吼。獸眼發出的光照在鋸峰身上，灰翅屏息以待。牠的黑色腳掌疾馳而過，恐懼劃過灰翅全身，但在怪獸疾駛而過的當頭，鋸峰一點也沒有退縮。

灰翅掙扎地吸氣，風雪凍著了他的嘴，讓他的胸口燃燒起來。

「跑！」鋸峰大喊。

鼠耳和泥掌快速衝去，伴隨著小貓的尖叫聲，灰翅顫抖地看著他們消失在風雪中。

「現在還很安全！」鋸峰吆喝著。

高影一躍而上，冬青追過去，礫心也跟在她後頭。

「你也一起！」鋸峰望著風雪中的灰翅。

灰翅幾乎沒有力氣回答。

鋸峰跑到他身邊。「你還好嗎？」

「在這樣的風雪底下，我實在很難呼吸。」灰翅沙啞地說道。

鋸峰貼近他身邊。「靠著我。」灰翅感受到這公貓強而有力的肩膀支撐著他，他倚靠上去，突然感到非常虛弱。

「走吧，」鋸峰柔聲催促著。「現在沒有怪獸。」

灰翅的注意力集中在腳底，試圖去感受大地的震動，然而他卻連是大地在震動，還是腿在發抖都搞不清楚。他看著鋸峰，他弟弟的眼光鎮定地望著前方。**那一定是我的腿，我不能這麼虛弱，我的同伴需要我！**

鋸峰撐著他向前走。「繼續往前走，」他咕噥地說。「只要到了松樹林，你就可以吸到多點空氣。」

灰翅沒有回答，只是向前看，滿心感謝鋸峰有力的支持。他拖著蹣跚的腳步，讓弟弟引導著。他感到腳掌下的積雪很平坦，積雪下的地面像石頭般堅硬。他們一定是走在轟雷路上了，他拚命加快腳步。

「不要緊的，」鋸峰向他保證。「現在沒有危險，慢慢來。」

一陣風雪打向他的口鼻，灰翅感到一陣暈眩。「我沒辦法。」他喘息說道。

「你一定要有辦法！」鋸峰低吼著。「我感覺到地在震動了。」

灰翅試著深吸一口氣，拖著腳掌走。

「快！」鋸峰用肩膀拚命頂著灰翅的身體，半提半推地往前走。

灰翅聽到怪獸的呼吼聲，強光閃過雪地，整個世界好像就要顛覆了，這時鋸峰把他往前甩過去。

我們就要死了！

灰翅滾過去，滾到柔軟的雪地，然後停下來。此時怪獸的呼吼聲劃過耳際，碎石和

冰塊噴得他全身都是，一股嗆辣的煙味充滿鼻腔，接著就只剩風雪而已。

怪獸走了。

「鋸峰？」恐懼襲上灰翅全身。「鋸峰！」

「我在這兒！」他弟弟帶著勝利的喵聲。「我們辦到了！我看到樹林了。」

鬆了一口氣之後，灰翅整個癱軟下來，他讓鋸峰撐著他蹣跚地往前摸索。前方黑影幢幢，愈往裡走愈黑暗，直到一股神祕的幽靜籠罩著他。

雪沒了，風也止住了。

我死了嗎？

灰翅睜開眼環顧四周，參天的樹幹在周圍聳立著，腳底下是鋪滿針葉的柔軟林地。

「你們辦到了！」冬青從松樹林間走出來，和鋸峰耳鬢廝磨。

「我們當然辦到了！」鋸峰和礫心點頭示意。「灰翅的氣喘又犯了。」

礫心把藥包放在地上。「我聞到這裡面有款冬。」他用鼻子把藥包打開，挑出一小段暗綠色的枝葉。「從綠葉季存放到現在，已經乾了，不過還有效。」

聞到這熟悉的氣味，灰翅的肚子就開始放鬆了。礫心用牙齒咬下一段給灰翅服用。

「謝謝。」他細細地咀嚼，將枝葉的汁液吞下去。

「我們在這裡休息一下吧。」高影把露鼻從背上放下來。

露鼻踩到地面時發出一聲尖叫。「這地踩起來感覺好奇怪。」

鷹羽和暴皮也從泥掌和鼠耳的背上下來。

「很有彈性！」鷹羽在覆蓋厚厚一層松針的地面跳來跳去。

「一定有一條尾巴深！」暴皮把他的腳掌探進棕色的松針落葉層中，直到腳掌看不見。「看！我沒有腳！」

灰翅坐下，這時候款冬的藥效已經開始發揮，他胸口也放鬆了。「謝謝，礫心。」他喃喃地說。

「希望這樹林裡也有款冬。」礫心環顧樹林。

這些又高又直的樹幹都裂了，像是被太陽晒乾的獵物，樹幹間一片幽暗，根部蕨類叢生。灰翅抬頭往上看，天空被濃密的樹枝遮蔽了，即使是禿葉季，那枝葉還是翠綠的。樹頂被上方呼嘯的風雪吹得傾斜而吱嘎作響，但是樹本身依然挺立著，樹根深深地紮入泥土裡。

「你在想什麼？」高影跟著灰翅的目光往上看。

灰翅用尾巴甩打著布滿松針的地面，強烈的松樹氣味穿過他悶脹的胸口，他感到腳掌又有力氣了，肩膀放鬆下來。「我想我會喜歡這裡的。」

「我們要紮營嗎？」冬青喊著。

「在哪裡？」高影環顧四周。

想到斜疤對蕨葉下的命令，灰翅突然心中一震。**我要知道他們在哪裡紮營、在哪裡狩獵、他們的習性、他們的弱點、所有有關他們的事！蕨葉過轟雷路了沒？她在附近嗎？**想到這兒，灰翅的眼睛就拚命在黑暗中搜尋，想要找出一點蛛絲馬跡。為什麼蕨葉的毛不是橘色的呢？她那一身黑實在太好隱藏了。

「灰翅？」高影察覺他焦慮的眼神。「怎麼了嗎？你的毛豎起來了。」

「沒什麼。」灰翅快速地回答高影，反正對於斜疤的監視她也無可奈何，又何必在這時候破壞她期待已久的愉快心情，讓她白操心呢？「這樹林跟妳想像的一樣好嗎？」

高影發出愉快的低吟，繞著松樹打轉，踏在松針地面的腳步聲比耳語還要小聲。「比想像中還好，」她豎起耳朵。「風雪似乎在很遙遠的地方。」

「我聞到松鼠的味道了。」鼠耳快樂地喵道。

「我們要去打獵嗎？」泥掌看著鋸峰。

灰翅驚訝地眨眨眼，泥掌已經把鋸峰當成領袖了。

高影坐在一旁望著樹林，似乎沒有注意到這一切，就算有，她也不在乎。她的綠色眼睛閃閃發亮，黑色毛髮和幽暗的背景融為一體，她似乎已經成為這新家的一部分了。

「高影？」鋸峰喊她。「我們要去打獵嗎？」

「如果你想的話。」高影聳聳肩。

冬青的眼光一直跟著她的孩子，他們在樹根處跌跌撞撞地玩耍，鼻子和尾巴興奮地抽動著。

露鼻一躍而上，用爪子勾住樹皮，整個身體掛在樹幹上。「看！我在爬樹。」

「別爬太高了。」冬青警告。

礫心嘗嘗空氣的味道。「也許打獵前，我們應該先找個地方築窩。」

「我們分頭進行吧！」鋸峰建議。「我跟泥掌和鼠耳去打獵，你、冬青和高影帶著灰翅和小貓去找今晚過夜的地方。」

帶著灰翅和小貓！灰翅一陣怒火，鋸峰把他跟小貓歸為一類！

暴皮歪著頭。「灰翅為什麼不能跟你一起去？他超會打獵的。」

「灰翅的動作沒辦法像以前那麼快了。」鋸峰回答。

冬青也點點頭。「他跟你們在一起會比較安全。」

鷹羽挺起胸膛。「我會照顧他的！」

鋸峰疼惜地看著他的孩子。「灰翅會很感謝有這麼一隻強壯的小貓照顧他。」

灰翅貼平耳朵。「我才不需要誰照顧呢！」他怒嗆鋸峰。「別因為你救了我，就可以把我當成沒有用的小貓！」

露鼻的毛豎了起來。「小貓才不是沒有用呢！」

高影走到他們之間勸解。「灰翅，我想鋸峰並沒有惡意。」

鋸峰點點頭。「我當然沒有別的意思，大家都知道是那場火傷了你的呼吸系統，讓你大不如前了。」

灰翅怒火中燒，他伸出利爪，想知道自己還有沒有力氣抓扒弟弟的耳朵，他竟敢這麼說？

高影輕彈一下尾巴。「鋸峰，我想你該去打獵了。」她婉轉地建議。

灰翅皺起眉頭，愛沒有讓鋸峰變得有自信，而是讓他變得傲慢自大！「小心，」

他低聲說道：「別忘了你不曉得外頭有什麼。」**或許我應該警告他們關於蕨葉和斜疤的事。**這裡並非他們想像的那樣完美，黑暗中有危機潛伏。然後灰翅望向高影，看到她眼中浮現一抹憂慮，這是她到松樹林第一次出現這樣的表情，他把怒氣吞回去，他不是故意掃她的興的。「對不起。」

他會等時機成熟再告訴大家有關斜疤的事。也或許根本不用說，他可以找到蕨葉然後跟她談談。那惡棍貓並不像是壞貓，她只是害怕斜疤而已。

灰翅突然覺得很累，他們連新的營地都還沒找到，就有麻煩接踵而至。「走吧！」他把自己撐起來。「我們去找隱密的地方築窩吧。」

才一出發，鷹羽就一馬當先衝到最前面。「我可以有自己的床嗎？」

「等你大一點再說。」冬青在後頭喊著。

灰翅警戒地看著小貓身旁的陰暗處。「靠近一點，鷹羽，要等我們確定這附近安全才行。」

強風搖動頭頂的樹枝，雷霆把前爪緊緊地收進肚子底下。身旁的清天呵氣問。「你冷嗎？」

「不冷。」雷霆說謊，隆起肌肉不讓清天發現他在顫抖。他們坐在離營地不遠的一小塊空地邊緣，看著橡毛訓練梟眼和麻雀毛，她正在教他們如何在這森林新家狩獵，清天想看看他新招募的成員能否適應森林生活。

雷霆豎起毛髮，這些日子以來，禿葉季嚴峻的天氣已經比較緩和了，但是雪轉變成雨，那股溼氣已經深入他的厚毛裡。現在雨停了，但上一場大雨的水滴還是不斷地從樹上落下，溼答答的落葉結成一塊塊，讓整個地面變得滑溜溜的。

「再試一次，梟眼。」橡毛把一隻死老鼠放在空地邊上。「你得一躍就抓到，樹林裡是沒有第二次機會的，在這裡，獵物有很多地方可以躲藏。」

就在梟眼蹲伏在橡樹的樹根後頭時，雷霆發現他盯住獵物的眼神已經開始焦慮。麻雀毛在他身後一條尾巴的距離，不耐煩地來回踱步。「快點！」

橡毛惱怒地瞪了玳瑁色母貓一眼。「安靜點，麻雀毛，讓妳弟弟專心。」

「換我了啦！」麻雀毛抱怨著。

「那老鼠是不會跑的。」橡毛告訴她。

「換我練習的時候，早就被扯成稀巴爛了。」麻雀毛垮著臉。

「梟眼需要練習。」就在橡毛說話的時候，一片枯葉從枝頭落下，掉到潮溼地面。梟眼的眼光瞄了一眼。

橡毛的尾巴立刻揮了過去。「別管那片葉子，專注在那隻老鼠身上！」

梟眼喘了一口氣。「對不起！」

雷霆有點同情這隻公貓，梟眼之前的那一跳，跳過了這隻老鼠，腳掌還在泥濘的地上打滑。如果橡毛再讓他這麼緊張，下一跳也不會好到哪裡去。

「他警覺性這麼高很好啊，」雷霆站在一邊說道：「在森林裡還是機警一點好，這裡不像高地那麼容易察覺到危險。」

橡毛怒髮直豎。「但也不能每次一有落葉，他就把眼睛從獵物身上移開啊！」她怒斥，「這樣什麼都別想抓到。」

梟眼抬頭看著顫動的樹枝。「我會習慣的。」他保證，但身體還是緊張地抽動著。雷霆看得出來，在這枝葉濃密的天蓬底下，他還是不太自在。

他穿過空地走到橡毛身邊，對她耳語。「他還那麼年輕，記得妳蹲伏學了多久嗎？」雷霆對她揶揄地眨眨眼。

「我學得比你快。」她駁斥。

「也比閃電尾快。」雷霆提醒她。

她發出呼嚕呼嚕的低吟，轉身對梟眼說：「你很快就能分辨得出落葉和狐狸的區別的，」她繼續鼓勵他。「現在，只要專注在老鼠身上，如果有危險我會警告你的。」

麻雀毛哼了一聲。「到底是要搞多久！」

橡毛對她喊。「妳何不利用等待的時間，去偵查看看這裡有幾種不同的氣味？」

清天低聲咕噥，「分辨氣味是小貓學的玩意兒。」他大步穿過空地。「派點兒好差事給她！讓她去打真的獵物。」他走到死老鼠旁踢了一腳，老鼠滾到一旁，梟眼的目光一直沒移開過。

橡毛不自在地原地踱步。「可是她還沒學過怎麼在森林裡狩獵。」

「不讓她練習的話，她永遠學不會。」清天對麻雀毛點頭。「走吧！去幫其他貓抓點東西回來。」

麻雀毛的眼睛一亮。「太棒了！」她隨即轉身穿過荊棘叢。

「等等！妳還不曉得外頭有什麼呢！」橡毛用尾巴招喚梟眼。「我們跟妳一起去。」

梟眼還緊盯著死老鼠不放。「我要再跳一次嗎？」

「別管那隻老鼠了，」橡毛的毛髮都豎了起來。「我們回程的時候再來撿。」

看到橡毛以責怪的眼神瞪著清天，雷霆在她擦身而過時對她同情地聳聳肩。清天好像什麼都沒注意到，瞇著眼睛注視著樹林間。「有誰來了。」

雷霆豎起耳朵，橡毛帶著梟眼和麻雀毛穿過荊棘進入蕨叢，而另一邊有腳步聲穿過樹林而來，他嗅嗅空氣中的氣味，是**閃電尾**！

他的朋友從樹叢中衝出來，在鋪滿潮溼樹葉的地面滑了一下才停下來。「橡毛在哪？」

「她剛離開。」

「她還在訓練麻雀毛和梟眼嗎？我答應她說要幫忙的。」閃電尾東張西望。「她往哪兒走？」

清天嗤之以鼻。「往蕨叢那邊，難道你都聞不出來？」

「我聞到的全是溼樹葉味道，」閃電尾喵道：「你是怎麼聞到獵物味道的？我連我自己的尾巴都快聞不出來了。」

「你會學會的。」雷霆向他保證。他自己也剛適應不久，他之前還在森林生活過呢，只是高地上的生活幾乎讓他忘了以前所學。在高地上，風吹來的都是單純新鮮的氣味，而這裡，味道都是混在一起的，有灌木叢的，也有樹幹的，而且整座森林都帶著一股潮溼腐臭味兒。

閃電尾對雷霆點頭示意。「你要跟我們一起嗎？」

「不了，謝謝。」雷霆望著樹林，很想知道沿著陡坡往上走，那片濃密蕨叢的頂端有什麼。「我想要探索一下我的新家，」他對清天彈一下尾巴。「你要跟我一起去嗎？」

清天把頭扭過來。「跟你一起去？」

「我以為你會想陪我去。」

清天瞇起眼睛。「你想帶我逛我的領土？」

雷霆的頭斜向一邊，突然有點不自在。「我不是這個意思，我只是想說你要不要一起來……」

清天打斷他的話。「我是該巡邏一下邊界了，」他揚起尾巴。「或許你會想陪我去。」

雷霆實在蠻挫折的，清天有必要把每件事都弄得這麼緊張嗎？他提醒自己，**清天才是首領，讓他帶路吧**，於是他點點頭。「這是我的榮幸。」

清天大步走出空地，雷霆跟在後頭。

就在雷霆擦身而過時，閃電尾靠過來對他耳語。「他什麼都要爭嗎？」

「對。」雷霆低聲回答。

清天是很頑固的，這點眾所周知。雷霆只希望自己能更了解，到底什麼會激怒清天。跟父親相處簡直像走在荊棘地一樣，不曉得什麼時候會踩到刺。

閃電尾鼻尖輕觸雷霆的身體。「你比我有耐心。」

雷霆希望真是這樣。「回頭見，閃電尾。」他加快腳步，在細長的白樺樹林間迂迴而行，想要趕上清天。前方有水聲，他們正朝向一條溪流前進。雷霆趕上清天的時候，他已經躍過溪流，蹲伏在對岸了。雷霆走到溪邊，看到清天低下頭在溪邊舔水。

這裡要在雪融的時候才有溪水，現在這水浸過他的腳尖，就這樣晶亮剔透一路蜿蜒在樹林間。雷霆也低下身來喝水，這比高地上任何一處的水都還新鮮，高地上的水總是濁濁的，喝起來帶著一股泥炭味兒。

他抬起頭來，下巴還在滴水，看到清天已經走到對岸更遠處。

「你好了沒？」

他父親在那一頭喊著。

雷霆躍過溪流後，清天點頭指向貫穿森林的溝渠。「溝渠的那邊有一棵大橡樹，過了大橡樹那一邊的森林就通向兩腳獸的住處。」

「帶我去看。」雷霆讓他父親帶頭前行。

他跟著父親經過高地，然後跟著躍入溝渠，溝渠的兩邊都很陡，連日來的大雨使得這裡一片泥濘。雷霆腳下蜿蜒的樹根非常溼滑，清天卻可以輕而易舉地在上頭移動。淺灰色的身影在幽暗中似乎只是個影子，而雷霆則發現自己的橘色毛髮顯得特別耀眼。他的腳被樹根絆倒又打滑，費力地站好後又再度滑跤。他習慣廣闊平坦的高地，就算石楠叢的兔子小徑也都比這好走多了。凹凸不平的地面讓他無法站穩，他把所有的注意力都放在腳上，沒發現前方橫亙的荊棘枝條，這枝條就這樣刮到他的耳朵，讓他痛得大叫。

清天停下來轉頭問。「你還好吧？」

「被荊棘刮到而已。」雷霆往旁邊較高處望去，那裡看起來明明比較平坦好走，又沒有荊棘，為什麼清天偏偏要選這麼難走的溝渠？

「你不能再走快一點嗎？」清天喊著。

「我已經盡全力了！」一陣不耐煩的情緒油然而生，**他根本是故意的**。他父親顯然想表現他對自己領域的掌控度。

清天加快腳步在盤根錯節的路徑上行走。

我才不想跟你玩，雷霆一躍而上，沿著溝渠邊緣的緩坡爬行。他居高臨下，追蹤清天的路徑。一團蕨叢擋住去路，他鑽了進去，體驗全身被枝葉拉扯的感受。

清天在另一邊等他。「你應該要跟著我的。」他帶著冷峻的眼神站在陡坡上。

「本來有啊！可是我一直刺到腳。」

「你顯然已經忘了怎麼在森林裡行動。」

不想理會父親那種高高在上的語氣，雷霆往陡坡望去。一棵大樹昂然挺立，高聳入雲。「那就是你說的那棵橡樹。」

「對！」清天尾巴一甩，往那兒奔去。

雷霆隨後跟上，清天更賣力狂奔，努力保持領先的地位。就在他們接近坡頂時，前方閃過紅色的身影。

清天放慢腳步停了下來，全身汗毛直豎。

雷霆嗅到父親散發出的恐懼氣息，也停下腳步。疑懼從尾巴竄過全身，就在樹葉掉落時，他伸出利爪，是狐狸嗎？

接著傳來小腳掌噠噠跑過林地的聲音，有一隻紅松鼠從地面躍上了橡樹樹幹。

雷霆轉了一下眼珠子。「我還以為是狐狸！」

清天毛髮還豎著。「別傻了！」他回嗆。

雷霆從眼角瞄著他父親，**那你在怕什麼？**

清天咕噥說道：「看著你的路，別看著我，不要再刺到腳了。」他尾巴一甩，闊步走過橡樹。

雷霆跟著，一邊還抬頭看那隻消失於枝葉間的松鼠，雨滴就在這時候落在雷霆的臉上，他趕緊甩甩頭跟上清天。

過了橡樹之後，是一片連接到林間空地的斜坡。看到斜坡底部又有一片荊棘叢，雷霆的心一沉。他看到沿著荊棘叢的邊緣有一條小徑，那小徑會穿過枯萎的羊齒植物。只見清天往下坡衝，直搗荊棘叢，雷霆只好壓扁耳朵，跟了過去。

清天俐落地在潮溼的枝條間跳著。

雷霆的腳掌每被刺刮到一次就縮一下，最後總算慢慢走出荊棘叢。穿過荊棘叢後，他看到兩腳獸的紅色屋頂在微弱的陽光下閃耀著。他放慢腳步，嗅著這不熟悉的氣味。

清天繼續向前行。

「我們不會是要去那邊吧？」雷霆停在一棵紫杉旁邊。

「我們可能會招募到一些寵物貓。」清天停下腳步轉過頭來。「記得嗎？翩鳥要我們成長擴散出去。」

「要招募寵物貓？」雷霆記得湯姆，就是龜尾孩子的寵物貓爸爸。他偷走小貓就是要讓龜尾痛苦，龜尾為了救孩子還犧牲了生命。

「你怕他們嗎？」清天質問。

「當然不怕！」雷霆瞪著他。「可是他們不會打獵，要他們有什麼用？」

「我們可以訓練他們。」

雷霆沒注意聽清天說什麼，卻察覺有踩過樹葉的腳步聲，他豎起耳朵，紫杉附近有東西出沒。

「你聽見了嗎？」雷霆向清天發出嘶嘶聲。

清天甩一下尾巴。「可能是松鼠，我們回程的時候再抓。」他繼續往兩腳獸的地盤前進。

「我們應該現在就抓。」他們今天已經錯過一隻了，難道清天忘記現在是禿葉季了嗎？他們可輕忽不得啊！

「那就去抓啊！」清天回頭喊著。

雷霆在紫杉下蹲伏著，垂墜的枝條刮著他的背，從那氣味聞起來並不只有松鼠而已。鼻腔裡還另有一股熟悉的味道，這時他聽到牙齒咬嚙骨頭的聲音時，頸毛整個豎了起來。他往前移動，肚子磨過溼冷的地面，然後透過蕨葉叢窺探遠端。

一隻金色母貓正低頭啃著一隻死松鼠，氣味聞起來像是剛抓到的。雷霆亮出利爪，這隻貓的虎斑紋路和她那白色的胸膛和腳掌，感覺好熟悉，這種熟悉感讓雷霆心痛了起來。

他從紫杉底下鑽出來，盯著她看。「星花。」

星花轉頭，明亮的綠眼睛凝望著他。「嗨！雷霆，你在這森林裡做什麼？我以為你已經成為高地貓了。」

雷霆毛髮直豎。「我在做什麼？」難道她不知道她現在正在清天的領土打獵嗎？

「發生了那件事之後，妳怎麼還敢出現在這裡——」

她打斷他的話。「發生了哪件事？」她歪著頭，定睛望著他。「你是指你們殺了我爸爸？」

她說的是惡棍貓一眼。一眼曾經用武力侵占清天的領土，攻擊任何不聽命於他的貓，森林貓是應該要起來反抗的！但是星花愛她爸爸，不管他做了多壞的事。**就像我愛她一樣**，雷霆心想。

不過，現在他幾乎可以確定，自己對她已經沒感覺了。

「不是那樣的。」雷霆堅稱。

「是嗎？」星花甩動她濃密的尾巴，又轉回去吃她的松鼠。

雷霆盯著她，義憤填膺。如果當初他們沒有阻止一眼，他會殺掉高地上所有的貓。

星花瞄他一眼。「要不要來一口？」

雷霆全身熱了起來。「一口？我們是盟友嗎？難道妳什麼都不在乎？」

星花抬起頭，綠眼睛閃閃發亮。「我在乎，所以我原諒你。」

「原諒我？」雷霆嗤之以鼻。「是妳背叛了我們！」

「而你是殺死我爸爸的幫兇。」星花不疾不徐地回答。

此時，雷霆背後的紫杉發出窸窣聲。

「那不是我兒子的錯，」清天從樹叢裡鑽出來。「對於一眼的死，如果妳想要怪的話，那怪我吧！」

星花的視線快速轉到清天身上。「不就是你收留我爸爸的嗎？」

雷霆對星花使了個警告的眼神，清天可不喜歡被提醒自己犯過什麼錯。接著他驚訝地眨眨眼，因為清天竟然點頭承認。

「對，就是我。」

他怎麼可能變得這麼有禮貌？

星花的頸毛軟下來了。「你那時候真仁慈，」她與雷霆擦身而過，和清天碰碰口鼻。「你可以再仁慈一次，收留我嗎？」

雷霆盯著她看。

「獨行貓的生活是很艱難的，」她柔聲繼續喵道。「我知道你不信任我，但是其實你應該要信任我的。我對我爸爸自始至終都很忠心。」她的眼神短暫地瞟了雷霆一眼。

「這難道不是真正的忠誠嗎？」

雷霆隱忍著怒火，**她是說我之前離開清天是不忠誠的嗎？**他緊張地望著父親，他會惑於星花的甜言蜜語嗎？當他看到清天搖頭的時候，不禁鬆了一口氣。

「我不能讓妳加入，」他告訴她。「妳爸爸傷害了我很多夥伴，他們不會想看到我收留妳的。」

星花緩緩地對清天眨眨眼。「如果你的夥伴們告訴你他們不介意呢？」她輕柔地說。「你會收留我嗎？」

清天搖搖頭轉過身去。「我不能，」他低吼。「妳爸爸做了那樣的事。」

雷霆看見星花眼中燃起怒火。

「雷霆，拜託！」

星花轉向雷霆，他想要避開她閃亮的眼神，但卻移不開。

「禿葉季這麼長，」她喵聲中帶著恐懼。「我不知道我獨自一個有沒有辦法生活下去，現在一眼死了，已經沒有誰可以幫我了。」

雷霆強迫自己別過頭去，但他的身體還是可以感受到星花熾熱的眼神。因為她爸爸的錯而處罰她，這樣對嗎？她現在獨自一個，沒有一眼欺負她，或許她是可以信任的。或許她也只是一個受害者，雷霆的內心糾結。「清天！」他呼喚父親。「也許我們應該給她一次機會。」

清天回頭。「她是一眼的女兒！」

「那不是她的錯！」孩子不一定會跟著父親的腳步，這點他比誰都清楚。這時星花走近他身邊，擦身而過，他感到有股能量閃過全身，她的氣味是那麼熟悉、那麼溫暖。他內心翻騰著，他一定要說服清天收留她，不能讓她挨餓。「你不是要把所有的貓都凝聚在一起，」他繼續說。「那為什麼星花不行，她也曾經是我們的一分子。」

清天瞇起他的藍眼睛。

「鷂鳥要我們凝聚在一起擴散成長，」雷霆繼續說。「如果有愈多貓的話，我們就會愈強。」

清天看著星花捕獵的松鼠。「我想她能打獵。」

「我可以！」星花叼起松鼠。

清天轉過身去，抽動尾巴。「帶她一起走吧，你得跟你的夥伴們解釋。」

星花發出呼嚕呼嚕的低吟聲，跟著清天穿過紫杉。

雷霆跟在後面，肚子緊縮在一起，**你得跟你的夥伴們解釋**。他緊張得腳底刺痛了起來，想像著星花走進營地時，閃電尾的表情。**他會以為我瘋了**。

第六章

灰翅擺出蹲伏的姿勢，微弱的陽光穿過天篷，灑落在林地，形成斑斕的光影。他盯著傾倒樹幹上的一隻蜥蜴，興奮地抽動尾巴。接著他移動身體重心，腳下松針的碎裂聲就像踩在雪地一樣。就在蜥蜴急著逃竄時，灰翅縱身一躍。

落地時，松針灑落一地，讓他笨拙地滑了一下，不過前爪倒是扣住了蜥蜴的尾巴，他快速予以致命一咬。掌中蜥蜴死了，他聞聞那一身鱗片，質感很特殊，滑溜溜的，跟平常抓到的獵物不一樣。**河波吃這種東西**，他一邊這樣告訴自己，一邊舔著從蜥蜴的脖子冒出的鮮血。這東西的肉可能很怪，不過牠的血嘗起來跟別的獵物沒什麼兩樣，冬青的孩子們會覺得很有趣。

灰翅挺起身來，整個早上他都呼吸不順，就連到陽光把枝頭的露珠蒸發了，他還是不覺得變舒服了。新鮮松樹的味道搔得他胸口發癢，讓他又是咳嗽又是氣喘，他不禁回想起高地上清新的風，一時之間，思念老家的情緒就像爪子一樣，不斷搔著肚子。

你現在住在這裡，他提醒自己。就在他彎下身子撿起蜥蜴時，背後的松林晃動著。

他全身緊繃。

蕨葉？

他們來到松樹林的這半個月以來，都沒有這半尾貓的身影，不過這並不代表她沒有潛伏在松樹林的陰暗處，藏身在陌生的氣味中。

他轉身亮出利爪。

「嗨，灰翅。」礫心走向他。

灰翅的毛順了下來。「原來是你。」

礫心揶揄地抽動了一下鬍鬚。「難道你希望是灰板岩嗎？她說過她今天會來。」

「才不是呢。」灰翅移動腳步，他還真希望灰板岩是唯一會來訪的外來客。其實他還蠻想看到這隻從風奔營地來的深灰色母貓，自從他們到達松樹林以後，她已經來過好幾次，看他們安頓得怎麼樣，給點建議。就是她建議他們把營地蓋在松樹林中心的兩排荊棘叢之間的。

「那樣比較容易防守。」她告訴高影。

高影很驚訝。「防守什麼？」

灰板岩聳聳肩。「狗啊、狐狸啊、兩腳獸啊，這樹林就跟其他地方一樣，你們的新家要蓋在安全的地方。」

高影頓時一副垂頭喪氣的樣子，灰翅湊上前去。「這是高影長久以來的夢想。」他跟灰板岩使個眼色，**別在這時候壞了她的興致**。

高影這會兒卻抬起頭來。「灰板岩，妳說得沒錯，」她喵道：「是我太傻了，以為從此可以高枕無憂。我們當然要有所防範，告訴我們荊棘叢在哪，好讓我們蓋個安全的營地，讓小貓可以在裡面盡情玩耍。」

一連幾天他們努力紮營，在荊棘枝條間忙進忙出，把荊棘叢圍成難以進攻的堅固堡壘。他們把枝條編在一起，樹叢連著樹叢，直到荊棘叢把一片鋪滿松針的空地圍起來。

灰翅從這邊就看得到，礫心背後隱藏在林間樹蔭的那一團枝葉交織的堡壘。

「你在氣喘。」礫心看出來了，他的聲音把灰翅從思緒中拉回來。

「我的呼吸通常到了日正當中的時候就會比較順暢。」灰翅絕望地看著松樹頂上閃耀的陽光。

「回營地吧，」礫心說道：「我採了一些新鮮的款冬。」

「你找到了？」灰翅驚訝地眨眼，這時礫心已經開始往荊棘叢走。

「那是這一季僅存的了，剛好長在冬青樹叢底下，沒有被霜雪凍壞。」礫心放慢腳步讓灰翅靠著他走。「就在轟雷路旁邊。」

「你自己跑去轟雷路？」灰翅的肚子一緊。「你不應該——」

礫心的眼神讓他閉上了嘴。「我已經不是小貓了，你不用一直保護我。」

不過，灰翅幾乎聽不見他說的話，這時灰翅的胸口疼痛欲裂，像有數不清的刺扎著，他停下來想吸口氣，但就是吸不到。

「灰翅？」礫心趕緊轉身。

灰翅恐慌極了，他整個癱倒在地上，伸長脖子張口想要呼吸。他感覺天旋地轉，松針在他耳邊沙沙作響，礫心的腳掌捶打著他的身體。他閉上眼睛試著拋開恐懼，**我沒事的**。在礫心的幫助下，他開始慢慢放鬆了。礫心不斷按摩他的胸口和背部，直到他的呼吸平緩下來。

「謝謝你。」灰翅的聲音沙啞。

「我去幫你拿款冬來。」礫心正要轉身離去。

「等等！」灰翅硬撐起自己。「我可以跟你一起回去。」他不想讓自己像是無助的獵物似的。

「我們搬來這裡以後，你的呼吸就一直不順，」礫心慎重地看著他。「我想以後你每天早上都要服用款冬。」

「你的存量夠嗎？」禿葉季還這麼長。「如果其他的貓有需要的話怎麼辦？」

「我採了很多，高地上的坑地還有很多乾葉子。」礫心把他的肩膀靠過去撐著灰翅。「可以了嗎？」

灰翅點點頭往前走，盡量不讓自己的重量放太多在礫心身上，**他現在開始在照顧我了**。回想起礫心和他同胞手足從兩腳獸地盤被救出，感覺好像是上輩子的事了。對龜尾的孩子，他就是很難拋開那種想要保護他們的心情。他應該要告訴他有關蕨葉的事嗎？還有派她來窺探的斜疤？時機尚未成熟。到目前為止，蕨葉還沒出現，說不定她沒來過呢！灰翅暗自希望她能伺機逃開斜疤的掌控，遠遠地逃離這裡。

「你先走。」礫心在通向營地的荊棘隧道口停了下來。

灰翅蹲低身體鑽了進去。

高影和鋸峰坐在營地中的一端低頭耳語。冬青在整理青苔床鋪，小貓都在她背後的針葉林地翻滾。泥掌和鼠毛則在營地圍籬的樹蔭底下梳理彼此的毛髮，一邊聊天。

「嗨，灰翅！」鼠耳抬起頭。「你抓到什麼了嗎？」

我的獵物！他沒拿進來。「蜥蜴。」他沙啞地回答。

鼠耳一躍而起走了過來，停在灰翅身邊。「貓可以吃蜥蜴嗎？」

「河波吃。」灰翅回答。

鼠耳皺起鼻子。「我想我們也沒得選，」他嗅嗅空氣。「在哪兒？」

「我放在外面。」

露鼻突然停止玩耍。「我們可以去拿嗎？」她興奮地看著鷹羽和暴皮。

「如果鼠耳陪你們去的話，」冬青挺起身，朝空地邊上的公虎斑貓望去。「可以嗎？」

鼠耳發出呼嚕呼嚕的聲音。「當然可以，」他快樂地甩動尾巴讓小貓簇擁著。「誰要負責拿回來啊？」

「我！」露鼻衝向荊棘叢。

鷹羽緊跟過去。「我先找到就是我的。」

鼠耳等暴皮跟上時，跟這正經八百的小貓說悄悄話。「他們兩個在那邊爭來爭去的時候，如果我們先找到，就讓你帶回來。」

暴皮抽動鬍鬚，快步跑出營地。

「別讓他們離開你的視線！」冬青喊著。

鼠耳輕彈一下尾巴鑽進隧道。「不會的。」

礫心穿過空地走到營地底端，擠進荊棘叢，接著又鑽出來，嘴邊叼著一片綠葉。

他快速回到灰翅身邊，把葉子放在潮溼的地面。「你現在覺得怎麼樣？」

「我覺得好多了。」灰翅的胸口已經不痛了，但還是很緊繃。他看到款冬就放鬆了，蹲伏下來，開始嚼著這葉子，讓那熟悉的苦味漫布著舌頭。

「我以後每天早上都送一片去你窩裡。」礫心說道。

「我會自己來拿。」灰翅抽動著鼻子，一肚子不滿。他知道礫心好意幫忙，但是他討厭自己被當成殘廢。想到鋸峰跛腳而大家特別禮遇他，難道就是這般感受？

礫心聳聳肩。「好吧！」

灰翅又嚼了一口款冬，整個胸腔放鬆許多，可以坐起來了。他朝荊棘叢下方的小洞望去，礫心就是從那裡拿出藥草的。礫心的床就在那小洞旁，其實充其量不過是一堆松枝上頭鋪著青苔。「你睡那裡一定很冷，」他判斷。「我們應該幫你蓋個窩。」

「我跟大家都差不多。」礫心用口鼻指向空地邊緣的各個床鋪，和他一樣，都是用樹枝堆起來的。灰翅的床在高影的旁邊，幾條尾巴的距離以外是泥掌和鼠耳的，冬青和鋸峰把他們的大床鋪蓋在空地的另一邊，在那裡他們可以用自己的身體把小貓包裹起來，幫他們保暖。

灰翅瞇起眼睛。「如果我們把比較長的荊棘枝條解開，從樹叢那邊拉過來，就可編一些床鋪的遮蔽物。」

冬青豎起耳朵走過來。「那真是個好主意，」她說道：「我正擔心下雪的時候該怎麼辦，這裡沒有遮風擋雪的金雀花叢。」

礫心看著她焦慮的眼神。「我正計畫在荊棘叢底下挖土，我想我可以挖出一個洞穴來。」

「對啊！」灰翅覺得興奮極了，這時他的呼吸已經恢復正常了。「我們可以挖出睡覺的窩，然後編織一些荊棘枝條蓋在上面，把這裡布置得像家，愈快愈好。」

「好啊！」冬青熱切地點頭。「你覺得空地的哪一邊比較適合蓋庇護小貓的地方？」

灰翅用不著嘗空氣也知道冷風從哪裡來，他已經度過無數個在床鋪上發抖的夜晚。他指向營地的另一端，「那裡的荊棘圍籬擋得住禿葉季的寒風，」他抬起頭來看著枝葉天蓬的洞，微弱的光線就從那穿透。「而且有陽光，可以融化早晨的冰霜。」

「礫心，」泥掌一拐一拐地穿過空地走向他。「我昨天追松鼠的時候扭到肩膀，你有什麼可以緩解肌肉僵硬的東西嗎？」

看到大家都開始倚賴這隻年輕公貓，驕傲之情湧上灰翅心頭。他多希望龜尾在天之靈，也能看見祂的孩子變成貓族中被倚重的角色。

「用紫草鋪床會有幫助，」礫心告訴泥掌。「我得出去找找看，目前我只採到一些款冬和蕁麻。」

出去？過去這半個月來，礫心和大家都待在離營地不遠的地方，但是現在灰翅的耳朵焦慮地抽動著。蕨葉可能就在附近，或許連斜疤也是。

礫心似乎感受到灰翅的不安，他望著泥掌，泥掌立刻點點頭。

「我跟你一起去，」棕色公貓提議。「四眼總比兩眼好。」

灰翅這才鬆口氣。「你們兩個要在一起，別分開。」他警告著。

礫心對他投以懷疑的眼神。「你在擔心什麼嗎？」

「沒有，」灰翅很快回答。「但我們都還不熟悉這塊新領土，小心一點比較好。」

礫心眯起眼睛，泥掌早已朝營地入口走去。

「我們會沒事的。」他回頭喊著。

「灰翅，不要這麼擔心，」礫心輕輕彈了一下尾巴。「這樣對你的呼吸不好，我們知道怎麼照顧自己。」

灰翅看著礫心快步追上泥掌，他試著忽視一肚子的焦慮，轉向冬青。「我們來看看是不是可以幫小貓蓋個窩。」他朝營地的另一端走去，冬青跟在旁邊。

當他們經過高影和鋸峰的時候，他們停止交談，抬起頭來。

「妳在做什麼？」鋸峰看著冬青。

「灰翅要幫我替小貓蓋個窩。」

鋸峰走過來，身上的毛沿著脊椎波動著。「他們是我的孩子，」他厲聲喵道：「我會自己幫他們蓋窩。」

鋸峰走到冬青和灰翅之間，她移步到一旁。「灰翅說這邊是營地最溫暖的地方。」她告訴鋸峰。

鋸峰沒回答，不過他開始嗅著荊棘圍籬。

灰翅往後退，如果鋸峰要掌控一切，幹嘛跟他搶？反正露鼻、暴皮和鷹羽本來就是他的孩子。

「如果需要幫忙的話告訴我一聲。」灰翅說完就對冬青禮貌性地點個頭，才一轉身，就發現高影盯著他看，一副不安的樣子。他還沒來得及問怎麼回事，營地入口就沙沙作響，接著灰翅聞到一股熟悉的氣味。

「灰板岩！」

這隻有琥珀色眼睛的高地貓走進營地，低下頭跟高影說話。「希望你們不介意我來訪。」

高影從空地的邊緣走過來。「我們一直都很歡迎妳。」

灰翅走向灰板岩。「風奔和小貓們都好嗎？」

「他們一天天的長大了！」灰板岩發出呼嚕嚕的聲音。「很想到外面探索，但是風奔就是不讓他們出去。」她壓低音量。「我看金雀毛倒是覺得到外頭放放風可以讓小貓消耗一些精力，不過風奔就是不准。跟她是沒得商量的。」

灰翅興味盎然地抽動鬍鬚，風奔總覺得自己是對的，這讓她成為一個意志力超強的媽媽，小貓很幸運有這樣的母親。

「你為什麼不自己來看看？」

「高地？」灰板岩的問題出乎灰翅的意料。他想像著清新的風掠過毛髮，一片廣闊的石楠叢和泥灰土，他內心多想回去啊，可是他搖搖頭。「我不能在這時候離開我的夥伴，我們還沒安頓好。」

「連離開一下子都不行嗎？」灰板岩溫柔地看著他。「你還沒見過蘆葦跟曉鯉，你會喜歡他們的。」蘆葦跟曉鯉是在落葉季末加入風奔他們的流浪貓。

思念拉扯著灰翅的胸口。

高影輕輕彈一下尾巴。「灰翅，你去啊，我們沒有你也可以的。」

灰翅搖搖頭，如果他沒偷聽到斜疤和蕨葉講話的內容，他就會和灰板岩一起去高地上待一天。但是現在他知道幽暗的松樹林裡可能潛藏危險，他絕不能在這時候離開。營地外傳來喵叫聲，小腳掌啪噠啪噠跑過林地。

「讓我幫忙拿！」露鼻忿忿不平的叫聲傳來。

荊棘叢一陣沙沙作響，暴皮率先跑進營地，嘴邊咬著一隻蜥蜴晃盪著，雙眼炯炯有神，鷹羽和露鼻跟在後面衝進來。

「要不是鷹羽一直擋住我的路，」露鼻叫著。「我會先找到的。」

鼠耳跟在他們後面走進來，跟灰翅點頭。「暴皮跟著你的氣味很快就找到獵物了，這兩隻就一直在那裡追來追去兜圈子。」

「我們才沒有呢！」鷹羽鼓脹起胸膛。

鼠耳發出呼嚕嚕的聲音。「暴皮，去把蜥蜴放在獵物堆。」他點頭指向空地邊緣空無一物的一小塊地。「雖然現在還不成堆。」

灰翅彈一下尾巴。「我們應該派狩獵隊出去。」

鼠耳看著他。「你要我去嗎？」

「帶冬青和鋸峰一起去。」灰翅告訴他。

「我也可以一起去。」灰板岩說道。

高影走向高地貓的面前，不悅地抽動尾巴。「鋸峰和冬青現在有別的事要忙，灰板岩要幫她自己的同伴打獵。」她怒氣沖沖地看著灰翅。

灰翅困惑地歪著頭。「但是現在獵物堆空空的，鋸峰和冬青可以晚點再搭他們的窩。而且灰板岩已經有好幾季都在這邊打獵了，她可以帶他們到獵物常出沒的地方。」

鋸峰的灰色身影突然出現在灰翅視線中。

「怎麼了？」這隻公貓自信滿滿地走過來。

「灰翅正在組織狩獵隊，」高影挺起身怒吼。「我想這裡還輪不到你當家做主。」

灰翅豎起毛。「鼠耳問我，」他接著說：「我只是覺得他單獨去狩獵不安全。」

鋸峰抬起頭。「高影說得對，」他說道：「是你自己放棄領導權的，你不能現在要回去。」

這話讓灰翅非常震驚。「我沒有——」

高影氣呼呼的。「你一回到營地就不斷下指令！」

灰翅對她眨眨眼。「我只是想幫忙。」

「我是首領！」高影厲聲說道：「是我把大家帶來這裡的。」

「但是……」灰翅一時不知道該說什麼才好，他知道來這裡對高影的意義十分重大。他支持她的決定，來這裡幫忙建立安全的家園。他每天都在留意有沒有斜疤和蕨葉的蹤影，他只想維護同伴的安全。

「對不起，灰翅。」高影的喵聲軟化。「你已經照顧大家夠久了，也不像從前那麼強壯。」

她覺得我現在很弱！灰翅甩動尾巴。

高影繼續說：「現在你該讓強壯的貓主導，你已經不再是我們的領袖了。」

「我跟任何貓都一樣強！」灰翅嘶嘶地叫著。「妳竟敢說——」他突然停下來，有一股熟悉的味道飄進荊棘叢，讓他毛髮都豎了起來。

蕨葉！

他豎起耳朵，聽見營地圍籬外的松針沙沙作響。

那隻惡棍貓在監視我們。

他往營地入口衝出去。

「灰翅？」灰板岩在後面喊著。

「別走！」高影的叫聲帶著憂慮。「我只是擔心你的健康。」

灰翅貼平耳朵穿過荊棘隧道，然後張嘴嘗著空氣中的味道，那一定是蕨葉。他往幽暗的林地望去，一個黑影穿過松樹，鑽進蕨叢裡。那膽小如鼠的惡棍貓逃走了。

灰翅趕緊追過去，頸毛直豎。高影不知道新家外頭潛藏著危機，**我要讓她知道我還有能力保護我的同伴！**

第七章

灰翅對蕨葉的行蹤感到奇怪，她的味道還很新鮮，卻不見蹤影。他使勁在幽暗的松樹林間張望，突然驚覺前方有影子晃動。他趕緊跟上松針林間快速移動的身影，這隻黑色母貓在樹林間穿梭而行，並不難跟上，這樣他就可以把她拖回營地，讓高影知道，他還是有能力照顧營地同伴的。

灰翅皺起眉頭，為什麼蕨葉不用跑的呢？難道她不知道自己被跟蹤了嗎？灰翅的好奇心不禁油然而生，這隻惡棍貓到底在做什麼？

他蹲低身體，像獵物一樣輕巧地在陰暗中潛行。

微弱的陽光穿過前方樹梢，灰翅隱約感覺到怪獸震動地面的隆隆聲。轟雷路上有怪獸接近，這條轟雷路貫穿樹林，正好把松樹林和清天的領土劃分開來。蕨葉這時走到了轟雷路邊，襯著身後綠色背景，顯得格外顯眼。灰翅停下腳步，從林間窺探。

蕨葉蹲伏在轟雷路邊緣，望著那條黑色道路，一隻怪獸呼嘯而來，從林間望去，那白色身影忽隱忽現不斷逼近。灰翅的爪子緊緊扣住地面，看著蕨葉衝上轟雷路，他心跳加速。陽光下怪獸的眼睛閃爍著，眼看就要壓到她了。

小心！灰翅屏息目睹蕨葉衝過黑石子路，就在怪獸快壓到她之前，她跳了過去。

灰翅衝上前去，剛好看到蕨葉的尾巴消失在一棵橡樹的樹蔭中。這時耳邊傳來呼吼聲，腳下的地又開始震動。灰翅呆住了，另一隻怪獸又呼嘯而過，離他才一條尾巴的距離。強風猛然襲來，碎石子噴得他一身，那股苦嗆味兒讓他胸口一緊。

怪獸疾駛而過之後，灰翅趕緊衝過轟雷路，感覺整個血液衝上腦門，他縱身跳進另一邊的蕨叢才停下來喘氣。他有辦法習慣轟雷路嗎？

等怪獸的臭味逐漸飄散，他強迫自己平靜下來環視森林。此時鼻腔裡盡是腐敗落葉的氣息，蕨葉到底往哪裡去了？他用鼻子在橡樹林的根部搜尋，**那裡！**她往這邊走，他不斷嗅著，跟著她的氣味。

這隻惡棍貓轉了向，沿著樹林邊緣走，顯然是要避開清天的領土。難道她要直接到高地上去見斜疤？

灰翅一路避開拱起的樹根和樹幹間的荊棘，還要閃避歧出的枝條。蕨葉選擇一條曲折的路線走，不過都保持在樹林的範圍內。灰翅暫時停下腳步，心想，她為什麼不走出樹林的掩護，走上高地呢？那一片草坡就在樹林邊上啊，那不就是她上次和斜疤說話的地方嗎？

他皺起眉頭，從路徑看來，她是要到四喬木那裡，**斜疤跟她約在那裡碰頭嗎？**

灰翅豎起耳朵，繼續跟上。他的腳被樹根絆到，讓他痛得扭曲著臉；跌跌撞撞地穿過荊棘樹叢的時候，身體又被刺刮到。他決定越過高地到四喬木那裡，路程可能比較遠，但好走多了。

他轉向往樹林邊緣的草坡走，出了樹林又鑽進蕨叢。當他的腳掌再度踏上高地時，迎面而來的風吹動毛髮，那乾淨清爽、充滿泥炭味兒的熟悉氣息充滿胸腔，讓他高興得不得了。他一路往上坡奔跑，沿著石楠叢往四喬木的方向前進。在這裡他可以快速移動，腳下地面變得模糊，空氣灌滿胸腔，心跳加快，鬍鬚貼著臉頰飄動。就在灰翅快到山谷頂端時，坡度變陡了，讓他的腳步慢了下來。他想到下方的樹林裡，蕨葉一定還小心翼翼地走著，於是穿過最後一塊草地到達谷頂邊緣，回頭眺望高地，坑地就在那裡，還不到一塊雲影的大小。

那裡荒廢了嗎？有其他動物到那裡棲息了嗎？

他瞇起眼睛，想著不知道是否能看得到風奔的小營地。不過她把她的家藏在高低起伏的石楠叢裡，恐怕不是很好找。

灰翅把注意力又拉回谷地。山谷邊緣，四喬木光禿的樹枝襯著金色夕陽餘暉，顯出黑色剪影。灰翅感覺到露珠凝結在毛髮上，不禁甩動身體，打了個寒顫。

就在下方，一塊大圓石就矗立在谷地邊緣。蕨葉已經到了嗎？

他繼續前行，鑽進蕨叢往下坡走，接近谷底時放慢腳步，瞇著眼睛往谷底林間空地望去。

此時蕨葉的黑色身影出現了，灰翅按兵不動。只見她匍匐穿過空地，粗短的尾巴興奮地抽動著，她在追蹤獵物。

灰翅嘗嘗空氣，並沒有斜疤的氣味，蕨葉把注意力全集中在獵物身上。

她只是到這裡打獵？

灰翅心中燃起一線希望，他可以趁此機會和她談談，了解斜疤為什麼派她來監視他們。他蹲低身體，穿出蕨叢悄悄地走進空地。

蕨葉注視著前方草叢，放低下巴搖晃後腿，她專注到一點也沒發現灰翅正緩緩地接近她。

「蕨葉？」

黑色惡棍貓猛然轉身嘶吼，帶著驚恐的眼神，用後腿撐著站立起來，亮出利爪。

「我不是來打架的。」灰翅嗅到她散發出的恐懼氣息，在一條尾巴的距離外停下。

「你想要幹嘛？」蕨葉充滿戒心地看著他。

「妳認不出我是誰嗎？」灰翅給她蠻大的空間，繞著她走。蕨葉放下前爪，定睛看著他。「我應該認出你嗎？」

「妳已經監視我們半個月了。」灰翅告訴她。

蕨葉驚恐地瞪大眼睛。「你是從樹林那邊過來的！」

灰翅轉動眼珠子，她還真不是作探子的料。「妳還分辨不出我們的氣味嗎？」

蕨葉背上的寒毛直豎。「我在那裡只聞到樹汁和死水的氣味。」

靠近一看，這隻黑貓的毛色暗沉，瘦到肋骨清晰可見。**她現在正處於半飢餓的狀態。**

「在這種情況下是很難抓到獵物的。」他評論。

她後退。「我只是不習慣獨自狩獵，而且經歷了那場疾病之後，獵物就變得很少了。」

「斜疤會抓獵物給妳嗎？」聽到灰翅提到斜疤的名字，蕨葉眼裡更加恐懼。

「他會幫忙，」她防衛性地說。「怎麼了嗎？」

「不過他現在就把妳一個留在這裡，」灰翅繼續施壓。「妳看起來很餓的樣子。」她眼睛一閃。「如果沒有你干擾的話，我早就抓到獵物了！」她懊惱地望著草叢。「我的老鼠已經跑掉了。」

灰翅打量她骨瘦如柴的身軀。「妳需要的可能不只一隻老鼠。」

蕨葉抬起下巴。「我能照顧我自己！」

「我可以幫妳，」灰翅說。「像斜疤一樣。」

蕨葉瞇起眼睛。「為什麼你要這樣做？」

「因為妳很餓。」

蕨葉盯著他看。

「斜疤是個惡霸，」灰翅繼續說。「沒有比一眼好到哪兒去。」

「**你**怎麼認識斜疤？」蕨葉懷疑地問道。

「我看到他在高地上跟妳說話。」

蕨葉似乎退縮了一下。

「妳不該任由他對妳發號施令。」灰翅對她說。

「我還能做什麼呢？」她悲嘆。「如果我不照他說的做，他會殺了我。」

灰翅緩緩走向她。「這不公平吧，他把妳留在這裡挨餓。」他扭過頭去朝空蕩蕩的空地一指。「也沒看見他保護妳，如果我是隻危險的貓怎麼辦？妳根本無力對抗。妳那樣穿過清天的領土沒被發現算妳好運，我哥哥對刺探者可沒那麼好商量。」

「我沒有別的選擇！」她回嗆，眼神突然黯淡下來。「你不會告訴斜疤，說你看到我吧？」

「我為什麼要跟斜疤講？」灰翅更逼近地問道。

蕨葉退後，渾身發顫。

「我不會傷害妳的！」難道她以為所有的公貓都像斜疤和一眼一樣壞？

「不用你管！」她嘶吼著，虛弱地揮出前爪。

灰翅輕而易舉地閃過了。「妳需要食物，現在的妳跟剛出生的小貓一樣虛弱，在這兒等我吧。」他快速穿過空地，鑽進另一邊的草叢。他張開嘴，偵查獵物，一股麝香的氣息傳來時，他興奮地抽動尾巴尖端。沿著味道追蹤，他突然看到前方的蕨叢在晃動。

他立刻擺出蹲伏的姿勢，一隻棕色的小東西在堆滿落葉的草叢底部竄動，**老鼠！**他後蹲然後向前一躍，腳掌正壓在這隻受了驚嚇的生物身上，牠立刻癱軟不再掙扎。很快的，他咬著老鼠的背脊帶回給蕨葉。此時蕨葉還蹲在原地，完全沒有要逃走的跡象。

她一定是真的很虛弱了。

他把老鼠丟在她的腳邊。「吃吧。」

就在蕨葉狼吞虎嚥的時候，老鼠血的氣味飄進灰翅的鼻腔，他的肚子也咕嚕咕嚕地叫了起來。他今天都還沒有吃呢！

蕨葉吃完最後一塊鼠肉後，才舔舔嘴脣坐了起來。「你叫什麼名字？」

灰翅看著她。「我叫灰翅。」

「謝謝你，灰翅。」她先是低著頭，又抬起頭看他。

灰翅聳聳肩。「我要妳為我做件事當做回報。」

她眼中又閃過一陣恐懼。「什麼事？」

「讓斜疤相信他這樣做只是浪費時間。」他告訴她。

「要怎麼做？」她皺起眉頭。

「我不知道，」灰翅感到有些挫折。「告訴他，我們已經蓋了一座堅固的營地，而且我們很危險，他絕對不可能打贏我們。」他看著她。「反正讓他相信就對了。」

蕨葉的頭傾向一邊。「斜疤絕對不會相信有他打不贏的貓，」她痛苦地咕噥著，突然眼中閃現光芒。「不過或許我可以誤導他。」

灰翅湊近。「誤導他？」

「我可以告訴他，說你們狩獵的範圍超出松樹林，他只要聽到有新的狩獵場，就會想要親自去看一看，他一直都很貪心。」

「這樣有用嗎？」灰翅瞇起眼睛。

「這樣你們就會有多一點的時間準備，」蕨葉告訴他。「他很快就會發動攻擊，你們要盡可能讓你們的營地再堅固一點，並且要練習戰鬥。斜疤來的時候，絕對不會只有他自己而已。」

灰翅渾身發顫，恐懼掏空了他的肚腹，斜疤聽起來就像一眼一樣。「那妳怎麼辦？」這隻骨瘦如柴的惡棍貓根本沒法子自己狩獵。

「我沒事的。」她保證。

「妳應該在這裡待個幾天，」灰翅建議。「不要再來監視我們。這裡就有獵物，盡量多抓一些，讓自己吃壯一點。」

蕨葉點點頭。「我會的。」

灰翅打量她的眼神，這隻母貓會信守承諾嗎？他可以信任她嗎？她有勇氣跟斜疤說謊，讓他跑到松樹林外尋找根本不存在的獵物嗎？

她也望著灰翅，眼中存著一線希望。

他明白自己別無選擇，只能相信她。「祝妳好運。」

他轉身走向山坡，往高地的方向前進，想在回松樹林之前，再看高地一眼。他在荊棘叢之間迂迴地爬上坡頂，此時，夕陽已滑到樹林之後，天空布滿紫色霞光，整片高地沐浴在暮色之下。灰翅走向草原，這裡的草地比布滿松針的林地柔軟多了。一股冷冽的風吹動他的毛髮，刺痛了他的身體。他深吸一口氣，那是熟悉的石楠和石頭的氣息。

突然一股兔子的氣味竄進鼻腔，他興奮起來，往高地下坡望去。一隻小兔子正蹦過草原，朝牠們洞穴的方向跳去，那個洞穴就離牠幾條尾巴的距離。他能在兔子進洞前抓住牠嗎？

他悶聲低吼，縱身向前衝，往下坡狂奔。

不過兔子聽到他的聲音時也拔腿快逃，白色的尾巴在草原上跳動。就在兔子快鑽進洞裡時，灰翅一躍，從空中猛撲過來，前爪一伸，正好落在兔子身上，他往牠脖子一咬，兔子即刻斃命。

鮮血的滋味流入口中時，他滿心喜悅，咬了一口兔子溫暖的身體。

「不公平！」小貓的喵聲讓他嚇了一跳，他坐起身，嘴裡還塞得滿滿的。

一隻薑黃色的小公貓正穿過草原走向灰翅。他瘦巴巴的，不過從他肩膀的寬度看來，應該比鷹羽和暴皮的年紀大。

「那是我媽媽的獵物！」小貓吵著。「她在追蹤牠。」他轉回頭，一個深色的身影從石楠叢鑽出來。

灰翅嘗嘗空氣，是隻母貓，只見她垂著尾巴、壓著耳朵，緩緩走近。這隻薑黃黑相間的虎斑貓髒兮兮的，比她兒子還瘦。另外還有一隻薑黃白相間小母貓跟在後面，搖搖晃晃地走著。**他們也餓壞了！就像蕨葉一樣。**灰翅看了一眼兔子，然後就把兔子推向那隻小公貓。「吃吧，」他告訴小貓。「我不知道那是你媽媽的獵物。」

這時母貓走過來停在他面前。「你抓到的，你自己留著。」她用腳掌把小公貓從兔子前面趕開。「我們不吃陌生貓給的食物。」

跟在後面的小母貓靠在媽媽身邊，顫抖地問：「我們只吃一口不行嗎？」她睜大飢餓的雙眼看著兔子。「如果他要和我們分享的話。」

「不行，」這隻母虎斑貓嚴厲制止。「我們要自己抓獵物。」

灰翅低下頭。「我今天很幸運，」他繼續柔聲說道：「這是我今天抓到的第二隻獵物，請吃吧！」

虎斑貓戒慎地看著他。

「妳的孩子都還在成長，而獵物又這麼少，」灰翅挺起胸膛，催促著。「我不需要那麼多。」

「這是你的詭計吧？」虎斑貓犀利的眼神盯著他。

「不是。」**為什麼這隻貓戒心這麼重？**

「我遇過跟你們同夥的，」她低吼。「你們根本不在乎弱者的死活，你們只是要我們接受，好讓你們可以藉機發動戰爭。」

灰翅發現她撕裂的耳尖以及黑臉上的傷疤，他內心糾結著。「我不會傷害妳，」他保證，望著那隻薑黃白色的母貓，那麼的虛弱，就像翩鳥一樣。「我有個妹妹，她就是餓死的，」他告訴虎斑貓。「我不會再讓事件重演。」

小母貓的眼裡充滿恐懼。「我們會死嗎？像小棘一樣？」

「不會，親愛的。」虎斑貓用鼻子碰碰她女兒的耳朵。「小棘是因為病了，我們會沒事的。」

灰翅可不這麼認為，這隻虎斑貓已經虛弱到無法狩獵了，她根本沒辦法在兔子鑽進洞穴前抓住牠。「妳叫什麼名字？」他問她。

「奶草。」她的頭分別朝薑黃公貓及母貓點了一下。「這是薊花，這是三葉草，他們的妹妹小棘昨天死了。」琥珀色的眼中閃著哀傷。

「吃吧。」低下身來叼起兔子，把兔子扔到奶草的腳下。

奶草盯著灰翅，還是充滿警戒。「你也是從山上來的貓，不是嗎？」她帶著控訴的眼神。「打從你們來了之後，可以狩獵的區域就變少了，而且變得有更多張嘴要爭奪有限的食物。」

灰翅感到十分內疚。「我們來這裡是因為山裡也鬧飢荒，」他解釋。「我妹妹就是在那裡死的，我們不是要來偷你們的土地或是食物，只是想和你們共享。」

「是你們造成流浪貓彼此對立的，」奶草怒斥。「現在每隻貓都得為獵物而戰。」

「那是因為那場疾病造成的。」灰翅辯解。**還有因為像一眼和斜疤那樣的惡棍貓，他們以折磨其他的貓為樂**。

「你想跟我們分享獵物？」

奶草的鼻子抽動著，兔子的氣味一定讓她飢餓難耐。

「對，」灰翅坐下來，捲起尾巴靠在腳掌上。「我會在這裡幫你們看著，等你們吃完。」

「奶草，拜託嘛！」三葉草乞求的眼神看著媽媽。

薊花走向兔子，張嘴吸著那溫暖的氣味。

「好吧。」奶草蹲伏下來咬一塊兔子肉，丟到三葉草的腳邊，又撕下一塊給薊花。孩子們開始吃之後，她自己才咬一口。

灰翅轉過身去，讓他們安心地吃。

他的肚子咕嚕嚕地叫著，這是他今天抓到的第二隻獵物，而他自己卻什麼也沒吃。

獵物很少，挨餓的貓也不少。難道高地貓和森林貓真的是造成這樣苦難的元凶？**我們也是因為飢荒才來這裡的**。有什麼方法可以解決這樣的困境呢？他甩甩身體，心中出現一個意念。

像熾烈之星一樣擴散成長。

「妳應該去找清天。」他告訴奶草。

她抬起頭來，下巴還沾有兔子血。「清天？」她眼中盡是恐懼。「他殺了我朋友迷霧，他根本不會在乎像我這樣的流浪貓。」

灰翅感到渾身不自在。「他收留了迷霧的孩子。」

奶草嗤之以鼻。「那他還真仁慈，或許把**我**殺了後，他也會收留我的孩子。」

灰翅往後縮。「清天變了，」他試圖讓她相信。「他現在想要把所有的貓和平地凝聚在一起，讓貓群成長擴散開來。我的一些朋友已經去投入他的陣營了，我相信他會接納妳和孩子的。」

奶草哼了一聲，低頭繼續進食。

「告訴他，是灰翅叫妳去的，說我要妳去找他尋求食物和保護。」

奶草還是繼續吃。

或許我該帶這些貓回松樹林。他皺了皺眉頭，不過他們在那裡安全嗎？他們需要一個獵物最多的地方學習新的狩獵技巧，而且從蕨葉的話聽來，斜疤是一定會進攻的，清天的森林對他們來說還是比較安全。

薊花坐起身來，舔舔嘴脣。「我肚子痛。」他喵著。

灰翅憐惜地看著他。「那是因為你不習慣一下吃那麼多，下次吃慢點。」

三葉草抬起頭，打了個嗝。「我現在覺得溫暖多了。」

奶草挺起身子。「謝謝你。」她滿心感激地望著灰翅。

「去投靠清天，」他催促著。「你們自己在外頭是很難存活的。」

奶草用尾巴圈起三葉草。

「我們可以去嗎？拜託嘛！」薊花的眼裡充滿興奮之情。「我想成為森林貓，我聽說清天會訓練他的貓去狩獵和戰鬥。如果我們去他那裡，他可能會把我訓練成森林裡最強的戰士，那我們就不用再害怕了。」

奶草憐愛地看著他，然後轉向灰翅。「你能保證他不會傷害我們嗎？」

「我保證。」灰翅點點頭。

奶草低頭看了兔子骨架後，就往草坡上走。三葉草趕緊小跑步的跟過去，尾巴舉得高高的，而薊花還想啃食最後一口。

「快點，」灰翅催促著。「你媽媽需要你。」

薊花嚴肅地看著灰翅。「我會保護她的。」他保證，然後蹦蹦跳跳地跟上去。

灰翅就站在那裡看著，直到他們到達蕨叢連接樹林的地方。當他們的背影消失在林間時，他心痛了一下。**拜託，清天，要收留他們**。他轉頭望向松樹林，又望著高地。過了坡頂的的另一邊，夕陽一定沉到高岩山後頭了。

心中的渴望讓他開始狂奔，衝上高地，鑽過一叢又一叢的石楠，一直到達坡頂。在山坡的另一邊，他看到那塊突出在陡坡中寬闊平坦的巨石，這陡坡一路延伸到坡底的轟雷路。他快速地往前衝，爬上巨石。他在巨石上走動時，平滑冷冽的感覺刺進他的腳底，他的頭朝岩石邊緣趴了下來，眺望延伸向高岩山的平原，他們就是從山的那一邊過來的。

尖石巫師對於他們在這裡的生活會有什麼指示呢？有太多可以說的事了：新的小貓、新的家。他的肚子又咕嚕嚕叫了，灰翅不知道他是不是該再打獵一次，但他的視線就是離不開夕陽下金黃耀眼的高岩山。他們經歷過的那些戰役以及這一路上造成的死亡，尖石巫師又會怎麼說呢？隨著夕陽西下，高岩山漸漸沒入黑暗之中，灰翅的眼睛也閉了起來，讓睡意領著他沉入夢中。

灰翅睜開眼睛，一股記憶中的氣息襲向他，那遺忘已久的酷寒啃嚙著他的耳朵。

背後傳來隆隆水聲，他轉身看到一簾瀑布把老家與外頭的峭壁隔絕，光線就從那裡穿透，在岩壁上閃爍。

「哈囉？」他的喵聲在荒廢的岩洞中迴盪，他環顧岩地上的凹洞，他的族貓們曾在那裡築巢，而現在只剩下殘枝敗葉了。

「你們在哪兒？」灰翅憂心忡忡。他豎起耳朵傾聽遠處傳來的微弱喵聲，還有岩石上拖行的腳步聲，但他就是看不見任何貓的蹤影。

難道族貓們都到了我看不見的世界？他們都成了貓靈？

「靜雨！雪兔！你們在哪？」他滿懷愧疚，覺得自己實在不應該拋下他們，他們挨餓了嗎？「我做了什麼？」

洞穴裡頭傳來咕嚕咕嚕的低吟聲，灰翅心中燃起一線希望，他熱切地往幽暗中望去，看到一條尾巴沒入隧道之中。

他趕緊跟上去，當進入一片黑暗時不禁猛眨眼睛。他腳底傳來冰冷的刺痛，鬍鬚磨到岩壁，尾巴被洞頂的尖突勾到。「誰在那裡？」他焦慮的往黑暗中呼喊。

突然間，隧道展開到一處開闊的岩洞，岩洞頂端有一個開口，月光就從那裡灑下來。尖銳的岩石有的從岩地往上突起，有的從岩頂往下伸展，有的上下碰在一起，像相連的爪子。當水沿著爪子滴下來，凝聚在爪尖時，顯得晶亮剔透。當水匯集成一個個水池，讓光線反射到牆面時，則搖晃閃爍。

一隻年老的白貓在水池的另一邊看著他，她的尾巴在身後輕柔的彈動著。

「尖石巫師？」灰翅眨眨眼，**難道她是部族裡唯一僅存的嗎？**

她沒有回答，伸出前爪到其中一個水池點了一下，水面泛起漣漪。

灰翅往前走。「很抱歉，」他開口。「我從沒想停止想過，部族沒有了我們怎麼存活下去。」

「噓！」尖石巫師的綠眼睛和灰翅的視線接觸。「你沒有什麼好抱歉的。」

「但是這岩洞，」灰翅哀號。「是空的！這是我的錯，如果我留下來——」

「灰翅，」尖石巫師的語氣堅定。「你無法決定每隻貓的命運，你沒有那樣的能力。」

「那妳為什麼帶我到這裡？」這一定是尖石巫師召喚他來看這空蕩蕩的洞穴。「部族發生什麼事了？」

就在漣漪靜止時，尖石巫師望著水池。「一切將會逐漸明朗，」她喃喃低語：「現在，你要拋開過去，未來才是你唯一能改變的。」

✦✦✦

一聲尖叫把灰翅喚醒，他眨眨眼望著下方幽暗的谷地，高岩山更遠以外的山區在星光下不過是一片陰影。

部族！他跳了起來，**他們在哪裡？**

尖叫聲又響起，把他從思緒中拉回現實。

沐浴在月光下的高地，因草上結了霜，呈現一片銀白。

「走開！」金雀花叢後傳來嚴厲的吼聲，灰翅立刻認出那聲音。

灰板岩！他從巨石上一躍而下，衝上草原坡頂，繞過金雀花叢才停下腳步。

灰板岩節節後退，一隻狐狸正攻擊她的後腿和口鼻，森森利牙在月光下閃閃發亮。

灰板岩發出嘶吼，往棘叢深處退去，身上都被刮得流血了。她眼睛冒火，伸出前爪往狐狸的臉揮過去，不過狐狸突然俯身攻擊她的尾巴。

她撲了個空，狐狸也沒咬到她。狐狸憤怒地狂叫一聲，往她的脖子攻擊。

「放開她！」灰翅衝過去，全身的毛都豎了起來。他一聲怒吼，跳上狐狸的背。

狐狸冷不防嚇了一跳，踉蹌跌倒。灰翅抓住牠，前爪用力地刺進去，他可以感受到牠那髒皮下的骨頭，高地上不只有貓在挨餓。

灰板岩怒吼。「牠想搶我的獵物。」

在狐狸的惡臭中，灰翅也聞到了獵物的鮮味，他轉頭與灰板岩的目光接觸。被灰翅壓制在底下的狐狸，力氣超乎他的想像，飢餓驅使牠不顧一切地鋌而走險。這時狐狸扭過頭來咬灰翅的脖子，灰翅感到他的毛皮被撕開了，疼痛瞬間傳遍全身。他發出尖叫，癱軟滑到地上，奮力想再站起來。

狐狸轉向他，那惡臭頓時充滿灰翅的口鼻，牠正張嘴想要祭出致命一擊時，灰翅眼角突然閃現一團毛球。一聲吆喝，灰板岩把狐狸往後推開。

灰翅一躍而起，而此時灰板岩已經和狐狸在草叢裡扭打成一團。隨著他們的角力，傳來陣陣尖叫聲以及身體撞擊地面的聲音。灰翅趕緊衝過去，這時狐狸正咬住灰板岩的耳朵。

他憤怒地嘶吼一聲，把狐狸鏟開，只聽見灰板岩痛苦地尖叫著。這時灰翅用後腿站了起來，連續揮掌把狐狸逼退。他不斷猛攻，直到爪子劃開了狐狸的毛皮，讓牠的口鼻沾染鮮血。狐狸滿眼憤怒，哀號一聲，轉身像影子般穿過草原逃跑。

灰翅轉身面對灰板岩。「妳還好吧？」

她垂著頭坐著，不斷喘息。「牠咬到我的耳朵。」

灰翅趕緊衝到她身邊，空氣中瀰漫一股鮮血的氣味，灰板岩的耳朵鮮血直冒，他看到她的耳朵被撕裂開了。「這會好的。」他安慰道。

灰翅感覺到自己的頸毛溼淋淋的，被自己的血給染溼了。「狐狸平時是不會這樣不顧一切搶奪獵物的，」他低吼著。「我本來以為牠看到我們兩個的時候就會跑掉。」

灰板岩還在喘。「還好你及時趕到，」她抬起頭，那琥珀色的眼睛因疼痛而暗淡無光。「不過你在高地這裡做什麼？」

「以後再解釋吧，」灰翅打得太累，根本編不出什麼好理由。他不能說出蕨葉的事，斜疤還在威脅她，如果說出他和蕨葉的協議，那隻可怕的惡棍貓會殺了她的。「我先送妳回妳的營地，妳還在流血。」

灰板岩瞄了他一眼。「你最好跟我回去，你的脖子看起來不太好，蘆葦可以治療你的傷口。」

「他懂藥草？」灰翅對她眨眨眼。

「我上次就跟你說過了。」灰板岩的腳掌僵硬，索性用她的鼻子推了灰翅一下。「你是愈老愈健忘了。」

灰翅也回推了她一把。「妳說誰老啊？」

灰板岩深情地抽動鬍鬚。「在這兒等著。」她一跛一跛地走進金雀花叢，然後從樹叢底下拉出一個東西。

松雞。

一股刺鼻的味道竄進鼻腔，只見松雞的翅膀拖著地，灰板岩努力不讓自己跌倒。

「我來幫忙。」灰翅趕到她身邊，咬住松雞的尾巴，雞羽抵住他鼻子，暖暖的鼻息鼓動著羽毛。

灰板岩引導他由祕密通道走向石楠叢中的隱密處，就在小徑愈走愈狹窄時，灰板岩在前方拉著松雞開路，灰翅放開松雞在後頭跟著，漸漸地，石楠叢向一塊小草地展開。風奔會歡迎他嗎？他們最後一次見面的時候，她清楚表明她的新家是不歡迎外來客的。

「灰翅！」金雀毛先看到他，這隻灰色公虎斑貓從他的窩裡爬出來，快步穿過草地。「你還好嗎？」他停頓了一下，抽動著鼻子。「我聞到血的味道，你怎麼樣？」

灰板岩把松雞放著，塞進石楠叢底下。「我遇上狐狸了，」她解釋道，「灰翅聽到我的尖叫聲趕來救我。別擔心，我們把牠趕走了，短期內應該不會再來。」

小耳朵從金雀毛的窩裡探出來。

「誰啊？」一隻小貓從窩裡爬出來，穿過空地。

「蛾飛！」風奔從一條尾巴以外的窩裡坐了起來。「現在起床太冷了，而且你讓塵鼻自己一個睡，會凍著他的！」

「我不會！」另一顆頭又冒出來。

「你們現在應該還在睡覺。」風奔的喵聲裡帶著惱怒。

「我們可以晚點再睡！」塵鼻也從金雀毛的窩裡爬出來，追上他姊姊。

風奔的眼睛在黑暗中發亮，當她看見灰翅的時候睜大雙眼，跳下她的窩。「是你！」

「抱歉打擾到大家。」灰翅點頭致意。

風奔高興地彈動尾巴。「見到你真好，」她嘗嘗空氣。「你受傷了！」

「只是一些刮傷。」灰板岩聳聳肩。

「灰板岩的耳朵受傷了。」灰翅告訴她。

風奔聞聞灰板岩的傷口。「最好讓蘆葦看一下，」她回頭喊。「蘆葦，你醒了嗎？」

「外頭吵成這樣，還有辦法睡嗎？」一隻銀色的公虎斑貓在他的窩裡伸懶腰。

灰翅感覺到有柔軟的毛摩擦過他的前爪，抽動的尾巴從他鼻尖前經過。「蛾飛？是妳嗎？」

「當然是我。」蛾飛長大了，她比露鼻還要大一點，但是她的細毛還在。她睜大綠眼睛盯著灰翅看。「你是誰？」

「我是灰翅。」

蛾飛向他點頭致意。「就是你幫我的弟弟妹妹挖墳墓的，」她喵道：「那時候我們還住在高地上的坑地。」

灰翅點點頭，他看到風奔眼裡閃過哀傷，心裡有些不安。

風奔挪動腳步。「蛾飛，帶妳弟弟回窩裡，天亮以後再跟灰翅講話，他現在必須先治療傷口。」

蘆葦已經過來嗅聞灰翅的頸部。「最好先塗上藥膏免得傷口發炎。」

金雀毛咕噥著。「被狐狸咬到就跟被獾咬到一樣難處理。」

「蘆葦，我可以幫忙！」蛾飛自告奮勇。

「我也是！」塵鼻把姊姊推開，這隻灰色小公貓的毛色在月光下發光。

蛾飛再把他推開。「我先說的。」

風奔低吼。「你們兩個都別幫忙，」她以堅定的口吻說。「回去窩裡睡覺。」

蛾飛看著她媽媽。「我們可以先咬一口松雞嗎？好久沒吃到這麼好的獵物了。」

風奔一臉嚴肅。「早上再吃。」

蛾飛斷然轉身回窩。「如果我在天亮前餓死了，都是妳的錯。」

塵鼻尾隨在後。「至少我們有所期待，醒來以後就有美味早餐。」他熱切喵道。

小貓爬進窩裡以後，灰翅環顧營地。寒風難以穿過這塊石楠叢中的小空地，他們把窩蓋在深入隱蔽的樹叢中，比當初的高地更加溫暖舒適。不過如果小貓長大有了自己的窩，這裡就會太擠。

蘆葦看著灰翅脖子的傷口。

灰翅用鼻子把他支開。「先看灰板岩的耳朵。」

這隻灰色母貓表現得一副不要緊的樣子，但灰翅可以感受到她全身僵硬。她很勇敢，但一定被狐狸猛烈的攻擊給嚇到了。**如果我沒及時趕到，她可能會被殺死。**

他努力撇開這樣的想法，他不想再喪失任何一隻貓。

「傷口還蠻乾淨的，」蘆葦聞著灰板岩的耳朵。「會好得很快，不過還是得塗上一些藥膏防止感染。」他坐起身，憐惜地歪著頭。「真是的，還傷在妳完好的那隻耳朵上。」

灰翅在黑暗中眨眨眼，這才發現到灰板岩另一隻耳朵的尖端也有裂痕，他以前都沒注意到。「現在這樣就比較對稱了。」他試著說些安慰的話。

灰板岩抽動鬍鬚。「這算是讚美嗎？」

灰翅全身一陣熱。「我——我只是……」

蘆葦在他們兩個之間走過。「最好讓我上些藥。」

就在銀色虎斑貓穿過營地去拿藥時，灰翅看著灰板岩的眼睛。「我只是想說，其實妳這樣看起來也不錯。」他害羞地喃喃低語。

「謝謝。」灰板岩點點頭。

風奔在他們旁邊走來走去。「灰翅，你們的新家園怎麼樣？灰板岩說你們分裂了，我很訝異你竟然選擇那個潮溼的老森林，我一直以為你的骨子裡是隻高地貓。」

金雀毛在蘆葦察看傷口時一直待在後面，這時候也靠過來。「高影一定很高興。」

「她的確高興，」灰翅說。「松樹林裡平靜又有遮蔽。」

「灰板岩跟我們說，雷霆去他爸爸那邊住了，」金雀毛繼續說。「你覺得那座森林對他們兩個來說夠大嗎？」

風奔的耳朵抽動著。「噓，金雀毛，他們是灰翅的親族。」

灰翅聳聳肩。「清天變了，雷霆也成熟了……我想他們會相安無事的。」

金雀毛抽了抽鼻子。「虎斑貓是改不了紋路的。」

空地邊緣有陰影晃動著，一隻灰白相間的母貓從石楠叢底下鑽出來走向他們，她懷疑地看著灰翅。「這是誰？」

「他是從坑地來的老朋友。」風奔解釋完，再把頭指向這母貓。「這是曉鯉，蘆葦的伴侶。」

灰翅跟她點頭打招呼。「我是灰翅，很高興認識妳。」

「這是灰翅？」曉鯉盯著他上下打量，語氣裡帶著驚訝。「我以為他會更壯。」

「風奔！」蛾飛的喵聲從金雀毛的窩裡傳來。「大家都在講話，我睡不著。」

風奔長嘆了一口氣。

金雀毛朝石楠叢外的天空望去，已經有天光出現。「天就要亮了，」他輕聲說。「或許他們可以起來跑一跑，我帶他們出去高地頂上看看……？」

風奔瞪著他。「你知道我不想讓他們出去，除非他們大到有能力照顧自己。」

「他們有我啊。」金雀毛說。

「我也跟他們一起去。」曉鯉自告奮勇，這隻母貓身形雖小，但灰翅看到她灰白毛下的肌肉清晰可見。

蛾飛和塵鼻都已經從窩裡爬出來。

「我們可以去嗎？拜託！」蛾飛在風奔身邊繞著跑。「我們如果一直待在營地裡，就永遠沒辦法學會照顧自己。」

塵鼻慎重其事地看著媽媽。「我不會讓蛾飛惹麻煩的，」他說。「我會一直跟著她。」

「拜託！」蛾飛的眼神從風奔身上移到金雀毛。「我們會緊跟著金雀毛，而且會聽他的話。」

灰翅看到風奔的肩膀垂了下來。「好吧，」她說。「但是別待太久，那隻狐狸可能還在附近。」

灰翅抬起下巴。「我想我們已經把牠嚇跑了。」

「我們會小心的！」蛾飛衝到營地入口。

塵鼻緊跟上去。「等等我。」

金雀毛高興地揚起尾巴。「他們會沒事的。」他向風奔保證，然後鑽進石楠隧道。

曉鯉跟在最後，回頭對灰翅喊著。「我們回來的時候你還會在嗎？」

「我不曉得。」灰翅望著泛白的天空，星辰漸隱，他的同伴會擔心他的。

就在曉鯉消失在樹叢時，蘆葦快步從空的另一邊過來，嘴裡還啣著一片對折的葉子。他把葉子放到地上，用腳掌把它打開，上頭有一層厚厚的藥膏。

「我先處理妳的耳朵。」他彎下身來舔一口藥膏，再舔灰板岩的耳尖。

灰板岩縮了又縮。「你確定這有效？」

「我媽就是幫我塗這個，」蘆葦上完藥之後挺起胸膛。「看我現在多健康。」

灰翅發出愉悅的咕嚕震動聲，他喜歡這隻友善的公貓。

「換你了，」蘆葦轉向他。「下巴抬起來。」他把舌頭又伸進藥膏，等灰翅鼻子仰天的時候，開始把藥膏舔到灰翅的喉嚨上。

灰翅很訝異這公貓動作竟如此輕柔，藥膏碰到傷口時雖然有刺痛感，但蘆葦的舌頭又快又輕。就在銀色公貓上完藥要離開的時候，灰翅皺著鼻子問：「我沒聞過這味道。」

「這混合了乾的橡樹葉和金盞花，」蘆葦告訴他。「綠葉季的時候我在河邊收集了金盞花，晒乾了保持藥效。」

「那我要告訴礫心。」灰翅說。

「礫心！」蘆葦眼睛一亮。「灰板岩跟我提過他，她說他是天生的醫治者，真想跟他見面。」

「會的，有一天你們會見面的，」他瞄了灰板岩一眼。「我得回去了，他一定會擔心我到哪裡去了。」

「吃點獵物再走吧，」灰板岩提議。「那隻松雞足夠餵飽我們大家。」

灰翅的肚子已經餓到不行了。

風奔舉起尾巴。「請留下來，」她走到石楠圍籬底下拉出松雞。「我們已經那麼久沒見面了。」說著扯下松雞的翅膀丟向灰翅。

翅膀落在灰翅腳掌邊，那味道衝上他鼻腔。「好吧。」他的營地同伴應該知道經驗老道的他足以照顧自己，他蹲下來朝翅膀最豐厚的部位咬了一口。

風奔把雞撕成好幾塊，分別給曉鯉、金雀毛和小貓，再把剩下的給蘆葦和灰板岩。

就在灰翅進食時，晨曦從遠方山巒升起，陽光穿透石楠叢照射過來，整個高地似乎吸足了溫暖，將香氣散發到微風中。灰翅吃飽坐起身，舔舔嘴巴，享受這高地的氣息。

風奔吃飽，緩緩地舔著腳掌。蘆葦走到空地邊緣一塊陽光充足的地方躺了下來。

灰板岩把她自己吃剩的一點推向灰翅。「你還餓嗎？」

「留給小貓吧。」吃別營的獵物讓灰翅感到很不自在。

風奔抬起頭來。「吃吧，」她繼續勸說。「你太瘦了。」

灰翅這才意識到，這些高地貓和他之前見到他們的時候都一樣。「這邊狩獵的狀況好嗎？」

「不錯，以禿葉季的季節，加上經歷了那場疾病來說算是不錯的了，」風奔滿足的說。「別忘了我們有隧道，所以即使下雪我們還是能打獵。」她瞇起眼睛，好奇地問：「你不想念這種感覺嗎？」

「我想念這裡的風還有天空，森林的溼氣對我的呼吸不太好，但我還是要和礫心跟高影在一起。」說到這兒他打住了，想起他和黑貓的爭執，悲憤之情糾結在胸口。「雖然我不確定高影是不是還需要我，她指控我，說我想要取代她首領的位置，還說我沒有以前強壯了。」

「我確定高影沒那意思，她只是想讓新家有屬於她的感覺，」風奔的尾巴在草上抽動著。「我剛搬到這裡的時候也有這種感覺。」

灰板岩哼了一聲。「如果她看到你和狐狸打鬥的樣子，她就會知道你絕對不輸給其他任何貓的！」

「高影終究會知道，有你在她身邊是她的福氣。」風奔舔舔腳掌再梳洗耳朵。

灰翅有些不自在地挪動腳步，他們對他實在太好了，他得轉移話題。「風奔，妳都還好嗎？」記得最後一次見到她的時候，她還沉溺在喪子之慟中。

她迎向他的目光。「蛾飛和塵鼻又強壯又聰明，我們的家又安全又溫暖。而現在又有蘆葦、曉鯉和灰板岩加入，他們都是狩獵高手，」她向灰板岩點點頭。「而且他們都是小貓的好伙伴，」她慢慢地眨眨眼。「我想我現在很快樂。我原本以為失去那麼多之後，我不會再有這樣的感覺了。我這樣錯了嗎？」她看著灰翅，眼中帶著焦慮。

灰翅溫和地看著她。「妳沒有錯，」他試圖讓她安心。「我本來也以為失去龜尾以後，我再也快樂不起來了。但生活還是要繼續下去，現在我又看到一條嶄新的路呈現在眼前。」他看了灰板岩一眼，她也若有所思地望著他。「我認為不管經歷了什麼苦難，我們都有責任讓自己再快樂起來。」

風奔發出咕嚕咕嚕的聲音。「金雀毛也這樣說，他非常認真地過日子，把這裡的每天當成第一天也是最後一天。」這時她豎起耳朵，聽見營牆外有腳步接近的聲音。石楠叢晃動著，蛾飛和塵鼻衝了進來。

「外面好大啊！」蛾飛叫著。

「金雀毛帶我們到高地頂端，把高岩山指給我們看！」塵鼻看著灰翅。「你真的是從山的那邊來的嗎？」

灰翅走過去用鼻子碰碰小貓的頭。「那是一趟遙遠又艱辛的旅程。」

「有一天我也要出去探索，」塵鼻大叫。「到我沒去過的遙遠地方。」

蛾飛看著弟弟。「離開家？」她轉向媽媽。「我們應該待在這裡保衛家園，不是嗎？」她眼中閃著熾熱的光芒。

風奔驕傲地抬起頭來。「對。」

金雀毛走進營地。「曉鯉去狩獵了，」他通報著。「她發現一條兔子剛走過的足

跡，我要去幫她。」

風奔站起來伸懶腰，伸展到尾巴顫抖。「我跟你去。」

「我們什麼時候才可以一起去打獵？」蛾飛問。

「你們今天的活動已經夠了。」風奔用尾巴把她女兒趕走。

空地另一邊的蘆葦抬起頭。「過來這邊和我一起晒太陽。」他對小貓喊。

「真無聊。」塵鼻抱怨。

「我們來玩抓老鼠！」蛾飛把眼睛閉起來。「快躲起來，趁我沒在看。」

就在塵鼻鑽進石楠圍牆時，風奔下令。「你們兩個別離開營地！」接著她看著灰翅。「你還會在這兒待一陣子吧？我可不希望你趁我們不在的時候離開。」

灰翅歪著頭。「我不知道，礫心會想我。」

「沒事的，他已經長大了。」風奔望著灰板岩。「妳勸勸他，可以嗎？」

灰板岩還來不及回答，風奔已經跟著金雀毛衝進石楠隧道了。

灰翅把腳再縮進身體一點，吃飽了之後變得很想睡，脖子上的傷口也痛了起來。

「我真的該回家了。」他隨口喃喃自語。

「你就聽風奔的話吧，」灰板岩勸說著。「留下來休息一會兒。」

灰翅眼睛半開半閉地看著她，這裡很溫暖，高地的氣息混合著灰板岩身上的香氣，他忍不住打了個呵欠。「離開前睡個覺，我想應該沒什麼關係。」

清天把下巴靠在樹枝邊上，心滿意足地望著下方營地裡的貓。橡毛正躺著享受禿葉季穿透枝頭的微弱陽光，白樺和赤楊在那兒等著要拍打著她的尾尖。橡毛的尾巴偶爾往空中揮動一下，就有其中一隻小貓跳起來撲過去，發出呼嚕呼嚕的聲音。

蕁麻和荊棘坐在山毛櫸樹根之間彼此舔毛，梟眼和麻雀毛則在獵物堆裡挑選食物。

麻雀毛把放在最上面的一隻老鼠推開，露出下頭的鼩鼱時，一副志得意滿的樣子。她退到一旁，滿心期待地看著同伴們。

雲點穿過空地向她走來。「有什麼新鮮貨？」

「鼩鼱。」麻雀毛朝那兒點頭示意。

「妳抓的嗎？」雲點的眼睛一亮。

梟眼哼了一聲。「你應該知道，就是她抓的！她從我們打獵回來就一直炫耀。」

雲點舔舔嘴唇。「我愛吃鼩鼱。」

梟眼挑出一隻髒髒的歐掠鳥。「來點有羽毛的怎麼樣啊？」

麻雀毛瞪著他。「他想吃我抓的獵物，不要你的。」她把鼩鼱推向雲點，雲點撿起來帶到山毛櫸那裡，在蕁麻和荊棘身邊坐下來。

「我喜歡歐掠鳥。」粉紅眼從冬青樹叢那邊喊著，他和快水正在那裡晒太陽。快水抬起頭來。「我可以和你一起吃嗎？」

粉紅眼坐了起來。「當然可以。」

梟眼叼起歐掠鳥，跑過空地，把鳥放在粉紅眼的腳邊。「對不起，這隻鳥有點瘦。」

「現在是禿葉季，」粉紅眼聳聳肩。「有得吃我就很高興了。」

梟眼望著荊棘圍籬。「花開的狩獵隊就要回來了，會有更多獵物的。」

快水聞著歐掠鳥。「這就夠我們吃了。」

從清天棲身的橡樹枝頭，可以清楚眺望荊棘叢以外的地方，那裡並沒有花開狩獵隊的蹤影。清天在黎明時就派了花開帶著閃電尾出去，稍後不久又派葉青領著麻雀毛和梟眼出去，現在葉青已經回來又出去找青苔了。兩個狩獵隊應該可以帶回足夠的獵物，餵飽營裡所有飢餓的肚子。

一陣遺憾拉扯清天的肚腹，如果其他那些貓能明白就好了。他們也可以來這裡，更多狩獵者表示有更多的食物。大家都安全了，就像翩鳥說的那樣。

枯葉季還有好幾個月，奶草、薊花和三葉草就是為了尋求庇護來的。更多的霜雪會讓高地貓和河貓們了解，他們無法獨立存活，而松樹林也不如高影想像的那樣充滿獵物，**他們終究會明白這其中的道理。**

星花的金色毛髮吸引了清天的目光，她從橡樹後頭鑽出來沿著空地邊緣走，在紫杉樹旁停下腳步，蹲低身子朝樹枝底下看去。「嘿，你們兩個。」她逗弄地對著薊花和三葉草叫。「想跟我比賽嗎？看誰先跑到獵物堆！」

薊花和三葉草連忙爬出來。

「有獵物？」三葉草眨眨眼。

「就跟妳說我聞到老鼠的味道了。」薊花告訴姊姊。

「奶草說，除非是有貓拿給我們，否則我們不能自己去拿。」三葉草的大眼睛裡盡是疑慮。

星花揚起尾巴。「我拿給你們。」

清天哼了一聲，星花表現得好像獵物是她的一樣，可以隨她分配！她也沒比小貓們早來多久，跟狩獵隊出去甚至都沒帶獵物回來過，現在的她根本毫無尊嚴可言。

「排在我這邊，」她擺出蹲伏的姿勢告訴小貓。「我耳朵抽動的時候就起跑，先到的可以選獵物。」

薊花和三葉草擠在她旁邊，小尾巴興奮地彈動著。

奶草這時也鑽了出來。「別挑最好的獵物，」她提醒。「要留給狩獵者。」

星花看她一眼。「別這樣教孩子委屈自己，他們必須長壯，有一天，他們也會成為狩獵者。」

奶草環顧四周，目光緊張地飄過周遭的貓。「大概吧。」她顯然對於靠別的貓吃喝這件事還是很不自在。

星花抽動了耳朵，薊花和三葉草立刻衝了出去，他們的小腳掌噠噠地奔過冰冷的地面。星花小跑步跟過去，小貓到達獵物堆時，她還在他們身後幾步之遙。

「我先到！」薊花喵著。

「但是我最近。」三葉草就停在老鼠面前，就是那隻被麻雀毛撥下來的老鼠。她立刻就咬著牠，開始往奶草的方向拖行。

薊花怒吼。「不公平。」

「你不喜歡老鼠？」星花問道，眼睛閃亮亮的。

「喜歡，可是我想——」

星花沒讓他說完。「那就去幫你姊姊把食物帶回去給奶草。」

老鼠被空地邊緣突出的樹根勾住了，三葉草使勁兒地拖，拖得臉都揪成一團。薊花趕過去幫忙，咬住老鼠尾巴，讓牠脫離樹根，三葉草感激地望著他，然後一起拖著老鼠回到奶草身邊。

就在星花坐著看他們時，清天瞇著眼睛居高臨下。橡樹下，雷霆也正看著這隻金色母貓，眼中閃著光芒。**答應雷霆把星花帶回來，這樣的決定錯了嗎？**清天不自在地挪動腳掌，大家雖然都接受她了，可是眼裡還是帶著不信任。

她到的那個夜晚，葉青和閃電尾還到營地外質問清天。

「她是叛徒。」葉青怒吼。

閃電尾皺著眉頭來回踱步。「上次她騙了雷霆，她會故技重施的。」

清天鎮定地看著他們。「雷霆不是傻瓜，」他說。「這次她要騙什麼？她要為了誰背叛我們？一眼已經死了，她誰也沒有了，你們要讓她獨自在外度過禿葉季嗎？」

「對。」閃電尾前腳踢著落葉。

「你們以為我無緣無故收留她嗎？」清天辯駁。「把她留在我們眼皮子底下才能監視她，這麼一來，如果她是敵方，我們就能在她採取行動前知曉。」

葉青若有所思地點點頭。「這樣好像也對。」

閃電尾撇撇嘴。「我會監視她的一舉一動，尤其是和雷霆在一起的時候。」

清天的思緒又拉回現實，**現在可以相信她了嗎？**星花到目前為止都表現得很忠誠，跟著去狩獵、毫無怨言地接受山毛櫸那裡的潮溼窩穴。閃電尾真的像隻老鷹一樣緊盯著她不放，她和雷霆說話時，他也非干預不可。但是現在閃電尾外出狩獵了，雷霆渴慕地望著這金色母貓。**他還在乎她。**在樹枝上的清天挪動了一下，這時星花慵懶地伸展四肢，把背拱到後腿發顫。**她知道雷霆在看她。**清天看到她的眼光往後瞄了一下，然後再到獵物堆挑了一隻老鼠走向紫杉。

她經過雷霆的時候，雷霆趕緊轉頭梳理尾巴。

我得跟他談談，清天想，**他還年輕，感情會影響他的判斷力。**他站了起來，**晚一點再說吧。**他知道如果要讓雷霆聽進他的話，得有適當時機。

現在，他要去森林邊界巡邏，想要看看有沒有任何從高地、松樹林、或是河流那邊來的貓接近他的邊界線。**飢餓會驅使他們來到這塊充滿獵物的森林，我們終究會統一的，就像翩鳥說的那樣。**

明亮的天色為森林帶來一股清新寒意，他走向樹幹，一節一節樹枝往下爬，最後跳到地面。他嘗嘗空氣，想知道接下來的天氣會下雨變暖，還是下雪變冷。然而，風中傳來的盡是殘枝敗葉的霉味，讓他難以分辨。

他沿著空地邊緣走，經過奶草時向她點點頭。星花也在這隻薑黃與黑色相間母貓的旁邊，她把自己的老鼠跟薊花分享，三葉草則跟她媽媽一起分食。奶草抬頭看著清天，眼中盡是謝意。他們才來沒多久，小貓就已經健壯多了，他們會成為好獵者的。

清天點點頭。「妳要加入下一個狩獵隊嗎？」如果能幫忙，她就會自在多了。

奶草熱切地點點頭。「要，請讓我加入！」

「我也可以去嗎？」薊花也抬起頭來。

「還不行，」清天告訴他。「不過你可以在營裡練習狩獵技巧。」他朝白樺和赤楊望去，橡毛已經躺著睡著了，這兩隻貓在她後面走來走去靜不下來，顯然想要找事做。「你們要不要過來教薊花和三葉草一些狩獵技巧？」清天喊著。

赤楊衝過來。「太棒了！」

薊花興奮地坐起來舔舔嘴唇。「我們可以開始了嗎？」

「好啊！」

赤楊帶著薊花走到空地中央，清天這時朝荊棘叢走去，經過粉紅眼和快水時，他們還嚼著歐掠鳥。

清天停下腳步。「我要去邊界巡邏一下，你們幫我看一下營地。」

粉紅眼哼了一聲。「你應該選一隻視力好一點的貓吧！」

快水用鼻子推了一下這隻老公貓。「你的聽力和嗅覺誰也比不上啊！」

「我相信你們不會出錯的。」清天點頭致意。

快水好奇地看著他。「幹嘛還巡邏邊界？」她問道：「你現在不是很歡迎外來者嗎？」

「我還是得知道誰在那裡進進出出。」清天告訴她之後，走向荊棘圍籬，鑽進枝葉間的缺口。

外頭很冷，寒風吹著樹叢，沒有獵物的蹤影，清天猜想，這些林間的小生物都躲在他們的溫暖巢穴裡了。或許他也應該派出夜間巡邏隊，老鼠和田鼠在夜間出沒，不過貓頭鷹和狐狸這些掠食者也都這時候出來，而且現在太冷了，冷到只能聞得出冰的味道。

他沿著小徑走到溝渠那兒，只要下一場雨，這林間狹窄的渠道馬上灌滿水，不過現在這裡是乾的。他跳進裡頭，朝那棵大梧桐樹前進。

他突然停了下來，背脊的毛都豎了起來，似乎有什麼生物正盯著他。他被跟蹤了嗎？他停下來聽聽是否有腳步聲，但聽到的只有頭頂黑鳥的鳴叫和遠方高地的狗吠聲。他打開嘴巴嘗嘗空氣中的味道，閃電尾和花開曾經走過這裡，他們的氣味已經被風吹淡，除了濃濃的松林氣味外，再也沒有其他味道。

清天甩甩身體繼續沿著溝渠走，他告訴自己太神經質了。

就在溝渠一邊的樹林往上坡延伸時，他跳出溝渠，開始上坡爬向梧桐樹。就在快到坡頂時，一股鮮味兒竄進鼻腔，並非所有的獵物都藏在洞裡。梧桐樹下厚厚的落葉堆裡

藏有很多美味的甲蟲，一定是甲蟲把獵物給吸引來了。他張嘴嘗嘗，是田鼠的氣味。

他定住不動，擺出蹲伏的姿勢向前匍匐，一步一步走向坡頂。坡頂一片平坦，他掃視林地，老梧桐樹底下盤根錯節，在一處結根旁有東西在動。清天整個定住，一隻田鼠正在聞豆莢，小耳朵不斷抽動著。

他緊盯著牠，往前爬行，愈是靠近獵物，心跳得愈快。田鼠撿起豆莢開始齧著一端，清天在三條尾巴以外的距離瞇起眼睛，估量該怎麼跳。如果他用夠力，就會正好落在田鼠的身上，把牠壓制在梧桐樹根那裡。他背脊的毛波動著，繃緊腿部肌肉，搖晃後腿，縱身一跳。

他身後的枯葉揚起，田鼠聞聲轉頭，驚恐得睜大眼睛。田鼠快如閃電般地竄逃無蹤，清天笨拙地落地，撞到梧桐樹根。

「老鼠屎！」他嘶吼著，滿心挫折。

突然背後傳來樹葉的沙沙聲，他趕緊轉身。

星花就站在坡頂，興味盎然地眼中發出亮光，尾巴舉得高高的。「差一點。」

清天感到全身發熱。「是妳把牠嚇跑的，」他生氣地站了起來。「一定是聞到妳的味道了。」

她甩動尾巴走向前去。「是聞到什麼沒錯。」

「妳在順風處。」清天咕噥著，她是故意要讓他出糗嗎？

「我可以給你一些建議，」她在離他一條尾巴的地方停下來。「這裡我熟得很。」

清天爬上樹根坐下來。「謝了，我不需要建議，我自己就是狩獵高手。」他舉起前爪開始梳洗。

「我知道。」星花繞過樹根，走到另一邊。「可是你畢竟不是在森林出生的，你沒有我那種直覺，葉青和蕁麻都和我一樣有這種本能。你看過他們狩獵，一定注意到他們幾乎要和樹林合而為一了，這是你無法做到的。」

清天停止梳洗。「這就是我吸收他們的原因，」他挺起胸膛驕傲地說。任何貓都會打獵，但是能夠把別的貓的技巧用在自己身上的卻不多。他逼近星花。「或許我應該給妳一些領導方面的建議。」

她的綠眼睛裡充滿挑戰。「你也許真的該這麼做。」

清天嗤之以鼻，**驕傲！**「妳在這裡做什麼？」

「你自己單獨離開營地，看起來很孤單。」她告訴他。

「我才不孤單。」他回嗆。

星花盯著他看。「真的嗎？」她又往前進，和清天之間只有一段鬍鬚的距離。

清天從樹根跳下來，面對她。「回去營地，我想自己一個。」

「營地裡太……舒適了，我不習慣跟那麼多貓在一起，過去我大部分的日子裡，都只有我和一眼。」

「妳應該還有兄弟姊妹吧？」話一出口，清天就懊悔地豎起全身毛髮，他竟讓她把自己引導到這樣的對話。

「他們都跟我母親一起死了。」她的綠眼睛裡看不出任何情緒。

清天腳掌不自在地刺痛起來，她不難過嗎？「他們怎麼死的？」

「我不知道。」星花聳聳肩。「我那時候太小了不記得，一眼也拒絕提起有關他們的事。」

清天大步走過她身邊，別過頭望向樹林。他不想同情這隻貓，她可能就是用這種方法騙取雷霆的感情。「妳一定過得很辛苦，」他的語氣冷淡。「不過每隻貓的內心都有傷痛。」

「就像你一樣。」她靠向他，直到彼此的毛髮相互碰觸。

清天往後退縮，瞪著她。「回去營地。」

「我倆比你知道的還要相像。」她熾熱的眼神似乎要燒向他。

「我們一點也不像，」他駁斥。「我從來沒有背叛過誰。」

「我想灰翅不會同意你的說法的，」星花繼續點出。「還有雷霆、鋸峰，」她停頓了一下。「或者還有雨掃花。」

清天伸出利爪，刺進地裡。她竟敢提醒他，他殺了從小一起長大的貓？從那天起，他就一直想辦法彌補。

星花壓低聲音。「我了解你，清天。為了保護你的貓，你做了非常艱難的決定，有時這意味著要做出一些讓你後悔的事。」她抓住他的目光。「如果可以重來，我不會做出那樣的事。」

他眨眨眼，她是為她的背叛感到抱歉嗎？

她的眼睛像星光般閃耀，黑色的瞳仁像花一般，對清天來說，就好像是熾烈之星的五片花瓣在她眼中發出光芒。

「我知道你不相信我，」她喃喃低語。「我不值得你信任。不過我會以行動證明，你可以倚靠我。一旦我選擇了我的盟友，我就願意為他效命。不管我曾做了什麼，我就是沒有背叛我的父親。而現在，如果你信任我，我也不會背叛你。」

清天想把他的視線移開，卻被她深邃的綠眼眸給抓住。**我也不會背叛你**。她的話不斷在他的內心迴響，帶著一種心痛的希望，那是真的嗎？他真的找到一隻完全信任他的貓了嗎？經歷了這一切，還有誰會毫無疑問地跟著他？

風吹得頭頂的樹枝嘎吱作響，破除了這魔力，清天別過頭。「星花，回營地去。」他堅定地說。「如果妳要贏得我還有其他同伴的信任，就用行動證明。幫奶草梳理掉身上的跳蚤，一隻也不能留。幫粉紅眼的床鋪上新鮮的青苔，他的毛短，比較容易冷。確保薊花和三葉草不會再餓肚子。」他面對著星花，觀察她的眼神，她會服從他嗎？

她點點頭。「好的。」接著轉身走進樹林。

就在她往下坡走時，穿過枝頭的陽光像爪子般，在她身上畫出斑斕的金黃色線條。

清天望著她離去的背影，無法動彈，好像腳掌生出根一樣，尾巴抽動著。

或許他過去對她的看法是錯的，在那雙綠眼睛的背後，有更多他所不認識的星花。

第十章

雷霆在窩裡伸伸懶腰，眨眨惺忪的睡眼。又是嶄新一天的早晨，但是沒有陽光。烏雲籠罩著營地，下著綿綿細雨，一大滴雨水啪噠落在雷霆鼻子上，他打了個哆嗦，跳了出來。

他走到梟眼身邊，這隻年輕公貓噴著氣。「你終於醒了。」梟眼坐在空地邊緣，看著白樺和赤楊訓練薊花和三葉草。

「很晚了嗎？」雷霆望著樹梢上的雲層，尋找太陽的蹤跡。

「清天已經派出狩獵隊了。」梟眼的視線沒有從小貓身上移開。「這是他們第二天的訓練了。」

白樺和赤楊繞著空地走，踩在泥地上的腳步十分輕盈。薊花和三葉草在空地中央專心擺出狩獵的蹲伏姿勢，毛都黏在他們細瘦的身軀上。

「尾巴放低！」赤楊告訴薊花。

「後腳再緊靠身體一點。」白樺對三葉草喊著。

三葉草皺眉頭。「但是這樣會更難跳。」

「剛開始會有這種感覺，」白樺試著讓這薑黃白色小貓有信心。「一旦抓到訣竅，妳就能跳得更遠。妳能跳得遠一點，就可以少一點追蹤。」

梟眼在後面不耐煩地彈一下尾巴。「追蹤有什麼不對嗎？」

三葉草沒理會灰色公貓說的話，瞇著眼睛，她繃緊後腿。「這樣有好一點嗎？」

「很棒！」白樺揚起尾巴。「現在跳。」

三葉草往前一跳，就在離地的那瞬間，踩到爛泥巴，後腿一滑，整個趴在地上。

薊花發出呼嚕呼嚕的消遣聲。「妳看起來好像在游泳。」

三葉草轉頭瞪著他。「換你試看看啊，鼠腦袋！」

薊花緊閉嘴巴縱身一跳，飛越空地，完美地在白樺身邊著陸。他驕傲地發出咕嚕咕嚕的震動聲，看著棕白色公貓。「怎麼樣？」

「你會是個狩獵高手的。」白樺引以為傲。

三葉草哼了一聲，再度擺出蹲伏的姿勢，把後腳緊縮在身體下方。她使盡全力，往前一躍。這次，她非常有技巧地著地，腳掌碰到溼滑地面時，控制得恰到好處。她對著赤楊眨眨眼。「好一點了嗎？」

「非常好！」赤楊恭喜小貓。

梟眼用鼻子噴氣。「我還是覺得你們應該教他們追蹤技巧，而不只是在那邊跳。」

赤楊看了灰色公貓一眼。「清天是要我們教他們，而不是要你教。」

白樺走過來聲援姊姊。「你心情不好，是因為在組第二梯次的狩獵隊時，清天選了麻雀毛。」

梟眼貼平耳朵。「下雨天我會表現得比她好，」他咕噥著。「麻雀毛不喜歡把腳掌弄溼。」他穿過空地，走到山毛櫸樹下蜷伏著，全身的毛被雨淋得黏成一束一束尖尖刺刺的。他不爽的把鼻子塞在腳掌下面，閉上眼睛。

我應該在巡邏隊的，雷霆這麼想著，把視線從梟眼身上移開，接著環顧營地。清天

到哪裡去了？

他在紫杉樹下聽見雲點的聲音。

「奶草，把葉子嚼一嚼。」

雷霆聞到艾菊的味道，鼻子抽動了一下。

「妳胸口有一點感染，」雲點繼續說。「這藥草可以讓妳好起來，如果晚點還不舒服，叫三葉草再來拿一些回去。」

長毛公貓從紫杉樹下出來，再走到橡樹那邊的坡堤。那兒有荊棘從突出的土堆垂下來，清天的窩就蓋在旁邊，那裡聞起來有刺鼻的青草味。雲點走到垂墜的荊棘後面，他蒐集了很久的藥草都儲存在這裡。

「雷霆！」三葉草叫他。「看我跳！」

雷霆看著她蹲伏躍過空地。

他很高興清天收留了這個挨餓的家庭，更高興聽到奶草提到是灰翅要他們來的。或許清天和灰翅的關係會逐漸冰釋，但奇怪的是，灰翅怎麼會在高地上？他不是和高影去松樹林生活了嗎？怎麼又回到他的老家呢？

「怎麼樣？」

他知道三葉草正滿心期待地盯著他。「很好。」他說。

三葉草發出咕嚕咕嚕的聲音。「現在我可以跳得比薊花更遠。」

「妳才不行呢！」薊花忿忿不平地高舉尾巴。

白樺走到他們兩個之間。「我們來練習追蹤怎麼樣，像梟眼建議我們的那樣？」

梟眼的耳朵抽動著，但頭卻連抬也沒有抬一下。

雷霆看著白樺。「清天在哪？」或許現在說服清天讓他加入巡邏隊還來得及。

白樺向懸在空地上方的樹枝望去，清天喜歡坐在那裡環顧營地。現在那兒空空的，白樺聳聳肩。「他可能去上廁所吧。」

雷霆走到橡樹下，樹幹上還留他父親剛留下的氣味，那表示他還在附近。雷霆跳上坡堤走在溼草地上。「清天！」他喊著。

營地邊緣的蕨叢沙沙作響，清天鑽了出來。「什麼事？」

「我想要加入狩獵隊，」雷霆說。「你派他們往哪走？我一定可以跟上。」

「我要你留在這裡。」清天走過他身邊，站在坡堤邊緣。「小貓需要照顧。」

「他們有你，還有白樺和赤楊，」雷霆繼續說。「還有梟眼。」

清天轉過頭來。「如果你想加入狩獵隊就應該早點起床。」

難道父親是因為他晚起而處罰他？「對不起，我習慣高地的亮光，森林太陰暗了，有時候根本分不清到底是白天還是夜晚。」

「其他的貓都沒有這個問題。」清天跳進空地時，閃電尾和葉青正從營地入口走進來，啣著厚厚的青苔在嘴邊晃盪著。閃電尾把這柔軟的綠東西放下。「這些夠鋪兩張床。」他告訴葉青。

葉青也放下青苔。「這種天氣根本乾不了。」

「我們把它鋪在冬青樹旁，」閃電尾建議。「等雲散了以後，那裡照得到太陽，一下就乾了。」

雷霆改以請求的語氣。「閃電尾和葉青都回來了，」他繼續說。「讓我去，就算我追不上他們，我也可以自己捕獵。現在是禿葉季，我們需要多抓一些。」

「我要你留下來，我得去巡邏。」清天看著他。「而且我不想讓你們獨自狩獵。」

雷霆眨眨眼。「為什麼不行？」

「所有的獵物都要分享，」清天快速地回答。「如果我們一起打獵，我們比較不會想把獵物占為己有。」

雷霆豎起毛髮。「你不信任我們？」

清天抬起下巴。「我當然信任你們，但我身為首領的責任，就是要讓你們遠離試探。」

「如果你要去巡邏，讓我跟你一起去。」雷霆瞪著他，**我怎麼老是忘記他有多傲慢？**他不再爭辯，只是順從地垂下尾巴。「你重新劃定邊境這麼多次，我都搞不清那些記號是新的還是舊的了，或許你可以幫幫我。」

這些話並非事實，他能清楚分辨那些記號，他只是急於彌補睡過頭的過失。也許拍拍清天馬屁，他就會帶他一起去。

清天甩動尾巴。「如果你現在還學不會，那就永遠也學不成了。」他咕噥著。「我要自己去，每隻貓都有需要獨處的時候。」雷霆還來不及說什麼，他就大步朝荊棘樹叢入口走去。雷霆望著他離去，內心不安。清天從未想獨處的，為什麼現在需要？

他父親一走出營地，雷霆就穿過空地衝向閃電尾。

「我要你看著營地。」他快速地對他耳語。

閃電尾正把青苔鋪在那溼地上。「為什麼？」

「本來清天要我看著，但是我想去跟蹤他。」

閃電尾抬起頭。「為什麼？他要去哪兒？」

「他說他要去邊境巡邏，」雷霆用氣音說話。「我想跟，但他**命令**我留在營地。」

閃電尾聳聳肩。「說不定他只是想獨處一下。」

「他就是這麼跟我說的，」雷霆承認。「但我就是跟定了，如果他遇上狐狸或狗的話怎麼辦。」

閃電尾揶揄地抽動一下鬍鬚。「你只是愛管閒事罷了。」

「不是這樣的。」雷霆嗤之以鼻。

閃電尾挺起身。「那我也要跟你去。」

「現在到底是誰愛管閒事？」雷霆也揶揄他。

正在鋪青苔的葉青這時也抬起頭。「你們兩個在講什麼悄悄話？」

「我們要你看著營地，」雷霆告訴他。「我們要去巡邏。」

葉青聳聳肩，一邊用腳掌整理青苔。「好啊！」

雷霆匆匆走向荊棘圍籬，閃電尾緊跟在後。他鑽出隧道口，張嘴偵測清天的氣味。他本能地朝溝渠那邊望去，那是他父親上次帶他去巡邏的地方，不過清天的氣味卻飄向另一個方向。雷霆追蹤那氣味，蹲低身體穿過棘叢，又潛進枝葉底下。

「他往河那邊去了。」閃電尾在後面小聲地說。

雷霆抽動尾巴，這裡的邊境是以河為界，清天並不常來巡邏。他相信這段隔開河波的沼澤地和橡樹林的河流，足以阻擋那些好奇的惡棍貓和寵物貓。

或許他只是想看看，是不是能招募到新的貓加入，像奶草、粉紅眼和花開一樣。這就是他巡邏的目的嗎？雷霆穿過一片茂盛的草地，對於父親這樣的改變感到很驚奇。曾經是那樣堅守邊界的首領，現在竟然樂意對任何貓開放。

這樣的想法鼓舞了他，他躍過草地繼續往上坡的林地前進。他戒慎地向前行，不想讓清天發現。就算趕上了父親，他也只會在有惡棍貓或是飢餓狐狸出現的危機時刻才會現身。

「你看到他了嗎？」閃電尾在後面問，這時他們已經快要到達山脊頂端了。

「還沒，不過應該不遠了。」

清天的氣味非常新鮮，腳印在潮溼的林地上清晰可見。過了脊頂，從被踩扁的草地可以看出清天朝河邊走去。雷霆掃視草坡，尋找清天淺灰色的蹤影，只見樹叢後的河流波光粼粼，除了被壓扁的草坡小徑外，沒有父親的蹤影。他放開腳步往下坡奔跑，快到河邊的那排樹叢時才放慢腳步。樹叢背後有一條小河流過，潺潺流水緩緩沖激著河岸。

閃電尾往前走，從樹叢向外窺探。「他不在河邊。」他用氣音轉頭說道。

雷霆往下游看去。「他的氣味往那兒走，沿著河岸。」

「他一定是要到岩石區那裡。」閃電尾說。

岩石區在河的下游，有許多大岩石聳立於河中。雷霆第一次和他父親住的時候，曾經在大岩石上做日光浴，享受被太陽晒得暖烘烘的石頭。他繼續嗅著草地，追蹤清天的氣味。

「我看看，」他告訴閃電尾。「往這走。」

他們在樹叢的掩護下，繼續往大岩石那裡前進。雨勢愈來愈小，有陽光穿過厚厚的雲層。不久，樹叢後有光閃爍，那是被雨水洗滌過的岩石，在陽光下反射的亮光。

雷霆停下腳步嗅嗅空氣，清天的味道很濃。他從樹叢後窺探這片廣大的岩石區，微風吹拂樹梢，河水嘩啦嘩啦地沖刷過岩石露頭。

「他在那！」閃電尾在雷霆耳邊低語。

雷霆停下來，跟著閃電尾的視線望去。

清天豎著耳朵坐在平坦的岩石中央，望著岩石邊緣的樹叢，興奮地抽動尾巴。雷霆瞇起眼睛，清天發現獵物了嗎？

熟悉的喵聲從那邊的樹叢傳來。「所以，你決定要來上我的狩獵課了嗎？」

看到星花從樹叢後走出來躍上岩石，雷霆整個愣住了。她就站在清天面前，豐厚的尾巴揚得高高的。陽光穿過雲層照射過來，她的金色毛髮像是要燒起來一般。

閃電尾也愣住了。「她來這兒幹嘛？」

雷霆沒有回答，看著這隻母貓在清天身邊穿梭繞行，他的胸口嫉妒得快燒起來了，喉嚨不斷升起隆隆的低吼。**難怪他不讓我跟。**

「我不是來這裡上狩獵課的。」清天擋住星花的去路。

她停下來，閃爍著調皮的眼神。「那你為什麼來這裡？我邀你來是為了教你在森林的授獵訣竅。」

清天擦身繞行星花，眼光沒有離開她身上，他湊近她的鼻尖停下來。「妳不用教我任何事情，」他說。「該知道的我都已經學會了，而且付出了很大的代價。」

「我跟你說過，」星花的喉嚨發出咕嚕咕嚕的聲音。「我倆很像。」

清天半閉著眼睛。「或許吧！」

星花讓她的尾巴滑過清天的下巴。

這時雷霆伸出利爪深深插入柔軟的地面，想像著星花溫柔拂掠過自己的下巴。同樣的動作，她也曾用在他身上。

他盯著父親，希望他趕緊離開這危險的母貓。但清天卻站著不動，任由星花慢慢地環繞著他。

「你不是要教我有關領導的事嗎？」她喃喃低語。

「還不到時候，」清天的眼睛一閃。「在領導之前，必須先學會服從。」

他在鼓勵她！雷霆的怒氣不斷上升，接著是恐懼。他比誰都了解，星花非常擅長先假意關心，然後背叛你。她曾經讓他以為她要加入他的族群，並且成為他的伴侶，結果原來只是幫著一眼來刺探他們。不過在一眼死後，她還跟他說過她真心喜歡他。

他怒火中燒，為什麼她要這麼告訴他？半個月前她再度出現時，他內心還存有一絲希望，冀望她來森林是為了來找他。

雷霆看著，怒髮直豎。

星花躺下來，在岩石上甩動尾巴，她抬頭望著清天，綠眼眸閃爍著光芒。「來跟我一起晒太陽。」

雷霆轉身邁開大步穿過樹林，發出低吼。

閃電尾追過來。「雷霆！」

「我早該知道的，」雷霆怒吼。「她對我根本沒感覺。」

閃電尾衝到他面前。「等等！」

雷霆瞪著他。「你要跟我說，你早就跟我說過了嗎？」

看到閃電尾的眼神有些受傷，雷霆感到內疚。「對不起。」他垂著頭。

「我很高興你在還沒做出蠢事前，就看到這樣的場景。像是說什麼你愛她之類的。」閃電尾突然靠向前。「你還沒說吧？」

「沒有！」雷霆駁斥。「我沒那麼傻。」

閃電尾回頭看著岩石區。「不過看來清天很傻。」

雷霆的心一沉，他一直沉溺在自己的感受中，根本沒有考慮到他父親。「她在利用他。」

「為什麼？」閃電尾的眼中浮現憂慮。

「因為她能，」雷霆苦澀地吼著。「因為他是首領，成為他的伴侶就能讓她有權勢、有影響力。」

「但是他知道不能相信她，」閃電尾推論。「他一定知道她在做什麼，而且為什麼要這麼做。說不定他只是想看她到底能玩到什麼程度。」

雷霆慢慢地點頭，清天的目標是要把大家都凝聚起來，而不是要找尋伴侶。「當然，他是看星花在玩什麼把戲，看她愚弄她自己。」他空洞地望著閃電尾，眼神籠罩一層陰影。**當初她就是這樣對我的嗎？只是在玩把戲？**想到這裡，痛苦鬱積心頭，他甩動全身，試圖對抗憂慮。「讓我靜一靜，閃電尾，我需要思考一下。」

閃電尾焦慮地看著他。「你不會想要回去跟他們當面對質吧？」

「不。」雷霆嚴正地看著他的朋友。「清天可以自己做決定，我不想跟星花有任何瓜葛。」

閃電尾的毛這才平順下來。

「別在外面待太久。」黑貓勸他。

雷霆點點頭。「我只是想整理一下思緒。」

他看著閃電尾離去，如黑影般穿梭在樹叢中漸行漸遠。雷霆穿出樹林衝向河邊，望著河波的沼澤地。微風中蘆葦隨著風向擺動，一陣風把雷霆的鬍鬚吹貼到臉頰上。他往下游的岩石區望去，內心一陣刺痛。

我真的以為她是為了我回來的，但星花真正在乎的貓只有一個，就是星花她自己。

禿葉季的太陽滑到樹梢了，清天才回到營地。

雷霆一直等著他回來。看到父親穿過空地，跳上坡堤，走向橡樹根部的窩穴，雷霆就止不住一身怒火。他一整個下午都在設法壓抑怒氣，但就是無法把清天和星花的事拋諸腦後。

荊棘從身邊擠過去時，他隱忍住沒吼出來。

「對不起，」這隻灰色母貓低頭致歉。「我要去獵物堆，營地實在有點擠。」

雷霆哼了一聲。「有必要這麼費力嗎？」他望著少得可憐的獵物堆，三隻老鼠和一隻松鼠根本餵不飽這麼多張嘴。森林裡多的是獵物，清天卻要大家都待在營地裡，實在有夠鼠腦袋的！

荊棘又擠過躺在冬青樹叢邊的粉紅眼和快水，接著又向在紫杉樹下咳嗽的奶草禮貌性地點頭。雲點蹲在生病的母貓身邊，把藥草嚼成藥膏，薊花和三葉草則在樹叢間爬來竄去。

閃電尾和橡毛正用舌頭為彼此梳理毛髮，白樺和赤楊在一旁追問著高地生活的點點滴滴。

「你們真的在兔子隧道打獵嗎？」赤楊的眼睛睜得大大的。

閃電尾聳聳肩。「我喜歡在地面上打獵。」

橡毛抖抖身體。「我可不一樣，我喜歡隱蔽的隧道，那裡沒有風吹動毛髮。」

「但是妳怎麼看得到呢?」白樺問。

「當然要用你的鬍鬚、耳朵和鼻子去感覺啊!」橡毛告訴他。

「我都沒有機會在隧道打獵,」麻雀毛一臉睡意地趴在空地邊上,梟眼在她身邊繞來繞去。「我那時候還太小。」

「反正,我們現在還不是也沒機會出去打獵!」梟眼的目光朝清天望去,顯然還在為留守營地一整天生悶氣。

「嗯,好吧。」梟眼似乎不太相信。

花開穿梭過他身邊。「我相信清天明天會讓你去狩獵的。」

他又望了獵物堆一眼,蕁麻和葉青像衛兵一樣守在那裡,警戒地望著自己的同伴。清天的聲音從坡堤那邊傳來。「雷霆!兩組狩獵隊都回來了嗎?」

「你看不出來嗎?」雷霆頂回去,現在營地裡擠滿了貓!

清天眯起眼睛。「怎麼了嗎?」

閃電尾向雷霆使了個眼色。

現在可不是質問他關於星花的事的時候,雷霆挺起胸膛,走向他父親。他跳上坡堤,停在清天身邊,唐突開口。「這行不通啊!」

「什麼行不通?」清天歪著頭。

「每天早晨只派兩組狩獵隊出去,然後剩下的一整天,大家都蹲在營裡沒事幹。」

雷霆覺得義憤填膺。「真是鼠腦袋。」

清天肩膀上的毛都豎了起來。

「你看看獵物堆，」雷霆的頭點向那方向。「大部分的貓今晚要餓肚子了。」

清天踱步往離坡堤邊緣遠一點蕨叢走去。「小聲一點，」他告誡他。「我們不是討論過了嗎，你知道我為什麼要這樣謹慎安排狩獵。」

「因為你不信任我們，」雷霆跟著他父親走到其他同伴聽不到的地方。「你並沒有解釋為什麼一天只派兩組狩獵隊出去。我可以現在就去打獵，你如果擔心我會吃掉獵物的話，可以派葉青和蕁麻來監視我啊！」他嗤之以鼻。「那樣至少他們還有點事做。看看梟眼，他整天想出去打獵，但到現在他只能待在營裡，今晚又得空著肚子睡覺了。如果早知道是這樣，他一定會加入高影他們，在那裡說不定可以從早到晚打獵呢。」他直視清天的藍眼睛，希望這話碰觸到他的要害。他父親怎麼有辦法這麼蠢呢？在狩獵方面很蠢，與星花的相處更是蠢得沒話說。

真是兔腦袋！

清天鎮定地回望他。「你想要在禿葉季的第一個月就把森林裡的獵物抓光嗎？」

「不是這樣的！」雷霆嘶吼。「如果你派出的狩獵隊小一點、次數多一點，我們就可以到森林全境狩獵。如果我們每個地方都抓一點，就會有更多食物可吃。而且不會有貓會被困在營地沒事做，獵物也可以維持到新葉季都有。」

「看得出你有備而來，」清天敏感地抽動耳朵。「或許首領應該是你才對。」他話裡帶刺。

雷霆露出不悅的神情。「在高地的時候，高影和灰翅也都待我如同領導者一般。」

「這裡不是高地，」清天怒斥。「我們在森林裡的做法不一樣，我們只有一個首領，那就是我。在高地，大家都搞不清楚到底是誰當家，每次一有狀況，你們就像一群鷗掠鳥一樣意見一堆，搞不清楚要做什麼。在這裡，大家都信任我所做的任何決定，我不需要你的建議。」

雷霆怒火中燒。「你絕對需要建議！」

清天看著他，態度突然謹慎了起來。「你真的在不高興狩獵隊的事嗎？」

「我看到你了！」雷霆衝口而出。「你不是去巡邏，你是去跟星花私會。」

清天的頸毛豎了起來。「我不是叫你留在營地裡嗎？」

「我可不像梟眼那樣可以隨你差遣，」雷霆看著他的眼睛。「你和她在做什麼？」

「這和你無關。」清天怒髮直豎。

「你不能相信她，」雷霆警告。「她許下的承諾都是謊言，她只在乎她自己。」他繼續逼近。「你相信過她爸爸，結果你自食惡果。」

清天往後退縮，好像被雷霆甩了一巴掌。

雷霆向退後，他太過分了嗎？「我警告你是因為我被她的謊言騙過一次，」他又很快地接著說。「我不想看到她又以同樣的手法背叛你，我是為了我們大家著想，輕信星花是沒有好下場的。」

清天的眼光突然柔和起來。「我知道她傷了你，雷霆。」

看見父親同情的眼神，雷霆燃起一線希望。「你不會想再見她了吧？」

清天望著雷霆身後的營地空地。「帶著梟眼去狩獵吧。」

「你不會再見她吧？」雷霆追問。

「你說的話，我會好好想想。」清天迴避他的眼神。「去狩獵吧，這不就是你要的嗎？」

雷霆感到挫折不已，跳下空地，穿過營地走向梟眼。

「雷霆。」一道聲音叫住他。

他轉頭，看見星花正鑽進營地向他走來。他停下腳步，瞇起眼睛。「妳想幹嘛？」

她金色的毛在午後陽光下閃耀著。「今天早上我在陽光岩那裡聞到你的氣味。」

「那又怎麼樣？」

她的眼睛瞇起來。「你在那裡做什麼？」

「妳又何必在乎？」苦澀哽在雷霆喉頭。

「你在跟蹤我？」

「我在跟蹤清天，」雷霆怒吼。「我擔心他獨自在樹林裡有危險。」

星花興味盎然地發出呼嚕呼嚕的聲音。「我想清天早就有能力照顧自己了，不是嗎？而且，他又不是獨自一個，有我跟他在一起。」

雷霆氣極了。「離我爸遠一點。」他嘶吼著。

星花眨眨眼。「為什麼？我們相處得很好，而且——」話說到這兒，她突然停了下來，眼神軟化。「哦，雷霆，對不起。」

雷霆挪動腳步，全身發熱，別過頭去。「幹嘛？」

「我不知道你對我還有感覺，」她裝腔作勢地說。「我以為你知道我爸爸是誰之後，就不再喜歡我了。」

雷霆一愣，他竟然還存有一絲希望，想著她的語氣中有悔意嗎？她還在乎他嗎？

「我們是沒有辦法在一起的，雷霆。」星花悲傷地搖搖頭。

雷霆腳下的地似乎整個晃動了起來。

「我以為你會了解，」她繼續說。「你跟我是不一樣的，而清天和我卻有許多共通之處，我了解他，我知道他為什麼這麼頑強有野心。而我不會因為這樣而批判他，相反的，我欣賞他。」

雷霆撇著嘴。「妳喜歡他，是因為妳覺得他像妳爸爸，」他嘶吼著。「其實他一點也不像，他比那狼心狗肺的東西好多了。妳真是可悲，老是要利用別的貓讓妳的自我感覺好一點。妳要到什麼時候才能學會自立呢？」他尾巴一甩，向梟眼喊。「走吧，清天要我們去狩獵。」

葉青趕緊抬起頭。「我可以去嗎？」

「有何不可呢？」雷霆走向營地入口，他想帶誰就帶誰，不需要清天的許可。而且讓葉青出去伸展他的爪子，他的心情會好一點。

他鑽出荊棘圍籬，葉青跟著出去。

梟眼跟在最後，興奮地全身毛髮豎了起來。「我們要到哪裡打獵？」他高興地環顧森林，此時頭頂上雲層朵朵，太陽也沉到樹林之後了。

「梧桐樹後有一片山毛櫸林，」葉青建議。「那裡有很多核果，會吸引獵物。」

雷霆點點頭。「你帶路。」他不像清天那樣，堅持每隻貓都要跟著他走。

葉青邁開腳步，奔向溝渠的方向；梟眼緊追在後，尾巴舉得老高；雷霆也大步在林地飛奔，原本滿腹怒氣在此刻消失無蹤。

葉青繼續往上坡跑，經過梧桐樹；梟眼身形輕盈，快速在灌木叢中迂迴而行，閃過荊棘、蹲低身子鑽過枝條；雷霆保持在一條尾巴後面，當他被荊棘扯到毛髮，遇到擋路的枝條時就跳過去，而不是用鑽的。他能感覺到腳掌衝擊地面所湧上的力量，風迎面掠過他的鬍鬚。接著展現在眼前的，就是山毛櫸林，枯葉落在樹叢間，看起來就像星花的金黃毛髮。

雷霆穿過樹叢，葉青和梟眼就停在蕨叢旁。葉青往前方樹林示意，林地布滿了山毛櫸果實，樹根在地面上盤根錯節，是獵物喜歡的地方。

雷霆對梟眼點點頭。「你繞到樹叢的另一邊去，」他低聲說。「如果我們從這邊趕獵物，牠就會跑到你那邊去。」

梟眼點點頭，悄悄地繞過去。

雷霆蹲伏下來，望著糾結的山毛櫸樹根。

葉青也蹲在一旁，張嘴偵測氣味，口鼻抽動著。「謝謝你讓我來，」他低聲說。

「我早就受不了老是待在營裡等待食物了，」他看了身邊的雷霆一眼。「你是怎麼說服清天改變主意的？」

「我只是建議最好多派些狩獵隊出去。」雷霆輕描淡寫地說。

「本來就應該這樣！」葉青哼了一聲。「搞不懂為什麼要大家都窩在營裡，獵物堆都快空了。」這隻黑白公貓搖搖頭。「那場戰役之後清天就變軟弱了。」

雷霆猛然轉過頭來，難道葉青已經開始不忠誠了？

葉青的耳朵不安地抽動著。「我的意思是，他還是清天，」他重新解釋。「只是現在他一天到晚講那些統一啊、收留那些又病又餓的貓……這實在不像以前的他。」葉青把他的腳再收緊一點。

雷霆挪動身體維持平衡，他聽到獵物在山毛櫸根部沙沙作響，梟眼的身影就在陰影處若隱若現。「清天只是依照貓靈的指示行事，」他在葉青的耳邊說。「是他們要我們凝聚在一起的。」

「貓靈又不會餓，」葉青盯著前方搜尋獵物，目光一下看這邊，一下又掃向那邊。「他們怎麼不來照顧那些體弱多病的貓？現實世界是殘酷的，誰有力量誰就是老大。幹嘛幫那些老弱殘兵抓獵物？他們只會削弱貓族的力量。」

雷霆望著他的同伴，**他真的這樣想嗎？**當然，力量是很重要的，但強盛和照顧弱小不是有可能並存的嗎？「每隻貓都有他的強項，」他接著指出。「粉紅眼的聽力誰也比不上，鋸峰的強悍是他自己一步一步奮力走出來的。」

「他或許很強悍，但他能打獵嗎？」葉青陰鬱地說。「你忘記禿葉季有多長嗎？還有好幾個月呢，肚子餓的時候是不容易心軟的。」

雷霆收起爪子，葉青講的話聽起來好像從前的清天。「只要說服清天改變他狩獵的策略，我們就會有足夠的獵物，等著瞧吧！」

一個小影子在落葉間急走，衝上樹根。

老鼠！雷霆的肌肉一緊，在葉青行動前，就往前衝，老鼠連忙往樹根與林地間的一個小縫逃竄。雷霆一躍，爪子勾住老鼠，不過他前腳一彎撞到樹根，痛楚傳遍全身，一時之間喘不過氣來。

一聲尖叫，老鼠就趁這時候逃出他的掌心。

葉青趕緊撲過來，前爪將牠緊緊壓制在地。「抓到了！」

就在這黑白公貓說話的時候，一條尾巴距離以外的落葉一陣騷動，雷霆扭頭看到一隻兔子倉皇逃走，一定是他們在抓老鼠的時候驚動了牠。他拚命掙扎站了起來，撞到樹根的地方還很痛，受傷的腳無力地彎著。**老鼠屎！**

「沒關係，我抓到了！」梟眼勝利的歡呼從樹林那邊傳來，他正好在兔子身後，往前一撲，前爪逮了個正著。

雷霆甩甩那隻無力的腳掌緩解疼痛，新鮮獵物的氣味充滿他的鼻腔。

葉青叼著老鼠繞著雷霆，尾巴舉得老高，梟眼嘴邊啣著兔子晃蕩晃蕩地走向他們。

「我就說嘛！」雷霆發出呼嚕呼嚕的聲音。「多派幾次狩獵隊出來，食物就夠了啊！」

✦✦✦

雷霆帶隊回營，自豪地蓬著全身的毛。回程，他在梧桐樹下瞥見一隻松鼠，就在松鼠要爬上樹時被他抓住了。現在他穿過營地空地，把獵物放在獵物堆，大聲地說：「今晚不用再餓肚子了！」說完他到處找尋他父親的身影，清天現在應該會明白，只要多狩獵幾次，就可以餵飽大家。

閃電尾匆匆過來迎接他，眼光曖昧。

「清天呢？」雷霆問。

閃電尾的臉一沉。「他離開營地了，」黑貓低聲吼著。「和星花一起。」

雷霆全身的毛都豎了起來，清天根本沒聽進他的警告，**把我派出去狩獵，只是想讓我別礙事！**此刻血液全衝上他的腦門。「他有沒有說什麼時候回來？」

閃電尾望著荊棘入口，低聲說道：「他只有說會晚點回來。」

那麼我等。氣得全身發抖，雷霆把正要發出的怒吼又吞了回去，**我有事情要告訴他，那是他不想聽的事。**

第十二章

清天往下坡跑，穿梭在樹叢間。早晨下雨過後林地已經乾了，不過腳下的樹葉還很溼滑，他在避開荊棘時還打滑了一下。星花走在他前面，金色的身軀有如在林間移動的陽光。

清天把爪子插進地面，保持身體平衡，然後再賣力往前挺進，比星花晚一點抵達坡底。

「現在你還覺得你比我更了解森林嗎？」她喘著氣說。「我想你絕對沒來過這裡。」

「有，我來過。」清天也喘著氣。

乾枯的蕨叢點綴在花楸樹林間，再過去一點，他看到一片草地。**我來過這裡嗎？**他瞇起眼睛，**當然！**他認出了草地另一邊的岩壁。他一走進草地，腳掌就被草給弄溼了。天色漸晚，草上的露珠在傍晚的陽光下閃閃發光。如果天空繼續保持清朗的話，這些露水會結成霜的。

當他望著沉到岩石之後的太陽，星花走到他身邊。陽光在消失前將岩石頂端染成一片橘紅，清天感到就快被冷冽的陰影吞噬了。「走吧！」他跳上岩石，追逐夕陽，爬過一個又一個的巨石，到達頂端。

星花從草地往上看。「小心有蛇出沒。」

「蛇？」清天看著岩石四周，毛髮豎立。

「他們躲在石頭之間的縫隙中。」

星花也靈巧地跟著往上跳，他緊盯著她，深怕下一刻有蛇會冒出來咬她。

她駐足他身邊時，抽動著鬍鬚，看出他眼神中的焦慮。「別擔心，一眼教過我怎麼殺蛇。」

清天驚訝地對她眨眼睛。

「你殺過嗎？」她眼中閃過調皮的眼神。

「我用不著。」

「你應該試試，」她聳聳肩。「還不難吃，尤其在漫長的禿葉季裡。以前森林裡找不到其他獵物的時候，一眼就會帶我來這裡狩獵。天氣一冷，蛇就會變得懶洋洋的，很容易抓。」

清天看著這隻母貓，尾巴抽動著。星花還知道哪些森林的祕密呢？這隻有謀略的母貓如果留在他身邊，他的成就可能難以想像，或許她能幫他完成統一大業。陽光暖了他的背，他們避開了下方的幽暗，趕上穿透林間的夕陽餘暉。

星花在他身邊穿梭繞行。「怎麼樣？」

「什麼怎麼樣？」他錯過什麼嗎？

她停下來，和他口鼻對著口鼻。「你決定要相信我了嗎？」

清天挪動腳步。「雷霆覺得我不應該相信妳。」

星花的綠眼睛變得柔和起來。「可憐的雷霆，」她喃喃低語。「很抱歉我傷害了他，不過他還年輕，應該可以慢慢釋懷的。」

「是這樣嗎？」清天充滿期盼地看著她，他從沒遇過像星花這樣的貓，她聰慧、強悍又有自信。此時他胸中升起一股強烈的慾望，想要和她在一起。

但是雷霆怎麼辦？

他還年輕，應該可以慢慢釋懷的。

感受到星花溫暖的氣息，清天用鼻子碰觸她的臉頰。他應該為了討好兒子而不理會星花嗎？**雷霆真的希望我孤老一生嗎？**

「我們應該回營地了，」星花喃喃低語。「馬上就要天黑了，大家會擔心你。」

清天慢慢地點點頭，他實在不想離開溫暖的陽光，回到冰冷的空地。不過他是首領，回去是他的職責所在。

他跳下岩石，警戒地看著石頭間的縫隙以防有蛇出沒，最後跳回草地時，他終於鬆了一口氣。星花也跳回草地，挨著他擦身而過。

她領著回家的路，在陰影中甩動尾巴。此時已不見陽光，取而代之的是灑遍林地的星光。就在他們接近營地時，他聞到同伴熟悉的氣味，接著穿過棘叢，走進空地。

「葉青，退後！」

花開正和黑白公貓面對面對峙，貼平耳朵。在她身後的奶草正護衛著自己的孩子，葉青怒氣沖沖地瞪著他們。

「他們吃了我的老鼠！」葉青怒吼。

「那不是你的老鼠！」花開反擊。

「是我抓的！」葉青眼中燃燒著怒火。

「那梟眼不也抓了兔子！」花開朝橡毛和荊棘之間的兔子骨架示意。「但他樂於分享。」

「那是因為雷霆把松鼠讓給他！」葉青背脊上的毛都豎了起來。「我一整天只吃了蕁麻早上抓回來的半隻鼩鼱。」

清天躊躇了一下，**他們為什麼在為獵物爭吵？**

星花用鼻子頂了他肩膀一下。「阻止他們。」她低聲說。

清天對她投以警告的眼神，他不需要她在背後指指點點。「發生什麼事了？」他盯著葉青。

葉青轉向他。「他們吃了我抓的獵物，害我餓肚子！」說著還惡狠狠地瞪著奶草。「除了兩隻餓肚子的小貓和打擾睡眠的咳嗽聲之外，她對我們還有什麼貢獻？」

奶草的眼睛瞇成一條細縫，她身旁的薊花拱著背發出嘶嘶聲，而三葉草則蹲低身子瞪大眼睛，躲在媽媽的肚子底下。

花開齜牙咧嘴。「他們比你更需要食物！你沒看到嗎？他們都還在半飢餓狀態。」

「那他們今天就應該跟我一樣，出去打獵！」葉青回嗆。

清天豎起耳朵，葉青並不在今天的狩獵隊名單中。「誰讓你去打獵的？」

「雷霆。」

清天眼光轉向他兒子。「我只讓你帶梟眼出去。」

雷霆的眼睛蒙上一層陰影，清天打從背脊起了一陣寒意。營地的氣氛怎麼變得這麼糟？他又轉向葉青。「我才是負責派出狩獵隊的貓。」

「現在是禿葉季！」葉青甩動尾巴。「已經下雪了，而且白天比較短，那場疾病奪走了幾乎一半的獵物，而現在我們又要餵養還不能自己打獵的貓。」他朝白樺和赤楊看一眼。

白樺忿忿不平地挺起胸膛。「只要有機會，我們也能打獵！」

「沒錯！」葉青轉向清天。「每隻貓都應該去打獵，或者至少學習怎麼打獵。我們不能餓著肚子守著營地，讓獵物在森林裡遊蕩吧！」

清天噘著嘴。「那些吃著落葉季果實的獵物，正在長肥長壯。如果我們把這些病後復原中的獵物抓個精光，那麼我們以後可能永遠再也沒得吃了。」他環顧營地同伴。

花開緊張地望著他，粉紅眼看著地面，橡毛和閃電尾則彼此交換了眼神。

清天高高站著，逼近葉青。「你只用肚腹思考，而不是用腦袋，」他怒吼。「這就是為什麼首領是我，而不是你的原因。如果你不爽在這裡，那就走！再回去當惡棍貓。我要的貓是自己想待在這裡的！」他甩動尾巴往後退，此時營地一片冷寂。雷霆打破沉默。「你說的沒錯。」他挺起胸膛往前走。「自己想待在這裡的才留在這兒，所以我應該離開。」

清天一陣錯愕，**離開**！他盯著他兒子，從腳底開始麻木，整個失去知覺，連夜裡的寒冷也感受不到。「為什麼？」他厲聲問道。

「我再也無法忍受被困在營地裡，看著我在乎的同伴們餓肚子，只因為你命令我們這樣做。」

營地裡一片竊竊私語，梟眼挪動腳步，粉紅眼也暗自點點頭。

清天滿腹怒火。「我不希望大家過度飽食是有原因的。我希望森林裡的獵物一直到新葉季都還有，我希望當灰翅或其他貓要加入我們的時候，還有足夠的獵物可以分享。如果我們過度捕獵，到時候就什麼也沒有了。再等等，你們就會知道我說的沒錯。」

雷霆的眼睛一閃。「你在乎的就是這點事嗎？」他怒吼。「坦白點！你犧牲了大家的利益，就只為了證明你是最英明的。」

「不是這樣的——」

「就是這樣！」葉青的嘶吼讓清天訝異。「雷霆說得沒錯，你根本不關心獵物的永續生存，你只是想讓自己看起來比較聰明的樣子。」

清天把爪子扎進冰冷的土地，在他付出這麼多以後，怎麼還有貓這樣想？

雷霆說：「我不會礙著你，也不會在你的營地附近狩獵。我會在森林另覓他處安頓下來，但就是無法再跟你在同一個陣營了。」

「我要跟他走！」葉青甩動尾巴。

「我也是！」閃電尾站出來。

清天一時之間思緒混亂，這是怎麼了？他要的是統一，而不是分裂啊。

梟眼也朝雷霆點頭。「我也可以去嗎？」

「還有我。」雲點焦慮地望著奶草。「我會把治療咳嗽的藥草留給妳。」

雷霆看著圍繞在他身邊的貓，驚訝地睜大眼睛。「你——你們想來就來吧。」他結結巴巴地說。

梟眼熱切地望著麻雀毛。「妳要一起來嗎？」

這隻年輕母貓綠色的眼中充滿困惑，她低下頭來。「不，梟眼，之前我決定加入清天的陣營，現在我仍不改變。」

「我也要跟你們一起去。」粉紅眼走向雷霆。

「你？」清天懷疑自己是不是在作夢。「我收留你，供你吃，我以為——」後面的話他沒再說下去，**我以為你是我的朋友**。胸口像被金雀花刺扎到一般傷痛至極，他掙扎地想要呼吸。這是怎麼回事？**我失去掌控能力了**。他的心跳在耳中鼓動著，他幾乎聽不見自己的聲音。「雷霆……我可以私下跟你說話嗎？」

雷霆點點頭，經過他同伴身邊，接著跳上坡堤。清天也跟上去，走到他們今早才談過話的蕨叢處。怎麼才一會兒工夫就有這麼大的變化？

「你這是在做什麼，雷霆？」他急切地打探年輕公貓的眼神。

雷霆白色的大腳掌在微光中發亮。「我本來以為我來這裡可以幫你帶領大家，可是你對我的意見一點興趣也沒有，總是漠視我的建議。我在這裡，根本一點意思也沒有。」

清天的耳朵抽動了一下，雷霆真像隻被寵壞的小貓，那麼愛抱怨，**幫我帶領大家？**

他憑什麼認為自己這麼重要？「你以為你是我兒子就會得到特殊待遇？」

雷霆張大了眼。「不！我在高地上的時候，不是誰的兒子，但是大家都尊重我。」

「所以你是因為沒得到應得的尊重，才離我們而去？」清天的語氣充滿嘲諷。

雷霆湊近他的臉。「我離開是因為不想再看到你做任何愚蠢的決定了。」

「我已經對我的狩獵決策做過解釋。」

「我說的愚蠢決定指的不是這個。」雷霆眼中滿是怒火。

清天深吸一口氣。「你指的是星花。」

「你應該把她逐出森林，」雷霆怒吼。「她只會帶來麻煩。」

「別像小貓一樣，得不到獵物堆裡想要的獵物就生氣！」

「我才不是這樣！」

清天嗤之以鼻。「我是你父親，你不能告訴我該選誰做伴侶，也不能告訴我該怎麼帶領我的族群。」

「清天，這就是問題所在。」雷霆甩動尾巴。「我什麼都不能告訴你，你以為你什麼都知道，但你並不是！你無法分辨好壞，你永遠不能。不過，你非常執著於要做『對』的事，所以你會扭曲每件事來證明你是對的。如果你錯把狐狸當兔子，就算你的喉嚨被撕裂了，你還是一直管牠叫兔子，只因為你寧死也不願認錯。」

「不是這樣的！」清天駁斥。「如果星花選擇的是你，你就不會離開，你只是被嫉妒給蒙蔽雙眼。」

雷霆壓低他的聲音。「星花**絕不會**選我的，因為我不像一眼。」他一說完隨即轉身，尾巴甩過清天口鼻，跳回空地。

清天胸口一緊，**他覺得我像一眼？**他驚呆了，看著葉青、粉紅眼、雲點、梟眼和閃電尾熱切地圍繞在雷霆身邊，隨著他尾巴一彈，跟著走出營地。

沉重的悲傷在他骨中拉扯著。**我只是想要我的親屬都能在我身邊**，鋸峰和灰翅在松樹林，雷霆現在也離開了，此刻他眼中蒙上一層霧。**對不起，翩鳥，我讓祢失望了，現在又剩我一個了。不知怎麼地，我終究還是獨自一個。**

一股熟悉的味道傳進鼻腔。「星花？」

有腳步接近他，他轉頭看見一雙綠眼睛在黑暗中發亮。

星花與他四目交接。「你今天辛苦了，」她靠過來用鼻子磨蹭他臉頰。「別難過，只不過是有些搗蛋分子離開了，你可以趁此機會建立一個你要的強大團結的貓族。雷霆想走就讓他走吧，他只想填飽肚腹，絕對無法成為像你一樣的領導著的。」

清天讓星花哄著入睡，她環繞著他，用自己豐厚的毛髮為他暖身。他從風中嗅到冰冷氣候已經降臨，就讓雷霆在這枯葉季最嚴寒的時候去建立新營地吧！至少他還有一群忠誠的夥伴。他把自己的口鼻擠進星花的脖子。

終於，他找到與他相配的伴侶了。

第十三章

雷霆僵硬地走出營地，他清楚感覺到一群貓跟隨著自己的腳步。現在他要為他們負責，他們全部！心臟在胸口撲通撲通地撞擊著，**我這樣做對嗎？**

父親的話在耳邊響起，**如果星花選擇的是你，你就不會離開，你只是被嫉妒給蒙蔽雙眼了。**

真的是這樣嗎？

不！不只是這樣，他不能眼睜睜地看著清天讓大家挨餓，而他的話又不被重視。難道他真的覺得森林裡的獵物撐不過禿葉季，還是他只是享受發號施令的樂趣。

雷霆往溝渠的方向走，閃電尾趨前和他並肩一起走。「你為什麼沒跟我講你要離開？」

雷霆避開他的眼神。「這個決定很匆忙。」他麻木地滑向溝渠，雨水把溝渠的地都浸溼了，讓他的腳掌沾滿泥巴。

閃電尾跟在後面。「我們要去哪裡？」

雷霆感覺寒意刺骨。「我不知道。」他回頭看，葉青、雲點和粉紅眼在後面跟著，梟眼殿後。看到這情景，他的心跳得更厲害，**灰翅相信我**，他提醒自己，**我做得到**。

溝渠蜿蜒通向梧桐樹山坡，他跳上山坡，沿著早上狩獵的路線前進。林中一片幽暗，月亮躲在雲層後面。他們爬上坡時，他的眼睛睜得大大的，看著陰影中的各種形狀。貓頭鷹在遠處尖叫，閃電尾豎起了耳朵。

「附近一定有獵物。」黑色公貓喃喃自語。

「我們早晨再打獵，」雷霆對他說。「我們必須先找個安全的地方睡覺。」如果貓頭鷹在尋找獵物，狐狸也是。

「雷霆！」梟眼從後面喊。

雷霆聽到他的叫聲中帶著恐懼，停了下來。「怎麼了？」

梟眼轉頭盯著斜坡，全身的毛豎了起來。「我們被跟蹤了。」

雷霆愣住了。難道是清天派巡邏隊來追他們嗎？他衝過葉青和雲點，停在年輕灰公貓身邊。「你看見什麼了嗎？」

梟眼搖搖頭。「我只聽到聲音。」

雷霆嘗嘗空氣，沒有陌生的氣味，只有營地的味道飄盪在潮溼的森林中。「那只是你的想像。」他又回到閃電尾前面的位置。

有嘶聲從下方陰影處傳來，接著是樹枝斷裂的聲音。

「誰在那兒？」雷霆亮出了爪子。

「我去看看。」葉青衝了過去，貼平耳朵。

這隻黑白公貓咆哮著奔向溝渠，雷霆看著他的背影，耳朵抽搐不安。

雲點走向雷霆。「是清天來追我們嗎？」

「他為什麼要這麼做？」閃電尾也走過來。「是他自己說如果我們想走就可以走的啊。」

雲點哼了一聲。「但他是清天，還記得嗎？他是不能相信的。」

粉紅眼默默地望著一片黑暗，這隻半瞎貓張嘴嘗著空氣中的氣息。

雷霆看到他的耳朵抽動著。「是什麼——」

「噓！」粉紅眼俯身向前，毛豎了起來。

雷霆的腹部一緊。

「攔住他！」粉紅眼大叫。

「攔住誰？」

「葉青！」粉紅眼往下坡衝過去。

雷霆一驚，也跟在白公貓後面跑。一聲尖叫從前面傳來，繼而之的是一聲低吼。他們一到溝渠，雷霆就躍過粉紅眼跳到爛泥溝裡。他瞥見葉青的黑白毛髮，同時也聞到恐懼的氣息。葉青正對著一隻母貓嘶吼，母貓身邊蜷縮著兩個小東西。

奶草！

雷霆推開葉青，只見母貓露出尖齒。

「妳在這裡做什麼？」雷霆全身的毛髮驚訝地波動著。

奶草蹲伏在溝渠裡，薊花和三葉草在兩側，她以控訴的眼神看著葉青。「我們想和你一起去，但他叫我們回去。」

葉青在雷霆身邊豎著毛。「他們不能打獵，她又生病！讓清天照顧他們。」

「你竟敢這麼說！」奶草伸出前爪朝葉青的口鼻劃過去。

公貓發出嘶嘶聲，雙眼中在黑暗中閃著怒火。

雷霆介入他們之間。「奶草和她的孩子們如果想來的話，也可以跟我們一起走。」他咆哮著。

「他們會削弱我們的力量。」葉青的尾巴揮過泥地。

「我想和你一起去，因為我也可以幫忙！」奶草急著說。「清天一直說會讓我去打獵，但他從來沒有派我出去過。」

雷霆同情地望著她。「妳有辦法去打獵嗎？」

「我當然可以！」奶草說，她毛皮下的肋骨依然清楚可見。「我有孩子要養，我會更加努力不讓他們餓肚子。」她瞪了葉青一眼。「他只想填飽自己的肚腹，根本不屬於任何族群！」

葉青豎起毛髮。「不是這樣的！」

「你只對自己忠誠。」奶草嘶吼。

「你們兩個，都安靜！」雷霆先看著葉青，又看著奶草，接著轉向小貓。薊花在一旁瞇著眼睛，三葉草則齜牙咧嘴咆哮著。

雷霆告訴奶草，「葉青選擇和我一起走時，已經證明了他的忠誠。」然後他轉向葉青。「奶草說得沒錯，她有孩子要養，這意味著她會比誰都更加賣力。」

葉青挪動著他的腳步。「她一天到晚都在咳嗽，比禿葉季的兔子還瘦，」他哼了一聲。「我敢說，她連跑都有困難。」

奶草跳出溝渠，回頭俯身把薊花叼起來。

薊花在媽媽把他拽出來時，還憤怒地對著葉青喵喵叫。

三葉草自己爬出來。「我們很快就能打獵！」她對葉青嘶吼。「總有一天你也會老得走不動，然後感謝我們帶食物給你的。」

雷霆為這些好強的小貓感到驕傲。「走吧。」他跳上斜坡和用尾巴招喚小貓。「我們要先找個地方睡覺。」

葉青跳出溝渠，在斜坡上跨步行走。「我們應該繼續往前走。」他邊走邊抱怨，超過粉紅眼。

白公貓不理他，目光看著小貓。「快點，薊花。」他揮動尾巴鼓勵他們。

薊花快跑過去，三葉草也緊跟在後。

雷霆跟在小貓後面，和奶草並肩而行。他轉頭看了她一眼。「我還以為妳喜歡待在清天那裡。」

「我很感激他收留我們，」她回答。「但我不喜歡老是依賴別的貓餵養自己的小孩，我也想打獵。」

「妳會的。」雷霆承諾，他抖抖身體對抗寒意。現在找到足夠的獵物度過禿葉季將是他們最大的挑戰，但首先他們必須先找個地方紮營。

他們趕上梟眼、雲點和閃電尾時，葉青已經超過梧桐樹了，小貓還跟在粉紅眼後面快跑。

閃電尾看到奶草默默跟過來還帶著小貓，驚訝地眨著眼。

雷霆抓住閃電尾的視線。「我本來以為今晚我要單獨夜宿森林了。」

「難囉，」閃電尾發出咕嚕咕嚕的聲音。「你擺脫不了我們。」

雷霆感受到他真摯的友情，當黑公貓上前表示願意和他一起走時，真讓他鬆了一口氣。現在閃電尾就在他身邊，並肩走上斜坡。

隨著夜色漸深，空氣也變得更冷了。

「我的腳掌痛。」梟眼喃喃自語，他們又要攀登另一個陡坡了。

此刻，天空無雲，露出滿天星斗。雷霆感到樹林布滿了冰霜，他不知道他們走多遠了。森林這一帶是他不熟悉的——空地小小的，光禿禿的，再過去一點的樹林布滿荊棘，難以通過。可以在哪裡休息呢？空地沒有遮蔽，荊棘又太多刺了。

「雷霆！」葉青在前面喊著。

雷霆衝向前，在雲點和奶草附近滑了一下，他們正推著疲憊的小貓往前走。

「小心！」葉青提醒靠近的雷霆。「這裡有一個陡降坡。」

雷霆連忙停下腳步，向前踢落腳下一堆小石子。他聽到小石子撞擊到石頭，彈落到更遠處。葉青往下望著幽暗處，雷霆也順著他的目光往下看。由這裡下去的陡降形成一個小谷地，月光照著谷底，谷底空地由蕨叢和樹林環抱而成。

葉青抬起下巴。「你覺得我們下得去嗎？」

雷霆檢視那片岩石峭壁，覺得有足夠的突起處和懸岩讓他們踏腳。「只要幫一下忙，小貓也可以辦得到。」他說。

閃電尾也走過來，望著谷地。「那裡看起來有很多遮蔽的地方。」

雷霆一躍而下，跳到最近的懸岩上，發現還蠻堅固的，心中興奮不已。「叫大家趕快過來。」他喊著。他們可以在這裡過夜，明天早上再繼續探索，還有打獵。一想到這裡，他的肚子開始咕嚕嚕叫。下面的灌木叢那麼茂密，一定有獵物。

他率先往下，從這個懸岩跳到下一個，每跳一下，就停下來看大家是否跟上了。沒多久，就到達柔軟的土地。在閃電尾和葉青的引導下，粉紅眼、雲點、奶草和小貓都順利地下來了。雷霆眼前一道帶刺的金雀花圍籬擋住了去路，他沿著樹叢底部嗅聞著。梟眼笨拙地跳下來，來到他身邊。「這裡真是太棒了！」他的眼睛在月光下閃閃發亮。

「如果**能**穿過這金雀花叢，會更棒。」雷霆咕噥著。

「這裡！」

雷霆抬起頭，梟眼已經擠過樹叢的一個小缺口。雷霆緊跟在後，棘刺刮過背脊，來到樹叢的另一邊。他舉目望去，光禿的空地四周有草叢圍繞，空地上一塊巨石佇立，上頭覆著一層冰霜而閃閃發光。荊棘叢和蕨叢在四周環繞，和樹林一起護衛這塊空地。

雷霆燃起一線希望，難道這是他們的新家？

閃電尾從金雀花叢底下鑽出來。「我們可以在那邊過夜！」他朝一處茂密的蕨叢走去，開始踩踏莖稈，直到踩出一個窩穴。

蓟花和三葉草衝出金雀花叢，朝黑公貓跑去。

「這就是我們睡覺的地方？」三葉草圓睜雙眼看著他。

「我要睡在邊邊，才可以注意有沒有狐狸。」薊花說。

奶草也鑽進空地，雲點和葉青尾隨在後。

粉紅眼也緊隨其後，嗅著空氣中的氣味。「這裡沒有貓的味道，」他喃喃低語。「你覺得清天知道這地方嗎？」

「希望不會。」雷霆感到一陣憂慮。明天早上，他們將在自己的邊界做記號，組織狩獵巡邏隊。潮溼蕨叢的氣味充滿了他的鼻腔，他突然覺得累了，腳像石頭一樣沉重。

葉青在窩裡繞幾圈後疲倦地趴下來休息，薊花和三葉草蜷縮在另一邊，充滿戒心地望著他。

奶草到他們身邊躺了下來，用尾巴把他們圈起來保護著。

粉紅眼在歇息前，先嗅聞巢穴四周，而雲點則蜷伏在奶草旁邊，張嘴嘗著他們新家的味道。

「休息吧！」閃電尾從窩穴的邊緣朝雷霆點頭。「你一定累壞了。」

雷霆點點頭，他跟著粉紅眼穿過空地，等白公貓走進窩穴後，才在閃電尾身邊安頓下來休息。他的腳掌痠痛、肚子空空，眼睛也累得刺痛。

「有誰要負責站崗嗎？」閃電尾問道。

「我可以，」梟眼說。「我可以坐在崖頂，防範入侵者。」

葉青抽動鼻子。「我們睡前也許應該去打獵。」

雷霆看看這群在蕨叢窩在一起的大夥兒。「不用站崗也不要去打獵，」他告訴他們。「這裡沒有狐狸，也沒有別的貓，我們可以放心睡覺，明天早上再打獵吧。」黑暗中大家都紛紛表示同意。

然後，同伴們一個接著一個閉上了眼睛。

雷霆望著空地，內心充滿感激，他們終於找到過夜的地方了。他身邊的閃電尾已經呼吸平穩地進入夢鄉，奶草旁邊的薊花和三葉草也已經入睡，葉青的眼睛閉了起來，雲點也開始打鼾了。

他們現在都跟他是同一族的了，他的肚子焦慮地翻攪著。**我該怎麼保護他們？**

✦✦✦

雷霆瞇著眼對抗穿透樹枝的陽光，望著高高的橡樹，看到樹幹上有一個缺口。**貓頭鷹洞？**他爬過樹根，看到散落樹根間的骨頭顆粒和皮毛時，更加確信了。他肯定有貓頭鷹住在這裡，這裡一定也有很多獵物。他走過幽暗的林地，朝更遠的坡地走。單獨出來打獵的感覺還不錯，不用去管什麼營地的責任。**如果我們一起打獵，那我們就比較不會把獵物占為己有。**清天的話又再度響起，他父親怎麼會認為他會在同伴都餓肚子的情況下，先填飽自己的肚子？

發現這個谷地以來的這些日子，他們在蕨叢裡已經築了更多窩穴了。那晚剛到這裡的那種感覺依舊歷歷在目，白天時陽光為小空地帶來溫暖，使得另覓他處為家的想法顯得有些愚蠢。奶草已經開始用荊棘為小貓編織遮風蔽雪的窩穴，她也外出狩獵了，帶回來的獵物和葉青一樣多。每次她把獵物放進獵物堆時，都感到心滿意足。

粉紅眼在奶草出去的時候負責看顧小貓，雷霆很高興看到這隻老公貓在新家非常自在的樣子，他簡直不敢相信，這是從前那隻愛生氣的老傢伙，老是斥責白樺和赤楊玩他的尾巴。現在的他會耐心地躺在空地晒太陽，讓薊花和三葉草在他身上爬來爬去，或是在他身邊玩青苔球。有時候，他也會和梟眼出去狩獵，或幫雲點採集藥草，他敏銳的嗅覺能夠偵測出藏在隱蔽處未遭霜害的香草。

然而，狩獵實在不容易，那場疾病顯然也入侵到森林這一帶。這邊的獵物和清天領土那邊的一樣少，還有小貓要餵養，要找到足夠食物是每一天的挑戰。

雷霆憂慮地往下坡走，難道清天的想法是對的？這樣下去，新葉季前獵物就會被耗盡，如果獵物被抓光了怎麼辦？他豎起耳朵，聽到前方有潺潺水聲，看到河水流過樹林間閃閃發光。他舔了舔嘴唇，突然意識到自己非常渴，索性直奔河邊。這一段河流的流速緩慢，與河波的沼澤地為界，輕輕拍打岸邊。

當他走近時，有東西移動引起他的注意。他定住不動，發現一隻麻雀在花楸樹的樹根附近跳來跳去，把牠的喙深挖進落葉裡翻找小蟲子。

雷霆擺出狩獵的蹲伏姿勢，一步一步逼近。他高舉尾巴，以防尾巴拖過落葉發出沙沙聲。

麻雀抬起頭，吞下一口食物。

雷霆暫停，等麻雀再把喙又插回落葉裡。

他瞇起眼睛，麻雀就在幾條尾巴之外了，他要從這裡起跳嗎？**沒必要**。麻雀還在忙著尋找食物，他再往前走幾步。此時麻雀抬起頭，振動羽毛，雷霆的心跳也跟著加快，接著麻雀跳上樹根，抬頭望著枝頭。

牠要飛走了！

就在麻雀振翅飛走前，雷霆往前一躍，伸出前爪把牠打下來。

麻雀掉到地上，雷霆撲過來給予致命一咬。這麻雀雖小，但餵小貓已經夠了。他叼著麻雀到河邊，放在沙地上，低頭喝水。

樹葉在背後沙沙作響。

還有獵物嗎？他轉過身，水從下巴滴下來。

樹林裡有一對琥珀色的眼睛正盯著他看。

雷霆向陽光眨眼睛，伸出爪子，他聞到一股公貓的氣味。再嘗嘗空氣，那是來自風霜和岩石的陌生氣味，這貓不是森林這兒的。他瞇起眼睛，瞥見了一隻黑貓正盯著他的獵物，他咆哮地警告。「去抓你自己的獵物！」

「那本來是我的獵物。」黑公貓從樹叢走出來，笨拙地在沙地上拖行。

雷霆的毛豎了起來。「你說這什麼意思？」

「被你抓住之前，我一直在追蹤牠。」

雷霆一陣不安，他竟然都沒感覺到自己被監視。在這個新領域，他得更加小心。

但是，公貓似乎並沒有生氣。雷霆這才突然發現這公貓簡直瘦到皮包骨，他的肩膀明顯地突出來。看見公貓飢餓的眼睛，雷霆內疚地看了麻雀一眼。「我不知道。」他要讓出自己捕獲的獵物嗎？那薊花和三葉草怎麼辦？他們也餓了。「你是哪來的？」雷霆斜著頭，這隻貓是從兩腳獸地盤來的嗎？「我們來自很遠的地方。」此時公貓大膽地盯著擺在河岸邊的麻雀，黯淡的眼中閃現一絲希望。

我們？雷霆往河邊森林望去，不安地挪動腳步。有更多的貓看著他嗎？

「我們是從山上來的。」他繼續說。

這話引發了雷霆的興趣，他還是一隻小貓的時候，灰翅告訴過他，那是關於灰翅和其他從山裡來的貓長途跋涉來到這裡的故事。就雷霆所知，那是一段漫長艱辛的旅程，難怪這隻貓看起來精疲力竭的樣子。「你們有多少貓？」他問。

「我帶你去看。」黑貓轉身走回樹林。

雷霆一陣猶豫，這會是個陷阱嗎？他看到公貓如黑影般在林間移動。應該不會，要不然他們大可以在河邊就攻擊他，並奪走他的獵物。

他撿起麻雀跟著走。

再次進入樹叢，他的眼睛過了片刻才又重新適應黑暗。他停下來掃視森林，黑貓爬過一棵倒下的樹幹，往貓頭鷹附近的林間空地前進。

雷霆連忙跟上，跳過樹幹，穿過枯萎的蕨叢，公貓已經爬到空地的另一邊。他停在一棵山毛櫸枯樹旁，樹幹的裂縫裡是中空的。公貓對著樹洞裡的陰影小聲說話。雷霆看到兩顆藍眼睛在黑暗裡閃爍，是母貓的味道，同樣也帶著來自風霜和岩石的陌生氣味。

「這是誰？」母貓從中空樹幹的窩穴怒目而視。

公貓低下頭。「我不知道，我發現他在河邊喝水。」

「他認識他們嗎？他在哪裡見過他們——」母貓開始咳嗽，虛弱的身體隨著每聲乾咳不住地顫抖。

公貓俯身舔舐她的身體，試圖讓她舒服一點。

雷霆聞到感染的臭味，慢慢接近。

母貓的毛髮灰色帶有斑點，而且都糾結成團，她皮下的骨頭比公貓更清楚可見。咳嗽緩解後，她還是蹲伏在那裡顫抖，雷霆看到她後腿的頂部有塊黑色傷口。

他丟下麻雀。「妳受傷了。」

「這沒什麼。」她厲聲說道。

「我認識一隻貓，他懂得用草藥療傷。」雷霆說完想著，他應該去叫雲點嗎？

「傷口會自己癒合。」母貓嘀咕著。

雷霆把麻雀推向著她。「吃點東西也許能讓妳有體力，恢復快一點。」這母貓很老，比她同行的夥伴老多了，口鼻附近有一圈白毛。

她難以置信地眨著眼睛看他。「你把你的獵物讓給我？」

「這本來是你朋友的獵物，真的，」雷霆告訴她。「他先看到的。」黑公貓感激地對他眨了眨眼。「吃吧，靜雨。」他把麻雀再朝她推得更近一點。

「這是這次旅程中第一次碰到這樣的好意。」靜雨低語。

雷霆低下頭。「那場疾病之後獵物就變得很少了。」

「什麼疾病？」靜雨猛然抬起頭，藍色目光中充滿焦慮。

「都過去了，」雷霆試圖讓她放心。「禿葉季來臨前，獵物就死了不少。」

靜雨瞄了同伴一眼。「陽影和我還以為我們來到了富饒之地。」她尖酸地說。

「是這樣沒錯，新葉季一到，樹林和高地都會恢復生機的。」雷霆說。

陽影飢餓地望著麻雀。「要多久才會到『新葉季』？」

雷霆有點可憐這隻瘦公貓，好奇心不禁油然而生。

她叫他陽影。

高影不是有個弟弟叫月影嗎？他在那場森林大火後死了，難道這是他另一個兄弟？

靜雨撕了一口麻雀肉。「你叫什麼名字？」她問道，一邊大聲咀嚼。

他回答：「雷霆。」難道她有讀心術？靜雨瞇起眼睛，和陽影交換了個眼神。她吞下麻雀肉，鬍子上還沾了根羽毛，接著轉向雷霆。「你認識一隻叫灰翅的貓嗎？」她問道，語帶憂傷。「或是鋸峰、清天？」陽影也湊近。「你見過月影嗎？他是我父親。」

雷霆的肚子一緊。這些貓是從部族來的！我能說什麼呢？他們大老遠的，來看他們的部族同伴。「我認識高影。」他小心地說。

陽影的眼睛一亮。「她是我父親的同窩手足！」

「那灰翅呢？」靜雨的眼睛亮了起來。「清天呢？鋸峰呢？」

雷霆的尾巴顫抖。「妳怎麼認識他們？」

「我是他們的母親。」

雷霆該怎麼說才好呢？他能告訴這母貓，現在她的兒子們與其說是手足，還不如說是敵手！他滿腦子充斥著那場大戰的記憶。

「怎麼樣？」靜雨期待地盯著他。

「灰翅和鋸峰現在住在遙遠的森林那一邊，和高影在一起。」他這樣回答，想著自己可以帶他們去松樹林，他現在還不想去他父親的陣營，所以沒有提到清天。「我可以帶你們去看他們。」

靜雨掙扎著站起來，眼睛閃閃發光。「他們還好嗎？」

「嗯。」

「那我父親呢？」陽影急切地俯身向前。

雷霆避開了公貓的目光。「高影知道得比我多。」他含糊地說。「到她那邊的時候，讓她告訴你。」

「我們必須離開！」靜雨跨過吃了一半的麻雀，腳不住地顫抖。

陽影焦急地看著她。「妳應該先休息一下。」

雷霆點點頭。「這段路很遠，」他告訴她。「妳要先吃飽，等有了力氣我們再走。」

第十四章

看著靜雨繼續把麻雀吃完，雷霆憂心忡忡。她每吃一口食物好像都很困難。她得貼平耳朵咀嚼食物，然後還得縮一下身體，才能把食物吞嚥下去。她有辦法上路嗎？松樹林遠在轟雷路的那一邊啊！

他滿懷疑慮，**也許我應該帶他們回我的營地？**他把陽影叫到一邊，用氣音說：「我覺得靜雨應該要先療傷再上路。」雷霆心想雲點應該知道怎麼做。

「她等不及了，」陽影低聲回答。「已經讓她知道兒子就在附近，更沒法再等下去了。」

「但是她那麼脆弱。」

「她都已經大老遠從山上來了，不是嗎？松樹林不可能更遠吧。」

靜雨猛然扭過頭來。「你們兩個在那邊講什麼？」

雷霆迎向她的目光。「妳應該先到我的營地休息一下，讓雲點幫妳療傷。」他希望提到山上來的老朋友的名字，可能說服得了她，但靜雨只停頓了一下，然後繼續吃。

「我不想再浪費時間了。」她明確表明就只想做這件事。

雷霆和陽影互看了一眼。

「別再白費唇舌了，」黑公貓低聲地說。「靜雨的心意已決，不會再改變了。」

雷霆凝望著樹林，從這裡到谷地只有一小段距離，他至少應該先回去告訴夥伴，他要去高影的領土，免得回去晚了讓他們擔心。他對陽影點頭。「我得先回去讓大家知道我的去向。」公貓眼中充滿不信任。

「別擔心，」雷霆說。「我一定會回來。」

「自己一個回來？」陽影瞇起了眼睛。

「自己一個，」他答應。這段漫長的旅程讓這些貓充滿戒心。真不知道他們到底經歷了什麼殘忍的事？「我的夥伴們都忙著狩獵，」雷霆承諾。「我很快就會回來的。」

離開山毛櫸樹下的貓，他開始在樹林間奔馳，腳掌撞擊著凍土往谷地疾行。他穿過荊棘、跳過傾倒的樹木，跑到胸口發痛，到了通往營地的陡坡才放慢腳步。

「雷霆？」快到山頂時，奶草的叫聲讓他嚇了一跳。

他停了下來，掃視灌木叢，看見薑黃黑色母貓的毛皮。她在一片酢漿草叢中望著他，酢漿草的葉子都緊閉著禦寒。「妳在打獵？」雷霆問。

奶草轉動眼珠。「不，」她自我解嘲地說。「我比較像是在散步。」雷霆抽動鬍鬚，現在，小貓們有了安全的窩穴，她也可以出來狩獵，奶草和其他的貓一樣有精神了。雖然過去的飢餓讓她的體態還是很輕瘦，但她的眼睛明亮，咳嗽也已經好了。「妳抓到什麼了嗎？」他問。

「我在荊棘那邊埋了一隻老鼠，」她回頭示意。「回營的時候我再把牠挖出來。那你呢？」她的鼻子好奇地抽動著，然後愣了一下。「你的味道很奇怪。」

雷霆揮動尾巴。「我在山上發現了兩隻貓。」他告訴她。「他們正在尋找親屬。」

奶草歪著頭。「他們的親屬？」

「灰翅、鋸峰和高影。」他沒有提到父親的名字，因為不想解釋為什麼要帶他們到松樹林。「我答應為他們帶路。」

「為什麼？」奶草眨眨眼。「現在你有你自己的貓要照顧了。」

「這些貓在挨餓，其中還有一個病了，」他告訴她。「他們需要我的協助。」

奶草輕柔地看著他，再次點點頭。「當然。」

「大家沒有我還行吧？」他望了天空一眼，太陽繼續升起，在他回來之前，太陽就會下山了。

「你會去多久？」

「我今晚會回來。」雷霆承諾。

「我想我們自己打獵沒問題。」奶草告訴他。

雷霆內疚地移動腳步。「我得走了。」

「沒關係。」奶草從酢漿草那裡走過來。「我們之所以追隨你，是因為我們相信你會做正確的抉擇。如果你想幫助那些山上來的貓，就表示這是件對的事。」

雷霆充滿感激地望著這斑點母貓。「謝謝。」

「你最好趕快回去找他們，」奶草催促著。「他們好像很需要你。」

雷霆轉身後，她在他後面喊。「如果你在路上發現獵物，就把獵物帶回來。」

「我會的！」雷霆甩動尾巴，回頭去找陽影和靜雨。

他們滿眼期盼地等候著他，陽影在山毛櫸前來回踱步，靜雨從中空樹幹向外凝視。

他靠近他們時，聽到了靜雨刺耳的呼吸聲。他在陽影身旁停下來時對他們說：「我們沿著森林邊緣走，穿過高地。」對他們來說，穿過森林太辛苦了，要跳過溝渠和傾倒的樹木，會把他們累死的。

而且還可能遇到清天。

他把這樣的想法拋諸腦後。「跟我走。」

他直奔河邊，把他們從樹林帶到沙質的岸邊。

一陣寒風吹來，河面波光粼粼，雷霆感覺到寒風穿透他厚厚的毛皮。他看了靜雨和陽影一眼，他們並肩而行，沒讓腳掌碰到水。「你們冷嗎？」他問。

靜雨看著他。「冷？這種風？」她哼了一聲。「還記得我們是從山上來的吧？」

「當然。」雷霆抽動鬍鬚，或許靜雨走路一跛一跛的，隨時需要停下來咳嗽，但她的舌頭可是一點事都沒有。

他們默默地在陽光地下走著，腳下的沙子逐漸成了鵝卵石。微風傳來清天邊界記號的味道，讓雷霆神經緊繃，因為他們正越過他父親的領土。他緊張地望著森林，察看是否有任何風吹草動。但是除了黑鳥在枝頭鳴叫之外，沒有巡邏隊的蹤跡。還好清天把貓都限制在營地裡，雷霆突然對這件事還蠻高興的。他加快腳步，眼看森林這一段就要結束，河道彎向峽谷。他們終於可以把河岸、森林拋在腦後，奔向高地。

「不要走這麼快！」靜雨嘶啞地喊著。

他回頭一看，發現到他們遠遠落在後面，趕緊回頭，走到靜雨身邊守候著她，而陽影則走在她的另一側。他們愈早離開清天的領土愈好。

「告訴我山上的事。」雷霆輕聲說道，一隻耳朵朝樹林抽動著。

「你一定已經聽過不少了，如果你認識灰翅和高影的話，」靜雨回答。「他們一定告訴你很多有關老家的故事？」

「他們的確講了不少故事，」雷霆同意。「但我不知道有哪些是真實的，哪些是虛構的。」

「他們是怎麼說的？」靜雨問道。

「他們說那裡的雪下得又大又急，暴風雪可以把貓給淹沒了。」雷霆說。

「這是真的。」靜雨彈動她纖瘦的尾巴。「他們有沒有告訴你，老鷹一次可以叼走一隻完全長成了的公貓？那裡的峭壁很陡、山谷很深、如果石頭掉下去，連落地的聲音都聽不到？」

「那你們是怎麼打獵的？」雷霆只知道是飢餓驅使灰翅他們來到高地的，「山上有老鼠和田鼠嗎？」

陽影發出咕嚕咕嚕的聲音。「老鼠到處都是，在溫暖的季節，我們還可以到較低的山坡上追捕兔子和小鳥。」

「那下雪的時候你們怎麼打獵呢？」雷霆問著，想知道這些貓怎麼在岩石峭壁的環境下生存。

「我們用盡各種方法，」陽影告訴他。「有時我們會發現利齒吃剩的鹿的屍體。」

「利齒？」雷霆脊椎的毛整個立了起來。

「他們是巨大的貓，」陽影告訴他。「他們很罕見，但遠比老鷹更可怕。」

「那你們為什麼還要待在那裡？」雷霆問。

陽影聳聳肩。「那是我們的家。」

雷霆不懂。「但那裡好像既寒冷又缺乏獵物。」

「是尖石巫師發現那裡的。」陽影解釋。

雷霆想起灰翅和清天談過尖石巫師。「那是你們的首領？」

「她不止是首領而已，」靜雨厲聲說道。「她是非常古老的貓，而且能跟死去的古代貓說話。她能判讀現在，預知未來。」雷霆聽到這裡只能眨眼了，他們真的是奇怪的貓。

陽影繼續說：「很久以前，她從遙遠的地方來到山裡，深山是第一個歡迎她的地方。」

歡迎她？雷霆不予置評。如果這些貓認為那充滿老鷹和利齒大貓的雪山是在歡迎他們，他們真是比他所想的還要奇怪。

鵝卵石踩在腳下發出窸窣聲，從這裡開始河岸整個變寬，旁邊的森林也變得稀稀疏疏，河道在此彎向峽谷。雷霆聽到轟隆隆的水聲從峭壁間沖瀉下來，看到一座石橋從高地橫跨到河波沼澤地。

腳下的鵝卵石逐漸轉為草地，他們已進入高地。風掠過鬍鬚，雷霆聞到了石楠的氣味。那一瞬間，他掉進了記憶的漩渦中。他在微風吹拂的高地上和閃電尾一起打獵，不斷改變奔跑的方向，配合朋友將兔子趕向他。鷹衝喊他們回營，橡毛在營地入口悶悶不樂地踱步，抱怨他們沒帶她一起去。

「雷霆！」一個熟悉的聲音把他拉回現實。

他轉過頭。

河波銀色的身影出現在他們背後。

「那是誰？」陽影脊椎的毛都豎了起來，靜雨貼平耳朵。

「別擔心。」雷霆彈了一下尾巴，向這隻河貓打招呼。「他是我的一個朋友。」河波從岸邊跑過來，追著他們來到高地，在幾步之遙的距離放慢腳步，然後停了下來，在靜雨和陽影之間來回打量。

靜雨的眼睛瞇成一條縫。「你有水的味道。」她發出嘶嘶聲。

河波點點頭。「我就住在河邊。」

靜雨皺了皺鼻子。「怎麼會有貓住在水邊？」

「在那裡可以捕到很多魚。」河波告訴她。

靜雨看著他圓潤、飽滿的身軀。「你會抓魚？」她倒抽一口氣。「怎麼抓？」

「我會游泳。」

靜雨轉向陽影，眼睛睜得大大的。「我們到了什麼樣的地方啊？」

「這裡跟其他地方沒什麼兩樣，」河波很有禮貌地說。「你們要去哪兒啊？」

「去松樹林。」雷霆點了點頭，朝著遙遠的天邊示意。

「為什麼要越過高地？」河波走到他的身邊。「你可以走森林的捷徑啊。」靜雨瞇起眼睛。「真的嗎？」

雷霆愣了一下，河波不知道他離開清天自立門戶了，而他也不想現在解釋，因為靜雨可能會要求回頭走，要去見她兒子。「陽影和靜雨遠從山上來到這裡已經很累了，我想高地會比較好走。」

河波的目光閃爍著，很感興趣。「你們打山上來的？」

「我們是來尋親的。」陽影告訴他。

雷霆趕緊又補上一句。「我要帶他們到高影的陣營。」他朝陽影點了點頭，「他是月影的兒子。」

河波低下頭。「月影曾經是很好的貓。」

陽影呆住了。「他……曾經……？」

河波看著雷霆。「你還沒告訴他。」

雷霆抬起下巴，鄭重地看著黑色公貓。「月影死了，他英勇地把朋友從火場裡救了出來。」

陽影站在那裡搖搖晃晃地。「我的父親！」

靜雨走到他身邊，用單薄的肩膀撐住他。「他們離開了山裡就是冒著很大的風險，這是我們一直都知道的。」

「我只是希望能有機會多認識他。」陽影的喵聲裡帶著濃濃的悲傷。

雷霆盯著地面，全身發熱。「我應該早點告訴你的，對不起。」

靜雨的語氣僵硬。「那其他貓呢？」

雷霆試圖把目光從草地上拉起來，他的心臟猛力跳動。**要我怎麼說？**許多貓都死了，現在還不是揭露噩耗的時候，他們還得穿過高地才行。「灰翅和鋸峰都很好，」他輕聲告訴她，然後含糊帶過。「清天也是。」

河波走過去面對著靜雨。「有好多事要告訴妳，但不是在這裡。我們先帶妳到高影的營地，到那裡妳就可以休息了。」他看著雷霆。「我會陪你們一起去。」雷霆鬆了一口氣，河波了解，現在這些貓最需要的是休息，而不是聽到真相。從這裡開始，就由銀色公貓領路向前，高山貓一語不發地在後面跟著。陽影垂著尾巴往前走，靜雨的呼吸聲隨著坡度上升而更加窘迫了。

河波放慢腳步，用他的肩膀撐著靜雨。「我們就要到達坡頂了。」陽影和雷霆並肩而行。「他死了多久了？」

「好幾個月了。」雷霆望著前方，希望他能紓解公貓的悲痛，但他不知道該怎麼做才好。

「你跟他熟嗎？」

「我那時候很小。」

「但是你認識高影和灰翅？」

雷霆渾身刺痛不舒服。「嗯。」靜雨瞥了他一眼。「那鋸峰和清天呢？你跟他們有多熟？」

「夠熟的了，」雷霆聲音變得模糊。「我是清天的兒子。」

靜雨停下來盯著他。「清天的兒子！」喜悅之情溢於言表。「他在哪裡？亮川在哪？」

雷霆不解地面對著她。「亮川？」

「你的母親！」靜雨說道：「清天和亮川是注定要成為一對的。」

「亮川從山上下來時就死了。」雷霆不經思索就脫口而出，想收回已經來不及了。靜雨的眼睛蒙上陰影。「她也死了？」

「老鷹把她抓走了。」雷霆內疚地喃喃低語。

「她離開大山，還是擺脫不了高山貓的命運！」靜雨帶著怒氣。「那誰是你的母親呢？」她以目光拷問雷霆。

「風暴。」他平靜地回答。

「她是清天的伴侶？」靜雨看著他。

「她曾經是。」

「曾經是？」靜雨瞪大眼睛難以置信。「她也死了？」

雷霆只能點頭。

「我們為什麼來這裡？」靜雨遠離河波，蹣跚地走向陽影。「貓來了這裡就會死！」

「不是這樣的。」河波柔和的聲音飄盪在高地風中，這陣風也吹動了他們的毛。「這是一個獵物豐富的地方，綠葉季又長又溫暖。」

雷霆發出咕嚕嚕的贊同聲。「灰翅和鋸峰喜歡這裡，而且鋸峰有孩子了。」靜雨抬起頭。「孩子？」

「暴毛、露鼻、鷹羽。」雷霆感到好了一些，總算有好消息可以告訴這老母貓。

靜雨讚許地說。「好名字。」

「鷹衝也有孩子了。」河波輕輕推著靜雨向前。「讓我來告訴妳有關他們的事。」

雷霆對這河貓充滿感激，看著他領著老母貓走過曠野，邊走邊聊。

他們經過四喬木空地邊緣，接著高地開始往下坡走，連接轟雷路。過了轟雷路就是松樹林了，松林像一大片黑牆聳立著，爪子般的樹梢伸入蒼白的天際。

雷霆停在轟雷路邊緣的草叢，凝視著筆直的黑色路徑。沒聽到怪獸的聲音，但空氣中的臭味告訴他，一隻怪獸剛剛經過。「我們過這裡一定要小心。」他告訴陽影。

河波身旁的靜雨哼了一聲。「你以為我們這一路上還沒見過這些臭路徑嗎？」

雷霆向後退，讓母貓和陽影靠近轟雷路邊，她左顧右盼，然後像老鼠一樣快跑過去，黑公貓也緊跟在後。

雷霆走到河波身邊。「所有山上來的貓都跟他們兩個一樣身上帶刺嗎？」

河波發出咕嚕咕嚕的聲音。「我想他們只是累了。」他看了看轟雷路，然後衝過去。雷霆也緊跟上去，還好沒有怪獸。

陽影和靜雨在松樹林旁邊等候，盯著樹林深處的陰影。

「往哪條路走？」陽影問道。

「我不知道。」雷霆充滿期盼地望著河波。「你有沒有來過？」河波搖搖頭。「灰板岩來過，她告訴我，高影的陣營在松樹林深處。」

雷霆看到筆直的黑色樹幹之間布滿荊棘。「這可能很難找。」

河波走進陰影。「我們會找到的。」他說。

「你一定知道他們的氣味，」靜雨嗤之以鼻。「聞出來！在山上，連小貓都能在雪地追蹤老鼠！」

「在松樹林追蹤可能比在雪地更難。」雷霆說。松樹汁液的氣味盤旋在他們周圍，他張開嘴，試圖找出老夥伴熟悉的味道。**拜託讓我們趕快找到營地**。靜雨的眼睛已呈現呆滯疲憊，步履蹣跚，愈來愈走不動，她需要休息。

「走吧。」河波招呼大家繼續向前，越過一根爛木頭，雷霆不安地跟著，想著高影會怎麼反應。她看到山上來的老朋友會說什麼呢？靜雨知道她的兒子們反目成仇，還有許多部落貓都死了之後，她會怎麼說呢？

第十五章

雷霆把他們帶到一塊空地邊緣休息，讓靜雨可以喘口氣。他望向荊棘叢，不禁鬆了一口氣，他看到高影在裡面，正在跟冬青說話。**我們找到他們的營地了！**

黑色母貓用她的尾巴指著獵物堆，兩隻小老鼠和骨瘦如柴的黑鳥肯定餵不飽所有的貓。雷霆覺得有些同情他們，看來每個貓族想要餵飽自己所有的貓並不容易。

然後雷霆注意到冬青身邊的窩穴，那是一個由荊棘編織而成的大窩巢，有高高的拱形窩頂。**多麼巧妙的庇護所，**雷霆心下想著。他不知道是不是也能為自己的貓做出類似的東西。

雷霆感受到溫馨的氣氛，高影的貓已經把這裡布置得非常有家的感覺。有松樹林的遮蔽真的比在高地更安全、舒適。

如果他們能做得到，我也可以。

他轉向靜雨。「妳可以繼續走嗎？」他低聲地說。

「當然可以。」老母貓嘶聲回答。

雷霆帶領大家穿過荊棘，樹叢發出一陣沙沙聲後，他們走進了營地。

高影急忙走上前來，鼻子抽動著，她可能已經聞到靜雨和陽影的陌生氣味。她盯著陌生客思索著，泥掌和鼠耳也跟過來，不安地毛髮直豎。

冬青也走到首領身邊。「這是誰？」她問。

雷霆還來不及回答，靜雨就走上前去迎向高影的目光。雖然她的斑點毛皮已緊貼著骨頭了，但她依然昂然站立，高影似乎感覺到了她的權威，被靜雨那熟悉的目光一瞧，她緊張地瞇起雙眼。

接著高影瞪大了眼睛。

「妳不認識我了？」靜雨的喵聲充滿了情感。

高影傾身向前聞了聞，她的毛似乎也興奮地豎了起來。「靜雨，是妳嗎？」冬青靠向高影。「妳認識她？」靜雨發出呼嚕呼嚕的聲音，還附帶胸口呼呼的雜音。「她跟我很熟。」她抬起頭，高影衝上前去在她身旁穿梭環繞。當高影的目光瞟到第二隻貓身上時，雷霆感到身體微微發顫。

「你一定是月影的孩子！你……」

高影的話沒說完就緊閉雙眼，好像要強忍住心中的悲傷。失去手足顯然帶給她深深的傷痛，但她搖搖頭甩開悲情，然後充滿喜悅地注視月影的兒子。

陽影嚴肅地點了點頭。

雷霆看到高影愣在那兒，走上前去，附在她的耳朵旁。「他們知道月影和亮川的事了，」他低聲地說。「我也只有告訴他們這樣子而已。」

靜雨環顧營地，眼睛裡閃爍著希望。「灰翅在哪裡？」高影遲疑著。

「怎麼了？」靜雨猛然扭頭，責難地盯著河波。「這就是為什麼你一路像隻喜鵲一樣，一直跟我閒扯個不停的原因？你們還向我們隱瞞多少事情？」

高影的爪子扣住地面。「灰翅現在不在這裡，」她看著雷霆。「你看見他了嗎？」

雷霆皺著眉頭看她。「為什麼我會看見他？他住這裡啊。」

冬青耳朵抽動一下。「前幾天他離開了營地。」

「他失蹤了？」靜雨對雷霆眨眨眼。「你說他會在這裡的！」她再次環視營地空地。

「清天和鋸峰也失蹤了嗎？」

陽影背脊的毛都豎了起來。「你們還有什麼沒跟我們說的？」

高影絕望地看著雷霆，陽影削瘦的身軀顫抖著，而年邁體衰的靜雨也搖搖欲墜。

雷霆垂著尾巴，**我成功地把他們帶過來，只是讓他們更加悲傷。**

噠噠的腳步聲朝他們走來。「我聞到感染的味道。」礫心匆匆穿過空地，在靜雨身邊停下，開始嗅著她的身體。

她往後退縮。「這是誰？」

「礫心，」高影對她說。「他有醫治的能力。」

「我懂藥草，可以幫妳，」礫心謙虛地含糊帶過，又再聞一次靜雨的身體，聞到後腿淤黑的傷口時停了下來。「這是妳唯一受傷的地方嗎？」他問。

靜雨哼了一聲。「唯一還值得一提的傷口。」

「這需要用藥膏敷傷口，」礫心告訴她。「我幫妳製作藥膏的時候，請妳先休息，吃點東西。妳需要有體力，已經感染得很嚴重了。」他朝著獵物堆點頭示意，然後匆匆走向他的窩穴。

靜雨看著他離開。「至少這裡有隻貓是誠實的。」

「我們都很誠實！」高影豎起毛髮，以嚴厲的眼神看著靜雨。「礫心說得沒錯，妳需要休息。很多事妳想知道，但我現在什麼也不會告訴妳，因為妳現在的樣子可能隨時會倒下。」

雷霆看著老母貓，對高影的直率，不知道她會做出什麼反應。

一陣呼嚕呼嚕的聲音從靜雨的喉嚨傳出來。「妳的脾氣像妳爸爸。」

「我現在也知道清天是得到誰的真傳了，」高影著朝礫心的窩穴走去。「跟我來。」

靜雨跟著走，雷霆一直隨侍在側以防她倒下。

靜雨聞了聞。「有樹汁的氣味！」

高影在窩穴口停了下來。「礫心正在混合藥草治療妳的傷口。」

就在她說話的時候，礫心走出來，嘴裡咬著一片對折的葉子。他把它放在靜雨旁邊。「請躺下來。」

她警戒地瞥了他一眼，不過隨即依照他的指令，小心地趴下來。

老貓稍作休息後，雷霆看到她的臉逐漸放鬆軟化。

礫心用腳掌打開葉子，然後舔了上頭的一些綠色軟膏，敷在靜雨的傷口上。

她退縮了一下，但沒有發出任何聲音。

「會痊癒嗎？」陽影趨前問道。

「需要時間。」礫心邊舔邊說。

高影尾巴一抖，向泥掌和鼠耳示意。「我們需要更多獵物。」

鼠耳點頭。「我們會去捕獵物。」

「我們今天早上出去的時候，發現一個藏匿山毛櫸果實的地方。」泥掌說道。「有果實的地方，就有松鼠。」

說完，這兩隻公貓就穿過空地，與河波擦身而過，走出營地。

高影從靜雨和礫心那裡向雷霆走來。「謝謝你把他們帶到這裡。」

雷霆聳聳肩。「她想看妳和灰翅。」

高影憂慮地抽動鬍鬚。「如果你看到灰翅，請叫他回家。」

「我會的。」雷霆點點頭。

雷霆從眼角看見河波焦躁地踱步。「我必須回去島上了，我的夥伴不知道我去了哪裡。」

高影的綠眼睛裡充滿期待。「你讓斑皮和碎冰加入你們了嗎？」

「當然！」公貓發出咕嚕咕嚕的聲音。「大家都很歡迎他們，他們也適應得很好，夜兒和露珠正在教斑皮游泳。」雷霆聽到這裡不禁打了個寒顫。「她昨天還抓到她第一條魚。雖然出生在山區，但她在水中就像隻水獺一樣。」

「你是說斑皮？」靜雨粗嘎的聲音傳來。

「她和碎冰現在住在河波那邊。」高影喊道。

「高山貓住水邊？」靜雨眨眨眼，一邊讓礫心幫她上藥。

「別忘了，我們是在瀑布邊長大的。」高影的眼睛飄向遙遠的記憶。「也許斑皮想念那催她入眠的聲音。」

雷霆的心一沉，在他出生以前，這些貓就做了這麼多抉擇，每一次的抉擇，都為他們自己、族群、貓族帶來巨大的轉變，如新領土以及伴隨而來的死亡。並非所有的選擇都是好的，他們所經歷的那些紛爭，靜雨能了解嗎？當目睹許多同伴都躺在四喬木旁的墳場時，她會做何感想？

河波轉身。「我得回去了。」

「我也一樣。」雷霆看了高影一眼。「妳可以照顧他們嗎？你們的獵物夠吧？」

「我們會找到足夠獵物的，」高影承諾。「我們已經知道哪裡是打獵的最佳場所。森林中非常安靜，容易聽到獵物的聲音。現在獵物或許不多，但我們都是狩獵高手。」

河波恭敬地點頭致意，隨即往營地入口走去。

雷霆正要轉身離去，聽見靜雨的叫聲再次從空地那邊傳來，他停了下來。「不要走，雷霆！告訴我更多有關清天的事，他有沒有找到新的伴侶？」雷霆猶豫了一下，腳掌突然好像整個踩在泥淖裡。

「留下來，」高影低聲說。「不用太久，只要讓她知道他很好就行。」

在高影目光的注視下，雷霆不知該如何應對才好。他還沒說什麼，荊棘圍籬就響起沙沙聲，鋸峰走了進來。

冬青急忙招呼他。「你回來了！」靜雨趕緊站了起來，把礫心推開。「我的兒子！」

鋸峰愣了一下，睜大眼睛。「靜雨？」頓時眼中充滿喜悅，快速走向她。

靜雨的目光瞬間轉移到他在後頭一拐一拐拖行的受傷後腿。「發生了什麼事？」她倒抽一口氣。

「這是舊傷。」鋸峰停在她身邊。「我從樹上摔了下來，這並不重要。」靜雨盯著他，目光籠罩著一層失望。「你跛腳！」

鋸峰僵住了，毛髮沿著背脊波動著。一陣驚恐從雷霆的腳底傳上來，他知道鋸峰一向不喜歡被視為弱者，但他會像對灰翅那樣告誡他母親嗎？冬青咆哮著。「他稍微跛腳，」她嚴厲地告訴靜雨。「僅此而已，他像其他任何貓一樣，能打獵也能思考，而且——」興奮的喵聲打斷她的話，露鼻拖著田鼠衝進營地，暴皮和鷹羽簇擁在她身邊。

「輪到我了！」鷹羽抱怨著。

鋸峰板起臉孔轉向他們。「守規矩點！我的母親從山上來訪。」

露鼻丟下田鼠，盯著這隻毛髮凌亂的母貓。「那是你媽媽？」

暴皮衝到冬青身邊，躲在她肚子底下。「那隻貓的氣味好怪。」鷹羽走向靜雨，鼻子抽動著。「妳來這裡幹嘛？」

靜雨瞪著鋸峰，毛髮豎立。「你就是這樣教養孩子的？我絕不允許小貓這樣沒禮貌。」

冬青的眼中閃過憤怒。「也許這就是你兒子離開的原因了。」

靜雨瞪回去。「妳竟敢這麼說？」

鋸峰走到她們中間。「我的孩子很活潑，」他告訴靜雨。「他們有善良的心，而且有一天會成為狩獵高手的。」靜雨沒理會他，轉向雷霆。「我想看到我其他兒子，」她說。「清天在哪裡？」

雷霆低頭目光朝下。「他在森林裡。」

靜雨眼睛睜得大大的。「我們就是在森林裡遇見你的，為什麼把我們大老遠帶到這裡？」

「如果妳的身體夠強壯，我會帶妳到他那邊的。」他含糊帶過。

靜雨扭頭看著高影。「那灰翅又是怎麼回事？」

「我不是告訴過妳了，」高影暴躁地回答。「我們已經好幾天沒看見他了。」

「如果灰翅不見了，」靜雨吼道，「妳一定要找到他，我來這裡是要尋親的。」

雷霆眼看著高影瞪著母貓。**請不要打起來**，他希望她們兩個都冷靜下來。**靜雨只是一個憂心的母親，僅此而已**。這隻高山貓已經又累又餓了，還帶著看起來非常疼痛的傷口。

而且老貓還即將要面對更多的傷悲。

高影似乎和雷霆有同樣的想法，她轉過身來面對他。「拜託，請你去找灰翅。」

風吹動灰翅的毛髮，厚重的雪雲層盤踞在高岩山山頂，淡藍的天空染成一片黃色。黑夜降臨時，那雲層就會到達高地。

灰翅叼著鼩鼱的尾部晃盪著，金雀毛走在他前面鑽進石楠叢，曉鯉走在他後面。金雀毛只抓到田鼠，曉鯉也只抓到一隻餓得半死的田鼠，身上也沒剩多少肉了。

灰翅不知道該不該在外頭再待久一點，如果就要下雪了，那獵物堆就應該存放多一點獵物。但這有用嗎?他們已經花了一整個上午，也只抓到這麼一點。

灰翅跟著他們沿著遮蔽的通道回風奔營地，他原本希望抓到隻兔子的，但兔子都深深地躲在洞穴裡，可能早就聞到風雪欲來的味道了。

喵叫聲沿著石楠隧道傳來。

「金雀毛！」

「曉鯉！」

灰翅瞥見塵鼻在金雀毛身邊糾纏著。

「田鼠可以給我拿嗎？」小公貓一直求著。

「你抓到什麼？」蛾飛興奮地跑到灰翅面前，當她看到鼩鼱時失望極了。「沒有兔子？」

灰翅沮喪地搖搖頭，推著她往回走。

風奔在營地遠端來回踱步，不時望著天上厚厚的雲層。在她附近的蘆葦，正嗅著灰板岩的耳朵。被狐狸咬到的傷口這幾天已經癒合得差不多，不過蘆葦還是小心檢查，預防傷口再度惡化。

灰翅把鼩鼱放下。「灰板岩還好吧？」他向銀色公貓喊著。

「再過十來天，耳朵的傷口就可以完全癒合。」蘆葦回答。

灰板岩從蘆葦那邊走過來。「我倒希望被狐狸扯掉的是一塊毛。」她不耐煩地抖抖身體。「至少毛會長回來。」

「灰翅，我可以把你抓的鼩鼱放到獵物堆嗎？」蛾飛的喵聲把他從思緒中叫回來。

「可以。」他朝那片空空的草地望去，塵鼻已經把金雀毛的田鼠往那裡拖了，曉鯉也經過他身邊，把枯瘦的田鳧放進去。蛾飛連忙咬起灰翅的鼩鼱，衝過去放在獵物堆的最上面。

灰翅很開心能在這裡幫忙狩獵，不過他的內心還是充滿罪惡感，他自己的夥伴也需要他幫忙啊！

灰翅已經不像以前那麼敏捷了，鋸峰的話在耳邊響起，他又想起他和弟弟以及高影的爭執。

你一回到營地就不斷下指令！高影真的這麼想嗎？或許他應該回去澄清一下。這些指控——他已經不行了，還有想要奪取領導權之類的——都讓他憤恨難消。**做決定吧！**高影和鋸峰似乎對他做的每一件事情都要批評，而在高地這裡，他全然被接納。風奔感激他帶回獵物，而灰板岩似乎也很喜歡跟他在一起，每晚睡前都跟他聊天，讓他感到非常溫暖。離開潮溼的森林，對他的呼吸也比較好。他感覺到高地的風已經成為他身體的一部分，在這裡，他跑得快、呼吸得深、睡得也比較熟。

不過，礫心會擔心他的，尤其現在麻雀毛和梟眼都搬到清天那裡了，這年輕公貓會感到孤單的。**而且我很想他**，一想到礫心柔和誠懇的眼神，灰翅的胸口就緊了起來。

我應該要回去了。

這時灰板岩穿過空地向他走來，她灰色豐厚的毛髮波動著。

或許明天吧。

「獵物就這樣了嗎？」灰板岩朝獵物堆點頭。

灰翅充滿歉意地看著她。「還能抓到這些算是幸運的了，眼看就要下雪，大部分的獵物都躲在窩裡。」

灰板岩嘆了一口氣。「就在我們最需要的時候。」

「晚點我再出去一次。」灰翅說。

「我跟你一起去。」

「我們可以到隧道裡試試看。」灰翅還沒有試過到地底冒險，他不懂為什麼橡毛喜歡在那麼暗的地方狩獵，不過也許會發現兔子窩。

灰板岩的眼睛閃爍著不安。「我從來沒有在地下打獵過。」

「我們不會走得太深的。」灰翅保證，他的目光定在灰板岩耳尖上被狐狸扯掉的缺

口，那裡的邊緣已經結了深色的疤。

灰板岩低下頭來。「有多糟？」

「妳看起來像隻貓頭鷹。」灰翅逗弄她。

灰板岩猛然抬起頭。「至少我還聽得到，」她朝灰翅的耳朵望去。「你還聽得到聲音也真神奇，你的耳朵裡有好多毛，我還奇怪老鼠怎麼沒在裡面築巢呢！」

灰翅玩笑地用鼻子頂了她一下，她發出呼嚕呼嚕的聲音。

「風奔！」塵鼻焦慮的喵聲從空地一端傳來。「我聽到腳步聲。」

蘆葦抬起口鼻，嘗嘗空氣。「一隻森林貓朝這邊走過來。」

金雀毛背脊的毛波動著，風奔警戒地往營地入口走去。

曉鯉擺出防衛的蹲伏姿勢。「你知道是誰嗎？」

灰翅張開嘴讓微風吹過舌頭，他馬上認出那氣味。「是雷霆。」

風奔豎起耳朵。「他在高地做什麼？」

金雀毛瞇起眼睛。「我們打獵的時候，我就聞到他的味道了。」

曉鯉點頭。「我也是，在四喬木附近，而且不只有一隻貓的氣味。」

風奔對灰白母貓眨眨眼。「難道是惡棍貓？」

曉鯉聳聳肩。「那味道蠻奇怪的。」

這時石楠叢一陣顫動，有腳步聲從隧道那邊傳來，接著雷霆探出頭。「我可以進來嗎？」他看著風奔。

風奔點點頭。「請進。」

雷霆從石楠叢裡鑽出來，橘黃白色相間的毛髮襯著枯樹叢顯得非常亮眼。「灰翅，你在這啊！」他的眼睛一亮。「我一直在追蹤你的氣味。」

灰翅歪著頭。「為什麼？」要找也應該是他的營地夥伴來找，怎麼會是雷霆？「高影叫我來的。」

灰翅挪動腳步，有些罪惡感。「她還好嗎？」

雷霆眼中帶著憂慮，灰翅背脊整個涼了起來。**斜疤！他攻擊營地了嗎？**他以為讓蕨葉轉移斜疤的注意力，計畫就奏效了。

「她沒事。」雷霆抽動尾巴。「大家都沒事。」

「那高影為什麼派你來？」灰翅皺著眉頭，一臉困惑。

「我在森林裡發現了一些外來的貓，」雷霆遲疑地解釋。「他們要找高影，所以我帶他們去她的營地。」

灰翅豎起毛髮，好奇的往前傾，為什麼雷霆講話這麼小心？「外來的貓？」

「他們想見你。」

灰板岩在灰翅身邊挪動著，毛髮直豎。「那些外來的貓是誰？」

風奔歪著頭。「他們從哪兒來的？」

雷霆盯著灰翅。「他們是從山上來的。」

「山上？」灰翅思緒盤旋著，難道部落貓也沿著太陽之路來了嗎？他想起他的夢境

裡出現了瀑布後面的空洞穴。**但他們明明想留在山上，難道發生什麼可怕的事了嗎？**

雷霆壓低音量。「是靜雨。」

我母親！灰翅的心跳加快。這趟旅程對年輕健壯的貓來講就已經很不容易了，更何況是靜雨。「她還好嗎？」

「她虛弱又飢餓，還帶著傷，不過礫心已經在照顧她了，」雷霆說。「還有一隻叫陽影的也跟她一起來。」

「月影的兒子……」灰翅不禁焦慮起來，靜雨來這裡做什麼？「我得去見她。」說完隨即往石楠隧道走。

「等等！」灰板岩喊著。「誰是靜雨？」

灰翅回頭望。「她是我母親！」他為什麼沒在森林裡迎接她，他根本不應該在高地的，他的職責在那裡啊。他一路穿過石楠叢衝到高地，感到呼吸急促起來，耳中有心跳聲鼓動著。

「等等我！」他背後傳來奔馳過原野的腳步聲。

雷霆追上來，氣喘吁吁。「慢一點！」他喘著。「她又沒有要去哪裡。」

「我應該在那裡的。」灰翅上氣不接下氣。

雷霆轉向他。「那也用不著這樣跑得喘不過氣來，到時候你連話都沒辦法說了。」

灰翅停下腳步。「你說的沒錯。」他說話的時候，胸部還發出咻咻的聲音。

「我們用走的吧。」雷霆和他並肩而行。

隨著天色變暗，小雪花也開始從天盤旋而降，明天清晨之前就會下大雪了。

他們慢慢地走，灰翅的毛平順了下來，呼吸也緩和了許多。「靜雨的傷勢嚴重嗎？」

「我不知道，」雷霆回答。「礫心說要痊癒的話，得花上一陣子。」

「清天跟她在一起嗎？」如果雷霆在森林裡發現靜雨和陽影，一定會先帶他們去清天的營地。

雷霆直視前方。「沒有。」

「他沒有陪她一起去高影的營地？」

「他不曉得她在這裡。」

灰翅皺著眉頭，一臉疑惑。「可是你知道啊？」

「我把他們直接帶去高影那裡。」

灰翅聽出雷霆語氣的不自然，知道事有蹊蹺。「為什麼不帶他們去清天那裡？」

「我們吵了一架，」他輕描淡寫地說。「幾天前我離開清天，自立門戶了。」

灰翅的心一沉，清天和雷霆到底有沒有和解的時候？但他還來不及問，雷霆就改變話題。

「高影說陽影長得很像他爸爸，」他降低音量。「我已經告訴他月影死了。」

灰翅看著他。「這對你和他來說，一定都很不容易。」

「他一直想要多了解他父親，」雷霆的語氣中似乎帶著苦楚。「他們也知道亮川的事了，但其他的事高影不肯說，除非你母親的身體變好些。」

灰翅望向四喬木坑地，他的許多朋友都躺在那墳場裡。靜雨知道的話會說什麼？他腳步放慢，突然間發現，這些日子以來有好多事可以講，但是好消息竟然這麼少。**當她發現我們自相殘殺時，會怎麼說？**他不禁憂心起來，一個不注意，前爪踩進一個堅硬的藤蔓，藤蔓一縮，把他的腳緊緊套住。一陣痛楚傳來，他本能地想甩掉，但是卻愈弄愈緊，藤蔓深深地箝進肉裡。

雷霆往後跳，毛髮整個豎了起來。「怎麼了？」

「有東西把我抓住了！」灰翅愈驚恐掙扎，藤蔓就纏得愈緊愈痛。

「不要動！」雷霆衝過去檢查他的腳。「這藤蔓看起來好像兩腳獸圍籬那邊的。」

灰翅聞到血的味道，低頭一看，環繞腳掌的毛都染紅了。

雷霆沿著藤蔓的細莖聞過去。「它綁在一根棍子上。」

雷霆咬住棍子想把它拔出地面，灰翅拚命忍著痛。

他使力地拔，然後漸漸無力，怒吼著。「插得太緊了，我拔不動。」

灰翅察覺到雷霆不時警戒地瞥向高地，他知道他心裡想什麼。「狐狸會聞到我的血味。」**然後可以毫不費力地飽食一餐**，想到這裡他就不寒而慄，**我是陷阱裡的獵物了！**

「冷靜下來，」雷霆圍繞著他踱步。「我們會有辦法的。」

「什麼辦法？」灰翅又繼續扯他的腳，藤蔓箍得更緊，他不禁倒抽一口氣。

「我知道。」喵聲從石楠叢後面傳來。

灰翅轉過頭，看到蕨葉朝他們走過來。

雷霆齜牙咧嘴。「妳是誰？」

蕨葉停下腳步，歪著頭。「灰翅認識我。」

「她叫蕨葉。」灰翅喘著氣。

蕨葉在他們身旁繞行，和雷霆保持一段距離。

雷霆懷疑地看著她，橘色毛髮豎立著。「妳知道怎麼幫灰翅解開？」他吼著。「怎麼弄？難不成這陷阱是妳設的？」

蕨葉覺得可笑，發出呼嚕呼嚕的聲音。「別傻了！這陷阱是兩腳獸用來抓兔子的，如果我會設的話，就用不著挨餓了。」她轉動眼珠子看著灰翅。「我真不敢相信，你會笨到踏進陷阱裡。」

灰翅咬著牙。「把我弄出來！」

「你得先不要掙扎才行，」蕨葉告訴他。她向雷霆投以警告的眼神，然後蹲在灰翅的腳掌旁。「別動！」

灰翅強迫自己保持不動，呼吸急促。

「這可能會有點痛，」蕨葉警告。「我要把我的牙齒伸進藤蔓裡把它弄鬆。」

灰翅點點頭，咬緊牙根。

感覺到她的小牙齒滑進藤蔓和他的傷口之間，灰翅不禁全身發抖。隨著她頭部的扭動，他喘氣忍受如閃電般的疼痛竄過全身。突然間，藤蔓鬆了。蕨葉猛然頭一轉，灰翅的腳掌從陷阱鬆脫了。

當那最痛的感覺消退後，灰翅終於放鬆下來。但他還是感到傷口強烈的刺痛，血汩汩地滲出。他試著用力踩踩看，發現能站得住腳，這才鬆了一口氣。「腳沒斷。」只是皮肉傷，很快就能痊癒。

雷霆看著這滿身傷疤的母貓。「妳是誰？」

蕨葉迎向灰翅的目光。

「她只是一隻惡棍貓。」他聳聳肩。

蕨葉眼睛一閃。「只是一隻惡棍貓？」她嗤之以鼻。「我只是隻惡棍貓，為了救你的朋友，不惜去跟那嗜血的公貓說謊。」

灰翅豎起耳朵。「妳跟斜疤說了？」他急切地問。

「我答應你了，不是嗎？」蕨葉抬起下巴。「我告訴他有獵物，他就跑去找，正如我跟你說的一樣，他就像隻貪心的狐狸！」

雷霆的眼睛睜得大大的。「斜疤是誰？」

「他是另外一隻惡棍貓，」灰翅告訴他。「他派蕨葉在暗中監視我們。」

雷霆瞇著眼睛看她。「妳是探子？」

「你可別對她怎樣，」灰翅厲聲說道。「斜疤就跟一眼一樣殘忍，跟他說謊需要很大的勇氣。」

蕨葉挺起胸膛，看起來就像隻瘦巴巴的鴿子，灰翅發現她比之前更瘦了。

「妳在高地那裡的坑地打獵了嗎？」他問。

「有，」她疲倦地聳聳肩。「但那裡的獵物不多。」

「跟我一起回營地吧，」灰翅說道。「一旦斜疤發現妳騙他，根本沒有所謂的獵物，他一定會很火大的。妳還是跟我們在一起比較安全，我們可以跟妳分享獵物。」

雷霆跟他使了個眼色。「高影恐怕會有意見。」

「我只要跟她解釋蕨葉為我們做了什麼，她應該會理解的。」灰翅開始往松樹林走。他們的身影襯著幽暗的天色隱約可見，這時雪也愈下愈大了。灰翅每走一步，疼痛就由腳底傳來，但他不予理會。

他的母親在等他。

蕨葉小跑步跟上來。「我真的可以去嗎？」她的語氣像隻緊張的小貓。

「是的。」

雷霆走在她身邊。「為什麼斜疤要派妳來監視灰翅的營地？」

蕨葉聳聳肩。「他不想和其他貓分享他的土地。」

「這土地不是他的，」雷霆怒吼。「如果是的話，那我就一定看過他，他是從哪來的？」

「我們以前是兩腳獸地盤的流浪貓，不過斜疤厭煩了老是吃兩腳獸吃剩的東西，決定來這裡看看有什麼更好的。」蕨葉望著變成白茫茫一片的高地。「斜疤不喜歡認錯。」

「那妳為什麼要跟他在一起？」雷霆的目光瞥向她那一身糾結的毛髮和傷疤。

蕨葉向前看。「我沒有其他的同伴了。」

「連至親也沒有？應該——」

灰翅打斷他的話。「饒了她吧，雷霆。」

雷霆聳聳肩。「好吧。」他朝灰翅腳掌的方向點頭。「現在覺得怎麼樣？」

「痛，」灰翅回答，被藤蔓割破的地方抽痛著。「不過礫心知道用什麼藥草來舒緩疼痛。」

他們往下坡走向通轟雷路，轟雷路有怪獸走過，平坦黑石路上覆蓋著雪泥，切劃出一條條軌跡。灰翅豎起耳朵，仔細聽是否有怪獸的吼聲。大雪中他沒聽見什麼聲音，也沒見到怪獸眼中發射出的亮光。

「走吧。」他一跛一跛穿過轟雷路，到對面聞到松樹味道時才鬆了一口氣。

蕨葉的黑毛上綴著雪花片片，雷霆的鬍鬚也沾著白雪。突然一陣雪朝他們席捲過來，灰翅趕緊鑽進松林間躲避。

雷霆帶頭繼續往荊棘營地走，蕨葉緊跟著灰翅，離營地愈近跟得愈緊。

「你確定這樣可以嗎？」當荊棘圍籬就佇立在眼前，她低聲問道。

這裡充滿熟悉的氣味。「妳不會有事的。」灰翅向她保證。繞過圍籬，他跟著雷霆鑽進入口，接著環顧寬廣的空地。「靜雨？」他掩不住興奮之情。

泥掌從獵物堆抬起頭來，鼠耳也在那裡挑獵物。高影和鋸峰坐在營地圍籬的遮蔽處，在那裡交頭接耳。

高影瞥見灰翅。「你回來了！」她終於鬆了一口氣。

「抱歉我離開那麼久。」

就在灰翅低頭致意時，露鼻的聲音空地遠處傳過來。「冬青，我可以在雪地裡玩嗎？」

「明天再去，」冬青回答。「現在該睡了。」

灰翅眨眨眼，在他離開的這段時間，冬青已經蓋了一個非常棒的窩。另外一個窩突出於營地圍籬，灰翅張嘴聞，藥草嗆鼻的味道從裡頭飄出來。

「灰翅？」一個粗嘎的喵聲從那旁邊傳過來，有隻貓躺在地上，斑點灰毛在遍布雪花的林地上形成保護色，原來是靜雨。

灰翅趕緊走向她，隱忍著腳痛。他滿心喜悅，原以為再也見不到她了，但此時此刻她就在這裡，在他的新家。靜雨後腿頂端敷著厚厚的綠色藥膏，一見到他，藍眼睛立刻發出光芒，但也看得出充滿疲憊。「陽影在哪？」他環顧四周尋找年輕公貓。

「他在睡覺，」靜雨說。「他已經很久沒有填飽肚子，在安全的地方好好睡一覺了。」

灰翅焦慮地對他母親眨眼睛。「妳還好嗎？」藥草的氣味充滿鼻腔。

「我到了，」她喃喃地說。「這才是最要緊的。」

灰翅的喉嚨一緊，把口鼻靠向靜雨的臉頰。

在他的碰觸下，靜雨放鬆了。而灰翅聞著她的氣味，全身毛髮也喜悅地波動著。在那一瞬間，他又變成了小貓，在山上巢穴中靠在媽媽的懷裡。

突然間，她抽離開來。「我聞到血的味道！」她看到灰翅受傷的腳掌時，眼中盡是恐懼。「你怎麼了？」

「我被兩腳獸的陷阱抓到。」

她的藍眼睛籠罩著一層陰影。「為什麼你來這地方？」她的嚎叫聲很單薄，像小貓一樣。「這裡除了死亡跟危險之外，什麼也沒有！你應該待在山上的！」

第十七章

雷霆看著灰翅靠向靜雨，發出低吟安慰她，雪花穿過濃密的松樹天篷飄下來，落在他們身上。她像隻小貓哀號著，雷霆聽不出哀號聲中的話語。或許睡一覺、填飽肚子能稍稍緩解她心中的苦楚。

他移開目光，察看營地的狀況，**我該走了嗎？**他的內心惶惶不安，泥掌和鼠毛懷疑地盯著蕨葉，高影的眼神在幽暗中發光，鋸峰肩膀上的毛波動著，他應該先確定蕨葉沒事再說。

蕨葉在他身邊挪動腳步。「或許我該走了。」

「盡量讓妳自己看起來友善一點，毛保持平順。」他低聲耳語。

「你說起來容易，」她低聲回應。「他們可是認識你啊。」

高影是第一個走過來的，她下巴抬得高高的，穿過空地。「妳是誰？」

蕨葉低下頭來。「我叫蕨葉，」她溫和有禮地說。「灰翅說我可以和他一起回來。」

高影抽動耳朵。「他這樣說？」

蕨葉向營地入口瞄了一眼。「如果妳要我走的話，我可以離開。」

「不，」高影仔細打量這隻黑色母貓。「如果灰翅說妳可以來的話，那一定有他的理由。」

鋸峰一跛一跛地走過來。「難道灰翅一直在招募流浪貓？」

「我是朋友。」蕨葉眼中忿忿不平。

我要告訴他們有關斜疤的事嗎？雷霆看著灰翅，**不，要說也是由蕨葉或灰翅說，這不干我的事。**

冬青從她的窩裡走過來，經過泥掌和鼠耳時還跟他們交換了眼神。

暴皮和露鼻也跟著跑過來，鷹羽跟在最後。

蕨葉靜靜地待在那兒，面對冬青好奇的眼光，雷霆感受到她全身顫抖著。

「她的毛都打結了哎！」露鼻停下腳步。

「她也是山上來的貓嗎？」暴皮問道。

「這些傷疤是怎麼回事？」鷹羽繞著蕨葉上下聞著。

冬青生氣地一彈尾巴。「要有禮貌！這隻貓是訪客，又比你們年長。」她向蕨葉點頭。「對不起，我的孩子說話口無遮攔。」

「他們很活潑，」蕨葉生硬地說。「他們長大後會是狩獵好手的。」

冬青蓬著毛顯得很自豪。

鋸峰瞇起眼睛。「妳說妳是朋友，妳能證明嗎？」

冬青瞪著她的伴侶。「這可憐的貓還餓著肚子！讓她先休息吃點東西，然後再證明也不遲吧。」她朝獵物堆點頭。「泥掌今天挖到了一窩老鼠，所以夠我們大家吃的了，來選一隻吧！」她彈著尾巴招呼蕨葉。

「沒錯，」高影也同意。「先吃飽休息，蕨葉，有什麼話明天早上再說。」

鋸峰翻了個白眼。「難道我們對所有的流浪貓來者不拒？」

雷霆把爪子插進雪裡。「為什麼不行？流浪貓和高山貓一樣忠誠。」他想起奶草和粉紅眼，他們都盡心盡力地把獵物帶回家，就連壞脾氣的葉青，也都先想到同伴再想到自己。

鋸峰哼了一聲轉過身去，冬青把蕨葉帶到獵物堆旁。

露鼻、鷹羽和暴毛都蹦蹦跳跳跟了過去。

「蕨葉，妳身上的結我可以幫妳梳開。」露鼻叫著。

「我很會抓跳蚤，」暴皮誇口。「妳要我幫妳嗎？」

蕨葉看著小貓。「我不知道我是否有跳蚤。」

「如果有的話，我一定抓得到。」暴皮向她保證。

冬青站在獵物堆旁邊，叼起最上面的一隻老鼠，放在蕨葉的腳邊。「去找個有遮蔽的地方吃，妳看起來好幾天沒進食了。」

蕨葉滿懷感激地望著她，啣起老鼠往營地圍籬走，她選了一個有雪花飄落的位置。

露鼻跟了過去。

「讓這可憐的貓好好安心地吃。」冬青叫著。

「我會的！我保證。」露鼻說完就在蕨葉身邊趴下來，盯著她吃東西。

雷霆朝獵物堆望去，有雪花落在上頭。他舔舔舌頭，滿心期盼地望著高影。「可以也讓我吃一些嗎？我今天一整天都沒有獵食的機會。」**我把我抓到的那隻給靜雨了。**

「當然。」她慈愛地對著他眨眼睛。「我還沒有謝謝你把灰翅找回來呢。」

「沒什麼，」雷霆穿過空地，肚子餓得咕嚕嚕叫。「他並不難找。」

他在獵物堆挑了一隻老鼠，蹲下來，三兩口就吞下去。就在他吞嚥的時候，他看著灰翅坐在靜雨旁邊。過了這麼久再見到自己媽媽是什麼感覺？他心中一陣痛，如果風暴突然從林間走出來，不知道自己會有什麼感覺。

「我想要見清天！」靜雨焦躁的聲音從空地邊緣傳來。

灰翅四下搜尋，眼神定在雷霆的身上。「你可以去叫你爸爸過來嗎？」

雷霆愣住了，肚子裡剛吃進去的老鼠突然變得沉甸甸的。「現在？」已經入夜了，森林外頭一定下著大雪。

「你只要穿過轟雷路就好。」灰翅催促著。

但是我還不想見清天！雷霆背脊上的毛都豎了起來，他站起來看著灰翅。「我可以跟你私下談一下嗎？」

灰翅站起來走向雷霆。「怎麼了？」

雷霆壓低音量。「我不是告訴過你，我已經離開清天的營地了，」他低聲嘶吼。「這對我來說並不容易，我不想這麼快就回去。」

「我又不是要你再回去跟他住一起，」灰翅的眼神強硬。「只是去把他叫來。」

「派別的貓去！」雷霆環顧營地，泥掌和鼠耳正在互舔毛髮，高影坐在空地看著正在進食的蕨葉，蕨葉就在冬青和小貓的旁邊，礫心檢查著靜雨的傷口，鋸峰從他的窩走出來。

灰翅貼平耳朵。「靜雨是你的至親，她是我們的親屬。清天是你的爸爸，你應該告訴他。」

「不！」雷霆怒吼。「我今天一整天都忙著把貓從這裡帶到那裡，我累了。」

「不要像隻小貓一樣！」灰翅斥責他。「清天會想知道靜雨已經來了，他會感謝你告訴他的，這樣一來，你們之間的恩怨可能就此化解開了。」

雷霆盯著灰翅。「如果我不想化解呢？」

「現在不是賭氣的時候！」灰翅甩動他的尾巴。「我媽現在病了，她的傷很嚴重，你可以找其他時間再跟你爸吵架，現在趁靜雨還有力氣說話，去把清天找來。」

雷霆看著灰翅，**難道靜雨病危了？**「好吧，」他低吼。「我去。」雖然滿腹委屈，他還是朝著營地入口走去，至少他已經吃過了。

離開營地，雷霆踩著雪地穿過松樹林，環視著暗影幢幢，一直到了轟雷路。這條路把峽谷一分為二，一邊是整齊的松樹林、一邊是散亂的橡樹林。此刻轟雷路上的積雪沒有怪獸走過的痕跡，他輕易地穿過去，到了森林的另一邊。

他還是很不爽，灰翅明明可以派別的貓來的。雷霆轉向，偏離往清天營地的路線，往山谷走去。現在他有自己的貓要照顧，他跟奶草承諾過，說入夜前要回去的。他得先回去看看他們，然後再去找清天。

他到達谷頂的時候，腳掌已經很痛了。風雪吹進了山谷，落在谷底的荊棘和金雀花

叢上。他小心翼翼地踩著滑溜的石頭往下爬，砰的一聲輕輕地跳在谷底雪地上。

「雷霆！」閃電尾從金雀花叢鑽出來，開心地跟他打招呼。「你到哪兒去了？」

「奶草沒跟你說嗎？」雷霆穿過空地。

「有啊，可是我們以為你會更早回來。」

「是比我想像的還要久。」雷霆環顧被雪覆蓋的空地，奶草從窩裡探出頭來，她已經為孩子蓋好窩了，三葉草和薊花的眼睛在她身邊發亮。粉紅眼在空地的另一邊，嚼著一隻瘦巴巴的歐掠鳥。

葉青嘴上叼一隻松鼠晃盪著，穿過營地，經過雷霆身邊的時候跟他點個頭。

「看來你今天的收穫不錯啊！」雷霆在後面喊著。

閃電尾吹落鼻子上的雪花。「粉紅眼聞出會下大雪，所以我們今天一整天都在外頭狩獵，那些可能得撐上一陣子。」他用尾巴指向獵物堆，這獵物堆和高影營地的堆得一樣高。

葉青把松鼠帶到奶草的窩旁，放在門口。

雷霆眨眨眼，他沒看錯吧，他真的是把食物送去給母貓和小貓？

「謝謝你，葉青。」在幽暗中，奶草感激地眨眨眼，把松鼠拖進窩裡。「你要不要進來一起吃？」

「如果還有位子的話。」葉青回答。

樹葉發出沙沙聲，奶草和小貓們擠在一起，然後葉青鑽進去。

雷霆朝閃電尾瞄了一眼。

閃電尾聳聳肩。「我想葉青可能覺得內疚吧，他說過奶草無法狩獵，而奶草今天帶回來的獵物跟他一樣多。」他的尾巴朝獵物堆彈一下。「你一定餓了，吃點東西吧。」

「我在高影那兒吃過了。」雷霆說。

獵物堆另一邊的蕨叢窸窣作響，梟眼從那裡鑽出來，他甩掉鼻子上的雪。「雷霆，你回來了啊！」說完連忙穿過營地。

「可是我馬上又要走了，」雷霆解釋。「我得去把清天帶到高影那裡，有一隻從山上來的貓是他媽媽，她想見他。」

雲點穿過蕨叢，看著雷霆驚訝地眨眼睛。「靜雨大老遠從山上來看他？」

雷霆聳聳肩。「她也想看灰翅和鋸峰。」

閃電尾的尾巴甩過雪地。「我跟你一起去找清天。」

雷霆搖搖頭。「我想請你留守營地，附近可能會有飢餓的狐狸。」

「那閃電尾就更應該跟你去了，」梟眼說。「我們沒事的，粉紅眼連遠在高地上的狐狸都聞得到，就算有事，葉青和奶草也可以和我一起保護小貓。」

雷霆看著年輕公貓熱切的眼睛。「好吧。」

「放心，我會確保營地安全的。」梟眼挺起胸膛，走過去坐在粉紅眼身邊。

「我們得走了，」雷霆告訴閃電尾。「清天的母親病了，我們不能再浪費時間。」

閃電尾看著他。「那你為什麼先回到這裡？」

「我答應過奶草我會回來的。」雷霆閃避朋友的目光。

不過，黑貓清楚知道雷霆不想回到他父親那裡。「別擔心，」他邊說邊用鼻子推向雷霆的肩膀。「我們只是要去告訴清天有關靜雨的事，然後把他送去高影的營地。這麼做是對的。」

「我知道，」雷霆疲倦地咕噥著。「我只是希望有其他的貓可以做這件事。」他走進金雀花叢，從底下鑽了過去。棘刺刮過毛皮，他鑽出去後立刻有雪花落在他的鼻子上。他攀爬岩石到了谷頂，在那裡等閃電尾跟上來，繼續往森林走。

他們默默地往清天的營地走，雷霆豎著耳朵以防有狐狸出現，閃電尾看著被雪覆蓋的林地，避開樹根和掉落的枯枝。他們到達清天營地的荊棘圍籬時，雷霆已經冷到骨子裡去了。他停在入口，轉身對閃電尾說。「我們要盡可能快一點。」

閃電尾點點頭，雷霆隨即鑽進營地。

空地裡空蕩蕩的，只聽見周圍傳來輕輕的打呼聲。

「雷霆？」橡毛在她的窩裡坐起來。「你在做什麼——」年輕母貓瞥見閃電尾，拉長說話的尾音。「你們要回來嗎？」眼中燃起一線希望。

「不。」閃電尾輕聲告訴她。

橡毛生氣地抽動耳朵。「那你們在這裡做什麼？」

「我們是來找清天的。」雷霆告訴她。

空地周圍的窩穴一陣騷動，許多雙眼睛在黑暗中一眨一眨的。

「是雷霆嗎？」花開睡眼惺忪地從冬青樹叢裡走出來。

赤楊和白樺從荊棘叢底下的窩穴裡跳出來，蕁麻、快水和麻雀毛也從樹蔭底下走到雪地。

「你想幹嘛？」白樺用懷疑的眼光看著雷霆。

「我希望你不是想來招攬更多的貓，」蕁麻怒吼。「因為我們誰也不想加入你們。」

雷霆瞇著眼睛，抬起下巴。「我只是來找清天。」對清天的憤怒，他有心理準備，但沒想到還要面對舊夥伴的敵意。

麻雀毛向前走來。「梟眼好嗎？」

「他很好，」雷霆告訴她。「我讓他留守營地。」

「粉紅眼呢？」花開玳瑁色的毛在雪地上特別顯眼。

閃電尾站到雷霆身邊。「他喜歡他的新家，在那裡他很快樂。」

「他在這裡的時候也很快樂。」赤楊咕噥著。

雷霆看著她。「那他為什麼要離開？」

閃電尾走到他們中間。「我們不是要來跟你們抬槓的。」

「我們是來找清天的。」雷霆往橡樹根部望去，清天的窩就在那裡，但現在那邊是空的。

「他和星花在蕨叢裡築巢。」橡毛朝坡堤的陰影處點頭示意。

「清天！」雷霆提高音量。

蕨叢發出沙沙聲，清天灰色的身影在黑暗中出現。

「你想幹嘛，雷霆？」清天站在坡堤上。

雷霆看著他。「靜雨從山上來，現在在高影的營地，她想見你。」他看見清天的眼睛瞪得大大的，見到父親如此驚訝，他總算感到有些寬慰。「我答應灰翅來找你，你要快，她病了。」他說完立刻轉身朝營地入口走去，這時清天身邊傳來輕柔的喵聲。

「等等，雷霆。」星花喊著。

他停下來。「等什麼？」

「這對你父親來說太突然了，你可以對他體貼一點嗎？」

就像他對我那樣嗎？雷霆的喉頭升起一陣苦楚，不過意識到大家都盯著他看。「好吧。」他就站在那裡等清天從坡堤上下來。

「她病得嚴重嗎？」清天來到他身邊。

雷霆避開他的眼神，因為他不想被他父親的情緒所左右。「她挨餓，後腿又受了傷。礫心在幫她治療，可是他說傷口已經感染得很深了。」

星花從坡堤上跳下來。「我跟你一起去。」

雷霆愣了一下，這隻母貓的味道聞起來不一樣了，而且她的眼神中也散發出從未見過的溫柔。

「請妳留在這兒，」清天溫柔地告訴她。「現在很冷，而且妳已經懷了我們的孩子，妳應該休息。」

雷霆受到的衝擊就像被冰柱刺進胸膛一樣，**懷了他的孩子！**他把爪子刺進雪裡，試圖隱藏他無法接受這消息的事實。「清天說得沒錯，」他怒吼。「妳應該待在這裡，而且這也跟妳沒關係，靜雨是我們的至親，不是妳的。」

橡毛走上前去，眼睛在黑暗中發亮。「生米已經煮成熟飯了，雷霆，別這麼殘忍。」

雷霆瞄她一眼，**妳懂什麼叫殘忍？妳媽媽並沒有在妳還小的時候就過世，妳的爸爸一定也沒有把妳趕走。**

「走吧，」閃電尾在他耳邊低語。「我們在浪費時間。」

雷霆面對清天。「你到底準備好了沒？」

清天的尾巴顫抖著。「好了。」

✦✦✦

他們到達高影的營地時，大雪已經穿透松樹天篷，在林地上積了厚厚的雪。一陣冷冽寒風從林間吹來，雷霆趕緊鑽進荊棘叢入口，到了可以遮風蔽雪的營地裡，總算鬆了一口氣。

他在那裡等清天和閃電尾進來。

空地裡空蕩蕩的，大家一定都到窩裡避寒了，只有灰翅還躺在礫心的窩外頭，把自己捲成一團，雪花就落在他身上。他看到清天時立刻站了起來，穿過營地迎接他。

清天先開口說話。「為什麼靜雨會來這裡，山上出了什麼事嗎？」

灰翅搖搖頭。「她是來看我們的，這趟旅程讓她又累又病，」他朝礫心的窩點頭。「她在等你。」

雷霆看著他父親匆匆穿過空地，消失在荊棘叢的窩穴裡。

「謝謝你，雷霆。」灰翅的氣息吹動了他耳朵的毛。

雷霆抽身遠離他，灰翅稍早時說的話還在他內心盤旋，**不要像隻小貓一樣！**他想起來就有氣。「你要我去叫他來，我已經去叫來了。」他沒好氣地說。他這一整天都被指派去做這個、做那個，現在他累了，他最想做的就是回自己的營地，和那些真正關心他的貓在一起，好好睡一覺。

「我很抱歉。」灰翅的語氣溫和。

雷霆訝異地看著他。

「我剛才對你太兇了，」灰翅坦言。「我只是很擔心，我希望清天能來得及見到靜雨……」他沒有再講下去，目光中閃現恐懼。

難道灰翅認為他母親快要死了嗎？

灰翅背後的雪地上傳來腳步聲，鋸峰正朝他們走來。

「那裡有獵物，如果你想吃的話，」他一邊告訴閃電尾，一邊朝獵物堆點頭示意。

現在獵物堆上已經覆蓋上一層雪。「我們連森林裡的流浪貓都給食物吃了，你不妨也一起來吧，別客氣。」

閃電尾看著雷霆。「可以嗎？」

「當然，」雷霆尾巴一彈。「去吃吧，用不著自己打獵就有東西吃，這不是常有的事。」他看著閃電尾穿過空地，然後轉向鋸峰。「蕨葉好嗎？」

「她在我們的窩裡。」

「陽影呢？」

鋸峰朝營地圍籬那邊點頭，雷霆看到那黑色的身影和泥掌、鼠耳窩在松樹枝的窩裡。「他吃了兩隻老鼠以後就睡了，從太陽下山睡到現在，鬍鬚連動都沒動過一下。」

雷霆點點頭，覺得很欣慰。「靜雨的兒子們都在他身邊了，等閃電尾吃完，我們就要回去了。」

「你不想去看看她怎麼樣了？」鋸峰問。「她也是你的至親，不是嗎？」

雷霆哼了一聲。「連清天都稱不上是我的至親，更何況是靜雨呢？」

鋸峰的眼睛在黑暗中發亮。「雷霆，生氣很容易，但生氣除了帶來心痛之外，成就不了什麼事。同情他一下吧，這對清天來說也一定很痛苦。」

那他得跟她承認，自己到底引起多少紛爭。

灰翅走到他身邊。「這對我們大家來說都很痛苦。」

鋸峰嚴肅的點點頭。「我們從山上來這裡尋找美好安全的家園，相信靜雨來的時候也這麼想，不過到頭來，我們能告訴她的只有戰爭、疾病和死亡，這是誰也不想面對的啊！」

雷霆望著礫心的窩，清天到底跟他媽媽說些什麼？

這時營地圍籬突然顫動著，星花從荊棘入口鑽了進來，雷霆驚訝地眨眨眼。一看見她，灰翅發出低吼，鋸峰也拱起背嘶吼著。

雷霆走上前去。「妳來這裡做什麼？」

星花無視周圍的敵意繼續往前走，與灰翅擦身而過，站在空地邊緣。「我擔心清天。」

「他叫妳留在營地。」雷霆咕噥著。

她瞇起眼睛。「我做我想做的事，而不是被吩咐做的事。」看到鋸峰肩膀上的毛都豎了起來，雷霆不安地波動著毛髮。星花冒了很大的風險來到這裡，這些貓最後一次見她時，她是個叛徒。

雷霆靠近她。「妳應該離開。」他在她耳邊嘶嘶地說。

「我要留下來。」她頂回去。

鋸峰瞪著母貓。「妳為什麼關心清天？」

「我是他的伴侶，」星花告訴他。「而且我懷了他的孩子，我當然可以在他需要我的時候，陪伴在他身邊。」

她迎向鋸峰的目光，雷霆感覺到一股緊張氣氛一觸即發。

「灰翅！鋸峰！」清天從礫心的窩探出頭來。「靜雨想要——」他話還沒說完，就看到星花。

星花也回望著他，明亮的眼睛就像夜空中閃耀的星星。

清天移開目光。「靜雨想要跟我們說話。」他朝鋸峰和灰翅點點頭，然後又鑽進窩裡。

就在兩隻公貓匆匆走向礫心的窩穴時，高影在她的窩裡坐了起來。「靜雨還好嗎？」

星花穿過空地走向她。「她想要跟她兒子講話。」

高影饒富興味地望著星花。

在她開口前，星花尾巴一甩。「我是來幫忙清天的，我現在是他的伴侶。」

「而且妳懷了他的孩子。」礫心從窩裡走出來，看著這隻金色母貓。

她對他眨眨眼。「你怎麼知道？」

「我聞得出懷孕母貓的氣味。」礫心告訴她，同時向擦身而過的灰翅和鋸峰點頭。

「別讓靜雨太累了。」他小聲地告訴他們。

雷霆看著他們鑽進窩裡，肚子一緊。他們會怎麼訴說關於新家園的一切？大雪讓營地的那一邊看起來模模糊糊的，他往後退到營牆有遮蔽的地方。靜雨想看到兒子們在豐饒之地和諧地在一起的吧？雷霆不禁同情起這隻老母貓，她知道真相後會有什麼感覺？

「告訴我！」靜雨在窩裡瞪著眼。「我的朋友發生什麼事了？」

清天恐懼萬分，**我們該怎麼說才好？**他吞嚥一下口水，口乾舌燥，身邊的灰翅和鋸峰也不安的挪動腳步。

「為什麼你們的樣子像是我闖進了喪禮一樣？」她怒火中燒。「你們是我的親屬，我們應該彼此毫無隱瞞才對！跟你們一起從山上來的貓在哪？」

鋸峰低下頭來。「斑皮和碎冰現在住在河邊。」

「這我已經知道了！」靜雨顫抖著用前腳把自己撐起來。

「快水和我一起住在森林裡，」清天說。「橡毛也是。」

靜雨又趴下去，因為用力而喘著氣。「誰是橡毛？」

「她是鷹衝的孩子。」清天的喉嚨一緊，因為知道接下來她會問什麼問題。

「鷹衝？」靜雨的眼中燃起一線希望。「她在哪？」

清天低著頭。「她死了。」

靜雨倒抽一口氣。「怎——怎麼會？」

灰翅和鋸峰交換眼神。

靜雨怒吼。「怎麼像在拔鴿子毛一樣！她怎麼死的？」

清天望著弟弟們，他們都低著頭。「因為一場戰爭。」清天含糊帶過。

「跟誰打？」靜雨追問。

鋸峰抬起下巴。「跟清天。」

靜雨眼中蒙上一層疑惑的紗。「誰跟清天打？」

灰翅壓平耳朵。「我。」

「我們大家。」鋸峰補上一句。

「我不懂，」靜雨苦惱不已。「你們互打？」

鋸峰慢慢地眨眨眼。「我們剛從山上下來的時候，本來都是在一起的。但後來有些貓想住在高地，有些想住在森林，清天帶著想住森林的貓走，我們就待在高地。本來我們都相安無事，一直到——」

清天的心跳加快，鋸峰想把一切的責任推給他？他趕緊插話。「我決定大家最好還是分清楚各自的領土，這樣才能在各自的區域狩獵。」

「邊界是你劃的！」鋸峰投以控訴的眼神。

灰翅抬起頭。「剛開始似乎有道理。」

靜雨抽動耳朵。「剛開始？」

「可是清天不斷更改邊界。」鋸峰說。

灰翅的耳朵抽動著。「我們必須捍衛我們擁有的。」

「所以你們就打起來了？」靜雨難以置信地眨眼。「難道不能用講的？」

「我們嘗試談判。」灰翅解釋。

鋸峰哼了一聲。「我們碰面要談的時候，清天的陣營就攻擊我們。」

靜雨的目光射向清天，清天像是面對炙熱火焰般急欲閃躲。

「這是真的嗎？」

「那……那是一個錯誤，」清天支支吾吾的。「我只是想讓我的陣營有足夠的領土可以狩獵。」

靜雨的目光沒有移動。「你想占領你弟弟的領土，他們不肯，你就發動攻擊？」

灰翅往前走一步。「我們全都打起來了。」

「我們別無選擇。」鋸峰怒吼。

靜雨身上糾結的毛髮沿著背脊豎了起來。「還有誰戰死了？」

「寒鴉哭，」灰翅低聲說。「還有落羽。」

清天僵住了，灰翅會告訴靜雨這對兄妹是自相殘殺嗎？他屏息以待，聽到灰翅繼續說。「惡棍貓的凶狠出乎我們意料之外，他們甚至願意一直打到死。」

清天鬆了一口氣，**謝謝你，灰翅**。

「龜尾也是被惡棍貓殺死的嗎？」靜雨追問。

灰翅眼中泛著淚水。「她是在大戰前，被怪獸殺死的。」他垂頭喪氣。「那是個意外。」

「蔭苔呢？」靜雨的聲音愈來愈虛弱。

「被另一隻怪獸殺死。」鋸峰說。

「雨掃花呢？」

聽見他母親提到這個名字，清天整個呆住了。

雨掃花！想起他對她致命的一擊，罪疚感整個淹沒了他。他絕望地望著灰翅和鋸峰，**不要把實情告訴靜雨……**

鋸峰的眼睛在暗影中發亮，他抬起頭來，清天內心充滿恐懼。

「她戰死了。」灰翅向鋸峰使了個警告的眼神。

靜雨銳利的眼神盯著他們。「你們為什麼這樣互相看來看去？」她瞇起眼睛。「有什麼隱瞞我的？」

清天顫抖著走向前，抬起下巴。他想最好還是讓他親口說出。「是我殺了她。」他坦承。

「你？」靜雨瞪著他。

清天繼續說。「我當時殺紅了眼，失去了理智。」

「你殺了你的部族夥伴？」靜雨眼神像隻老鷹，直盯在他身上。

「那是一場戰爭，」灰翅慢慢說道：「我們大家都失去理智了。」

靜雨猛然轉過頭。「走開，灰翅！」

灰翅倒退一步。

「鋸峰，你也是。」靜雨把視線再拉回清天身上。

灰翅和鋸峰走出窩穴之後，清天也退離母親身邊好幾步，內心糾結，而靜雨的藍眼中燃燒著厭棄的眼神。「對不起。」他低語。

窩穴外，他聽見星花焦慮的聲音。「清天在哪？」

「他還在跟靜雨說話。」灰翅溫和地對她說。

「說什麼？」星花焦慮不已。

「跟妳有什麼關係？」鋸峰怒嗆。

星花發出嘶嘶聲。「他是我孩子的爸！」

清天真希望立刻衝出去，把鼻子靠在星花身上。儘管如此，他還是把目光再拉回母親身上。

她纖瘦的身體顫抖著，鼻子噴著熱氣，嘴角冒著白沫。應該叫礫心進來嗎？但她眼中的怒火，比她的病情更嚴重。

「我的孩子是不會殺死他的部族夥伴的。」她嘶吼。

「我也不知道當時是怎麼一回事！」清天像隻小貓一樣嗚咽著。「這裡對我們來說完全陌生，這裡的生存法則和我們在山上也完全不一樣。沒有尖石巫師給我們建議，我當時以為我那樣做是對的！」

「所以你就背棄你的親族和部族夥伴？」靜雨怒吼。「然後不惜把他們殺了？」

清天靠向她母親。「我錯了，」他絕望地嗚咽著。「妳得原諒我，妳是我母親。」

靜雨的腳掌劃過他口鼻，清天感到一陣刺痛。他躲開，難以置信地看著她。這是曾經哺育他，看他帶回第一隻獵物而引以為傲的母親，現在卻冷冷地望著他。

「對不起。」他哽咽著。

「你不是我的孩子，」靜雨撇嘴。「走開，我再也不想看到你。」

清天對她眨眨眼，希望她發現到自己說的話是多麼殘忍。「原諒我。」他喘著氣。

「不可能。」她憤怒地瞪大雙眼。

清天轉身走出窩穴，雪花落到鼻子上嚇了他一跳。他瞇眼看著茫茫白雪，視線因悲傷而模糊起來。

這時，星花的氣味迎面而來，她的綠色眼睛在風雪中如星光般閃耀著。

他對她眨眨眼，因受到衝擊顯得有點呆滯。

「跟我來。」她溫柔地喃喃低語。

清天隱約感覺到灰翅和鋸峰在空地的一邊望著他，而高影在漫天風雪中只不過是一個黑影。

「那邊的荊棘叢裡有一個凹地，」星花安慰他。「我們可以在那裡休息到明天早上。」

「我想回家。」他喃喃地說。

「我們得留下來。」

清天感到她溫暖的身軀引導他穿過大雪。

就在靠近荊棘叢的時候，她輕輕地碰他一下。「在這兒等著。」

他眼神空洞地望著她，星花把荊棘圍籬旁凹地裡的雪剷出來，挖成一個窩穴。完成

之後，她跳出來，把清天推進去。「我們在這裡會很溫暖。」

他拖著腳步走去。

星花也鑽到他身邊。「躺下來。」

他趴下來，腳掌緊縮著，星花像對待小貓一樣環繞著他，把尾巴覆蓋在他身上。她咕嚕咕嚕的低吟伴隨著他的顫抖，用自己的體溫溫暖著他。清天的思緒就像雪融化般，逐漸清楚了。「我是怪物嗎？」他聲音沙啞地問。

「不是。」星花堅定地回答。「你是英雄、是領袖。你做了別的貓不敢做的決定，沒有什麼好內疚的。」

他心痛地緊靠著星花，讓星花舔拭他的臉頰，然後閉上眼，讓她的溫暖伴著他進入夢鄉。

但願她是對的……

第十九章

雷霆睜開眼睛，驚訝地發現自己還在高影的營地。早晨的陽光穿過樹頂，空地周遭傳來刻意壓低的喵聲。他想起來了，**我叫閃電尾先回去**。昨晚，看到灰翅和鋸峰從他母親的窩穴那裡出來，睜大眼睛顫抖著，他就改變主意了。雖然清天和靜雨跟他形同陌路，但灰翅和鋸峰卻是他的至親，如果靜雨死了，他不能不留下來陪他們。

她不能死，好不容易千里迢迢地來這裡看兒子，這樣沒天理。他要閃電尾先回去，擔心葉青他們勢單力孤的在那片不熟悉的新領土，可能會有潛藏的危險。

他站起來甩甩身體，在結霜樹叢下睡了一晚，全身都凍僵了。這時候大雪已經停了，但營地的一邊積了厚厚的雪，白茫茫的非常刺眼。清天的身體一半露出在營地圍籬下方，星花耀眼的金毛也在一旁，他倆還在睡覺。雷霆一陣忌妒，但他趕緊拋開，星花已經做了抉擇。

「雷霆！」鷹羽興奮的叫聲從冬青窩穴那邊傳來，他的小臉露出來。「我們要在雪堆裡挖隧道，你要幫忙嗎？」

露鼻從她哥哥身邊衝過去，鑽進雪堆，然後又冒出來，衝向他。

「我長大了，不適合玩這種遊戲了。」雷霆喊著。

暴皮也從窩裡跑出來，跟著鷹羽追著妹妹。「你可以假裝是狐狸，把我們挖出來！」

雷霆興味盎然地發出呼嚕呼嚕的聲音，然後又內疚地望著礫心的窩。現在營地裡有一隻重病的貓，或許他應該叫小貓們安靜一點。

鷹羽抖掉鬍鬚上的雪，衝向他。「我要開始挖隧道了，你來找我。」說完就鑽進雪堆，不見了。

「給我們一些時間躲！」露鼻叫道，跟著她哥哥鑽進去。

「等等我！」暴皮也跟著他們進去。

營地入口沙沙作響，荊棘叢上的雪紛紛掉下，雷霆看見鋸峰走了進來，嘴裡叼著一隻鷦鷯。他穿過空地，把獵物放在礫心窩穴門口，然後再往自己的巢穴走。他不去看一下他母親嗎？

這時候，雷霆的注意力被雪堆裡隱約傳來的喵聲吸引過去，他覺得他現在應該先把小貓們給拉出來，免得他們凍壞了。他豎起耳朵，循著聲音走，他聽到露鼻說話的聲音。

「別亂動，不然會被他找到。」

他覺得好笑地抽動鬍鬚，猛然鑽進雪堆裡，把最先摸到的抓出來，是暴皮。

小貓在空中晃蕩著，抖落一地雪花。

鋸峰停住腳，瞪大眼睛看著雷霆。「這是怎麼一回事？」他追問。

雷霆把暴皮放在一邊。「小貓在挖隧道。」

鋸峰立刻衝過來。「他們會被凍著或著悶死，或者兩個都會！」他開始用爪子拚命挖雪。

「唉喲！」露鼻被挖出來的時候大叫。

鷹羽冒出頭來。「怎麼了？」

鋸峰嚴厲地瞪著他。「這是誰的主意？」

「我的，」鷹羽抬起頭。「這很好玩耶！」

「這樣很危險，」鋸峰生氣地甩動尾巴。「離這雪堆遠一點，去找點別的事做。」

「不公平，我們只是在玩而已！」鷹羽鑽出雪堆，悻悻然地往旁邊走，每個腳步都重重地踩進雪裡。

露鼻跟過去。「我們再玩別的。」

「我們可以練習狩獵！」暴皮跟上去。

鋸峰嚴肅地看著雷霆。

「我有看著他們玩。」雷霆告訴他。

鋸峰皺著眉頭。「有時候你得說不。」

雷霆感到一陣厭惡，他一直看護著這些小貓啊！不過他還是低下頭來聳聳肩。「或許吧。」鋸峰要擔心的事太多了，脾氣會變那麼糟一點也不奇怪。

小貓此時已經穿過空地走到高影附近，高影正充滿歉意地望著鼠耳和泥掌。「你們今天能再去狩獵嗎？」她問他們。「我知道你們為了大家，昨天已經狩獵了一天，但其他的貓——」她往礫心的窩看了一眼。「都有其他的事。」

「我剛抓到一隻鷦鷯，」鋸峰喊著。「灰翅也出去追蹤獵物了。」

「但是我們有更多張嘴要餵了。」高影朝冬青的窩點頭示意。「別忘了，現在還多了蕨葉。」

「我跟他們一起去。」

聽到陽影的聲音，高影把頭轉過去。這隻公貓正在松樹枝的窩穴裡伸懶腰，他看起來比昨天雷霆找到他時有精神多了，梳洗過後，毛色變得有光澤，眼睛也炯炯有神。他跳進空地走向她。「我學到森林裡的狩獵技巧了。」

「好，」泥掌朝他點頭致意。「愈多幫手愈好。」

「如果今天有獵物出來，在雪地上一定很容易發現。」鼠耳說。

就在雷霆遲疑著是否也該出手幫忙時，營外傳來踏過雪地的碎裂聲，接著礫心鑽進營地，他嘴裡叼著一把枯萎的莖稈。

他走到高影面前停了下來，把莖稈小心地放在雪地上。「要是綠葉季時我們已經來到這裡就好了，」他懊惱地說。「我發現有個地方，幾個月前，那裡的藥草一定很茂盛，但現在只剩這些了。」他用腳掌撥弄著那堆莖稈。「不曉得這些夠不夠靜雨用。」

陽影的眼中盡是憂慮。「她的病情惡化了嗎？」

礫心定睛望著他。「這趟旅程讓她的身子變得很虛弱，傷口也感染得很深，光塗藥膏是不夠的，我希望她能服用一些蕁麻梗，從體內來對抗感染。」

露鼻跑過來。「我拿去給她。」

高影用尾巴把小貓趕走。「到旁邊去玩。」她心煩意亂地喃喃自語，然後看著礫心。「高地上的坑地還有沒有藥草可以拿？」

「應該有。」礫心點點頭。

泥掌若有所思地瞇起眼睛。「我們去打獵的時候可以順道拿回來。」他說。

「好，」高影彈一下尾巴。「不過小心，不要在風奔的領土上狩獵。」

「我們會小心的。」泥掌說完便甩甩身體，往營地入口前進。

鼠耳穿過雪地緊跟在後，陽影也跟了出去。

小貓們也在雪地裡跌跌撞撞地跟過去，停在營地入口，滿懷期待地望著他們離去的身影。

「礫心，你看起來很累了。」高影的頭歪向一邊。

雷霆的目光從小貓的身上移開，這才發現礫心滿眼疲憊，他一定是熬夜照顧靜雨了。「你休息一下，我把蕁麻拿過去給她。」他聞著那些莖稈，感覺上就跟爛掉的差不多。「她只要嚼一嚼就好了嗎？」

礫心垂著尾巴。「要說服她可不容易，她不太好照顧。」

雷霆抬起下巴。「我盡力而為。」他屈身把莖稈啣起來，不禁鬆了一口氣，霜雪不但讓莖稈枯萎了，也去除了那嗆鼻的味道。

他帶著蕁麻穿過空地，鑽進礫心的窩。幽暗的窩穴裡很溫暖，但因感染而有股酸味。他忍住噁心的感覺，走向靜雨的石楠床鋪。他靠近時，靜雨一動也不動，只是無力地趴在上頭。熱氣從她的身上傳出來，雷霆把蕁麻的莖放在她口鼻前面。

「你想幹嘛？」老貓出其不意的喵聲把雷霆嚇得往後跳，她沉重地抬起頭，聞著莖稈，鼻子皺了起來。「這是什麼？」

「蕁麻的莖，礫心說妳要嚼一嚼，可以幫助妳對抗傷口感染。」

靜雨把莖稈推開。「他應該是要治療我，不是毒死我。」

「他特地跑到雪地裡去幫妳帶回這些，」雷霆繼續說。「妳好歹把它們吃下去吧。」

靜雨迎接他的目光。「如果這是給你的，你會吃嗎？」

雷霆懷疑地看著那些莖稈。「病的又不是我。」

靜雨哼了一聲，然後咳嗽。

雷霆看她搖晃著身體，無助地對抗著抽搐。「吃掉！」他嚴肅地低吼，他可不想讓她就這樣死掉，都已經千辛萬苦走到這裡了。

靜雨咳嗽舒緩了之後，饒富興味地望著他。「你吃的話我就吃。」

雷霆被激得爪子癢癢的。「好。」他屈身向前，叼起一根莖稈開始嚼。苦味瞬間湧上舌尖，他強忍著不讓自己吐出來。

靜雨的喉嚨發出震動的聲音。「看來沒那麼好吃吧？」

「現在換妳了，」雷霆絕對不放過她。「除非妳連蕁麻都怕。」

看到老貓陰鬱的眼神出現一絲光彩，她往前咬起一根莖稈，緊閉著雙眼開始嚼，然後吞下去。「你們在這裡常吃蕁麻嗎？」

雷霆抽動鬍鬚。「我們住森林，但不代表我們是兔子！」他朝剩下的兩根莖稈點頭。「既然妳嘴裡已經有那味道了，乾脆把剩下的都吃完吧。」

看著她把莖稈都吞下去，雷霆很滿意。「瞧，」他評論著。「也沒那麼糟吧。」

「不，很糟。」她咕噥著，閉著眼睛繃著臉，像是在對抗疼痛。她再度睜開眼時，長嘆了一聲。「希望這有效。」

雷霆坐在她身邊，把尾巴擺在腳掌上。「妳現在該做的就是站起來去打獵，任誰躺了這麼久都會不舒服的。」他逗她。

「我也這麼希望。」靜雨不可置信地望著他。「很難相信清天是你爸爸，他小時候一點幽默感也沒有，他一直都夢想著要去一個遙遠的地方。」

「這就是為什麼他要離開山上？」雷霆很訝異自己竟然會好奇，他不想談論有關清天的事，但對於他小時候的事，自己竟然不由自主地想了解。

「對。」靜雨沉思著。「鋸峰也是，但灰翅是我要他離開的。」

「為什麼？」雷霆對她眨眨眼。

「鋸峰沒有經過我的允許就離開，我覺得他太小了，所以叫灰翅去照顧他。」她似乎凝望著遠方。

「妳知道他們不會再回來了，」雷霆非常同情靜雨。「妳一定很擔心。」

她搖搖頭。「我知道灰翅會保護鋸峰的，只要找到他，灰翅就不會離開他，而鋸峰不管怎麼樣都不會再回來了。」

「那妳為什麼要獨自留在那裡？」

「山上是我的家，」靜雨告訴他。「我生長在那裡，雖然我現在離開了，但我的心永遠在那裡。這裡的綠葉季或許獵物豐沛、一片翠綠，但卻充滿了紛爭，讓兄弟反目成仇。在山上，我們擁有的不多，也沒什麼好爭的。」她滿眼悲傷。「我們不會為了爭奪地盤互相廝殺，我到現在還是無法相信清天會殺了他的部族夥伴。」

雷霆同情起他父親。「事情不是這樣的，」他說。「他犯了這個錯，是因為他要保護屬於他的夥伴。」

「他殺了幫忙扶養他長大的貓！」靜雨壓抑住咳嗽，聲音沙啞。

「他永遠無法原諒他自己！」雷霆發現他竟然在為他父親辯解。「他已經從錯誤中學到教訓，再也不會犯同樣的錯誤了。」

靜雨看著他，眼裡充滿好奇。「你一定很愛你爸爸。」

愛他？雷霆還沒來得及回答，就聽到外頭有腳步聲接近。他張開嘴，偵測到清天和星花的氣味，毛髮摩擦過荊棘樹叢。

「她不想再見到我了。」清天的低語從樹叢圍牆穿過來。

「別鼠腦袋了，」星花厲聲說道：「她是你媽媽，而且她病了。我多希望在一眼死前，有機會和他說說話。但我沒機會了，你一定要和靜雨和好，至少在她——」

「在她怎麼樣？」靜雨打斷她的話，她的聽覺和雷霆的一樣靈敏。「誰在那邊安排我的死期？」

星花走進來，定睛望著靜雨，然後緩緩低下頭。「我的意思不是說妳快要死了，我只是想讓清天了解，和至親在一起的時間是多麼珍貴。」

靜雨的目光從她身上轉至窩穴入口。「嗯，進來吧，清天。」

雷霆移到一旁，讓他父親進來。

清天蹲伏在他母親身邊。「我以為妳再也不想見我了。」他難過地說。

星花哼了一聲。「如果你再像隻小貓一樣發牢騷，她就真的不想見你了。」

靜雨對星花眨眨眼，興味盎然地抽動鬍鬚。「妳是誰？」

「我是清天的伴侶，我的名字叫星花。」

靜雨的眼神在她和雷霆之間游移。「你們兩個怎麼看這狼心狗肺的東西？」她問完後，看著趴在地上的清天。

「起來！」她斥責他。「別這樣像個愛哭鬼。」

清天坐起身來，雷霆開始同情他父親，他從沒見過他這麼挫敗的樣子。突然間，他明白清天的傲慢和冷酷是遺傳自誰了。

「別對他太殘忍，靜雨，」星花輕聲地說。「這些日子以來他已經改變很多了，而且他最近才知道我懷了他的孩子。」

「是嗎？」靜雨眨眨眼，轉向雷霆。「你就要有兄弟姊妹了。」

雷霆一陣暈眩，星花的孩子要變成他的親戚了，**但我現在在另一個營地，**他將無法真正認識他們。

一聲喵叫打斷他的思緒。

「靜雨？」灰翅在窩外。「我們可以進來嗎？」

「我們包含了誰？」靜雨瞇起眼睛望著入口的光線。

「我跟鋸峰。」

「很好。」

灰翅和鋸峰走進來，雷霆又挪向更邊緣，棘叢圍牆扎著他的臉頰。

灰翅向靜雨低頭致意。「妳今天早上好嗎？」

「我好些了，」靜雨咕噥著，看著灰翅受傷的腳。他已經把血洗掉了，但腳上還有兩腳獸陷阱留下的痕跡。「你的腳呢？」

「會痠痛，但打獵沒問題，我剛剛還抓到了鼩鼱。」

「我也抓到鷦鷯，」鋸峰插話。「如果妳想吃的話，我去幫妳拿來。」

靜雨一陣顫抖。「不了。」

「但妳一定要打起精神來，」灰翅督促她。「如果妳不吃，就好不起來。」

鋸峰對他皺眉頭。「別念她，她生病了。」

清天推開他們。「如果她想吃東西，我去拿。」

「她不想吃，」鋸峰怒嗆。「你煩她煩得還不夠嗎？」

「我沒有煩她！」清天豎起毛髮。「我只是想拿東西給她吃。」

「安靜！」星花用肩膀把他們擠開。「你們的母親需要休息，更重要的是，她想看到她的孩子們好好的相處、沒有紛爭！」

雷霆眨眨眼看著星花，好像突然被冰水點醒了。或許星花終究不適合他，她冷靜又工於心計，他永遠無法跟她一樣。然而那正是清天需要的，一隻聰慧、實際又勇於直言的貓。有星花的理性來約束清天的脾氣，清天就有可能成為他想成為的強勢領導者。

或許對她的孩子來說，他這個父親會對他們比對我好。他的傷痛在內心拉扯著，但他不予理會。**我已經不是小貓了，我是一個領導者，過去的都已經過去了。**

「靜雨？」鋸峰焦慮的叫聲把他拉回現實，這隻公貓正嗅著他母親糾結的毛髮。

靜雨閉著眼，每一次呼吸，身體都不住地顫抖。

雷霆呆住了。「要我去叫礫心來嗎？」

灰翅瞪大著眼，焦慮地轉向他。「她可能只是睡著了——」

一聲尖叫打斷了灰翅的話。「我的孩子！」冬青的哀號從空地那一邊傳來，叫聲中帶著恐懼。「我的孩子在哪裡？」

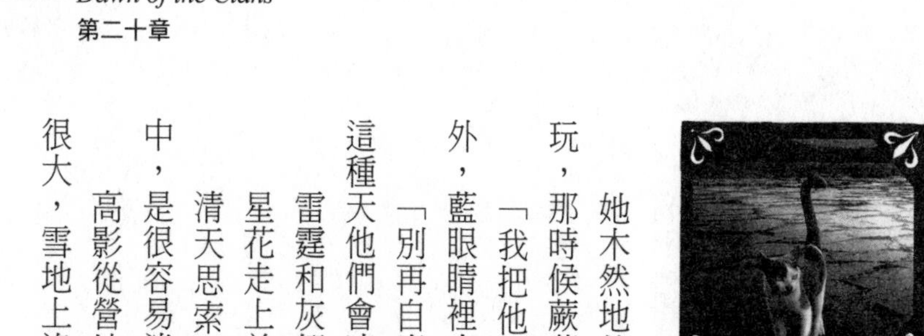

小貓！清天最先從窩裡衝出來，他鼻子上被靜雨抓過的麻痛感已一掃而空，他衝到冬青身旁。「妳最後看到他們是什麼時候？」

她驚慌地瞪大眼睛，深怕遺漏什麼似地環顧營地。

清天把臉湊近。「冬青，回答我，妳在什麼時候看到他們的？」

她木然地望著他。「今天早上……我把他們從窩裡趕出去，他們求我讓他們在雪裡玩，那時候蕨葉還在睡覺，我只想耳根子清靜些。」

「我把他們從雷霆身邊打發走，要他們去做些有用的事。」鋸峰站在一條尾巴以外，藍眼睛裡充滿自責。

「別再自責了，這不是誰的錯，」清天厲聲說道：「不過我們必須儘快找到他們，這種天他們會凍僵的。」

雷霆和灰翅站在鋸峰身邊。

星花走上前來。「我們該從哪裡找起？」

清天思索著，森林這麼大，每棵樹好像都長得一樣。在這些筆直、深色的樹幹當中，是很容易迷路的。

高影從營地入口鑽進來。「營地附近都沒有他們的味道，」她噴著氣繼續說。「風很大，雪地上沒有小腳印，只有泥掌、鼠耳和陽影留下的足跡。」

雷霆眼睛一亮。「他們有可能跟著他們出去！」他開始踱步。「他們看著他們離開，可能跟了出去。小貓的腳掌很小，不容易在雪地裡留下腳印。」

高影點點頭。「這樣的話，他們一定是朝高地的方向走了。」

鋸峰開始往營地入口走去。「那我追蹤這個路線。」

「我跟你一起去。」冬青說。

雷霆的尾巴甩過雪地。「我往橡樹林去，以防泥掌他們先往那條路走。」

「我也去，」星花看著雷霆。「我是在森林裡長大的，我知道每一個可以躲藏的地方。」

「他們幹嘛要躲起來？」雷霆質問。

「他們又冷又餓的時候，」星花回話。「就會找個可以躲避的地方等待救援。」

「好吧。」

清天眨眨眼，看著雷霆點頭跟著星花走出營地。**他們一起行動！**

高影抬起頭。「我去轟雷路找。」她陰鬱地說。

清天的肚腹一緊，她是要去雪地裡看有沒有屍體。「那我呢？」他問。

高影看著他。「你？」她的聲音好像壓根沒指望他也加入搜救行列。

「是啊！」他怒吼著。「難道妳以為我會坐視不管嗎？」

「到松樹林裡找，」灰翅告訴他。「我跟你一起去。」

清天望著他弟弟受傷的腳。「你走不快，」他直言說。「而且要有貓陪靜雨才行。」

「有礫心陪著她。」灰翅力爭。

高影挪動口鼻指向松樹枝窩穴，礫心還蜷伏在裡頭熟睡著。「灰翅，礫心累了，我想你應該留下來。」

灰翅沮喪地嘆了一口氣，不過還是慢慢點頭。「好吧。」

「而且，」清天又補上一句。「萬一小貓自己回來了，營裡要有誰留守。」

冬青的窩穴裡窸窣作響，清天看見一隻黑色母貓走出來，眨了眨惺忪的睡眼。

「怎麼了？」她打了個呵欠。清天瞇起眼睛，高影也開始收留流浪貓了嗎？這隻貓看來很瘦，而且滿身傷疤。

「蕨葉，妳醒了。」灰翅走到母黑貓面前。「妳還好嗎？」

蕨葉焦慮地環視空地。「大家都上哪兒去了？」

「冬青的孩子不見了，」灰翅說。「大家都去找他們了。」

蕨葉瞪大眼睛。「露鼻和鷹羽？」

「還有暴皮，」高影補上一句。「鋸峰和冬青往高地的方向去了，我要去轟雷路那邊看看。」

「我也去，」蕨葉請求。「小貓的味道我比誰都熟悉，昨晚一整夜我都睡在他們旁邊。」

「妳現在能走嗎？」

「可以。」蕨葉踢揚起地上的雪，衝出營地，高影也跟著衝出去。

清天看出灰翅眼底的焦慮。「我們會找到他們的。」他保證。

灰翅抬頭看著樹頂，樹頂以外一片藍天。「一旦太陽下山，森林裡是非常寒冷的。」

「到那時候，他們就已經回來了。」清天心裡其實也很焦急，**希望我說的沒錯**。要找的地方很多，但可以確定的是小貓們不可能走遠。「我得走了。」他往門口走，鑽出營地。

林地一片雪白，高大的松樹底下堆積著雪。清天嘗嘗空氣，聞到高影往轟雷路的方向走。鋸峰和冬青的味道已經淡了，但從雪地上留下的蹤跡可以看出，他們是往高地的方向前進。清天和他們的路線不同，他踩進雪地走出一條新的路線，往松樹林前進。

他瞇著眼睛，掃視雪地。前方樹林間出現一條小足跡，也許是小貓們經過時留下的？他放開腳步追上足跡，當聞到松鼠氣味時，心又往下沉了。他看到小腳印延伸到一棵松樹底下，還有牠爬上樹時甩開的雪塊。

他又繼續前進，鼻子朝下到處聞。或許小貓的腳掌太輕了，沒辦法留下痕跡。冷空氣讓雪地上結成一層冰，他們即使走過去，腳掌的溫度也來不及融化上頭的冰。

他自己的腳掌都已經凍得發疼了，他的心跳也隨著恐懼加深而愈跳愈快，小貓身上的絨毛是抵擋不住這樣的嚴寒的。

「露鼻！」他的叫聲在樹林裡迴響。「鷹羽！暴皮！」

只有烏鴉啞啞地回應，那叫聲好像在嘲笑清天內心的恐懼。那烏鴉在他頭頂振翅，清天本能地抬頭往上看，看到牠在枝頭盤旋。

這時，有微弱的尖叫聲從上頭傳來。

清天皺眉頭，有些疑惑。聽起來像是小貓的叫聲，不過怎麼會在樹上？

又一聲喵叫從松樹枝頭傳來。

他伸長脖子，難道小貓是爬上去躲避危險？

「牠要過來了！」露鼻的叫聲在冷風中傳來。

清天瞥見她棕色斑點毛髮時，整個呆住了，小貓們正緊緊地抱住他頭頂上的樹枝，暴皮和鷹羽躲在她後面。在他們更上方的枝頭上，有隻黑羽毛的傢伙正盯著他們看。

烏鴉！清天胸口一緊，這烏鴉的體型比小貓還大。他想起以前在轟雷路上看過烏鴉啄食獵物，牠們用長爪子把獵物壓制在地，然後用尖嘴撕下鮮肉，想到這裡，他不禁渾身顫慄。

「露鼻，我來了！」清天焦急地繞著樹幹，頭仰得脖子都酸了。這時烏鴉往下跳到他們待著的樹枝上，開始側身向小貓靠近。

鷹羽發出驚叫，往後挪動。

「走開！」露鼻揮掌，發出嘶嘶聲。

暴皮躲在她後面，肚子緊貼著樹枝。

烏鴉只要打下一隻小貓，就是一頓新鮮的獵物。

清天用爪子釘入樹幹開始往上爬，還好樹皮蠻軟的，後腿勾住用力推，就可以往上挺進。他發出呻吟，使勁把自己往上頂。一直撐到肌肉疼痛，才讓自己暫停喘口氣，抬頭一看，離最低的樹枝卻還有段距離。這時他的腿發抖，全身發熱，只能閉起眼睛，強迫自己再往上爬，樹皮刮著他的臉頰，**可別讓我掉下去啊！**

突然間，前爪底下一塊腐朽的樹皮剝落，他的爪子失去施力點滑了下去。碰一聲，肚子撞到樹幹，他喘著氣，用三隻腳掌吊掛著，內心充滿恐懼。他從高處望著地面，把那隻騰空的腳掌甩過來，爪子用力插進樹幹。重新調整好呼吸後，再用後腿使勁把自己往上推進，同時祈求不要再有樹皮剝落了。

啞啞！烏鴉的叫聲中帶著勝利。

清天咬著牙奮力往上頂，抬頭一看，有根樹枝就在眼前。他低吼一聲，後腿撐住，縱身一躍，前爪抓住樹枝，屏息吊掛在樹幹和樹枝之間。然後，哼了一聲，把自己甩上去。

「清天！」露鼻驚訝的叫聲從頭頂傳來。

他往上看，再幾根樹枝就到小貓那裡了，但是烏鴉才離他們一條尾巴的距離，那雙銳利黑眼睛興奮地直盯著他們。

他搆得著下一根樹枝，於是清天撐起後腿用前爪勾住樹枝，把自己往上甩，再上去的樹枝也很容易攀上去，然後再往上一躍就到小貓的那根樹枝了。他爬上去時，那樹枝還在腳下顫動著。

烏鴉猛然回頭，眼中閃現一絲恐懼。

清天嘶吼著。「走開！除非你想成為我的下一餐。」

烏鴉又轉頭看了小貓一眼，憤怒地長鳴一聲，鼓動翅膀從枝頭飛走。清天看著那黑色羽毛襯著白雪，在林間盤旋俯衝後揚長而去。「清天！」鬆了一口氣之後，露鼻的聲音軟弱無力，眼底盡是恐懼。

清天憐憫之情油然而生，不禁想起星花肚子裡的孩子，如果這事情發生在自己的孩子身上該怎麼辦？他簡直不敢再想下去。看著這些無助的小貓，他一心想用盡全力保護他們。**我從來沒有過這種感覺**。

此時，他想起雷霆，感到非常愧疚，**我當初也應該要這樣愛他**。

「清天？」暴皮在他妹妹後面喊著，鷹羽也在她後面緊抱著樹枝，他們的位置幾乎要到樹枝末端了。

清天站的地方還很寬，但到了末端就僅剩細細的枝條了，小貓們就像幼鳥一樣窩在那裡。這樹枝絕對承受不了他的重量，如果清天要到小貓那裡，這樹枝會斷裂，他們全都會掉下去的。

「你們一定要走過來。」他輕柔地對他們說。

「我的腳動不了！」露鼻絕望恐懼看著他，肚子緊貼著樹枝，像隻老鼠一樣。

「我先走。」暴皮站起來。

「別動！」露鼻尖叫。「你會把我推下去的！」

清天壓抑住喉嚨升起的恐懼。「露鼻，把爪子扎深一點，這樹皮很軟，只要妳抓緊一點，怎麼樣也無法把妳推下去。」

露鼻抱著一絲希望看著他。

「妳爪子扎進去沒？」清天輕聲地問。

她慢慢點頭。

「好，」清天看著暴皮。「你可以從你妹妹身上爬過去，不跌倒嗎？」

「應該可以。」

「這樣不行，」清天堅定地說。「你一定要確定你可以。」如果第一隻成功，其他兩隻才會有信心。

暴皮定睛望著他。「我確定可以。」

「好孩子。」說完，清天就看著暴皮爬過他妹妹，緊張得口乾舌燥。

露鼻呻吟著。

「撐住，露鼻，」清天安撫她。「妳沒事的。」他把目光定在暴皮身上，他正搖搖晃晃地爬過妹妹的背，停在她肩膀，清天的心幾乎要跳出來了。他強迫自己冷靜。「準備好的話，就跳到樹枝上。」

暴皮縱身一跳。

落在樹枝上的時候，清天都快喘不過氣來了。小貓的腳掌在樹皮上滑了一下，不過立刻把爪子刺進樹皮，保持平衡。

「做得好！」清天鬆了一口氣。「現在走到我這裡來。」看著暴皮走過來，血液在他耳朵裡隆隆作響。「我這邊比較寬。」他不斷鼓勵。

就在暴皮快走到的時候，清天往前傾，咬住小貓的頸背部。他把爪子深深掐進樹幹先穩住自己，然後把小貓往上拽，輕輕地放在樹枝接到樹幹之間的彎曲凹槽處。「你安全了，只要你不亂動的話。」暴皮就在縮在那裡。就在清天轉向露鼻時，赫然發現鷹羽朝他走過來。清天等他快走到的時候，往前咬住他頸背拉過來，放在他弟弟身邊。「露鼻。」他看著母貓，強迫自己緩和語氣，她還是驚恐地抱著樹幹不放。「妳看到妳的哥哥們走過來了，很容易，不是嗎？」

她緩緩地點頭。

「現在妳要把爪子鬆開才能站起來，」清天說。「然後走過來，妳一定可以的。小貓的爪子比荊棘還利，我保證，可以穩穩地抓住樹幹，妳只要往前走就對了。」

露鼻盯著他看了一會兒，然後慢慢站了起來。

「很好！」清天為她感到驕傲。「現在走過來。」看到露鼻踏出顫抖的腳一步步向前，他感到非常欣慰。露鼻定睛望著他，壓平耳朵。「妳就快到了，」他不斷打氣，而她也來到他觸手可及之處。「只要再幾步就——」

說時遲，那時快，她前爪打滑，跌落時下巴撞到樹枝。

驚恐如閃電般傳遍全身，他及時衝上前去咬住她的頸背，母貓往下掉的力量，也幾乎要把他一起扯下去了。

清天全身毛髮都豎了起來，爪子緊緊扣住樹皮，**我咬住她了**。他強迫自己冷靜下來，不管小貓的哀號與掙扎，慢慢站穩腳跟。他小心翼翼地找回平衡，把她拉回來拽向她的哥哥們。清天把她放好，鬆了一口氣之後，突然覺得全身無力。

暴皮把鼻子靠在妹妹的身上。「妳安全了。」他說。

鷹羽和她緊靠在一起。「我們要怎麼下去？」

清天看著他們，把呼吸調勻。「我可以倒退往下爬，」他以平穩的語氣告訴他們，不過心底暗自揣想著他們的重量。「你們只要像小松鼠一樣爬到我背上就可以了。」他越過他們，攀附在樹幹上。「快上來，夠你們三個一起上，沒有比這個更刺激的騎獾打仗了！」

第二十一章

「清天？」靜雨閉著眼睛喃喃自語。

灰翅上前去，把鼻子靠在她的臉頰上。「他出去找小貓了。」

靜雨的頭動了一下，低聲呻吟著。

灰翅看著她的腿傷，單薄的毛皮上，傷口發炎腫脹得厲害。

「好好休息。」他低聲說。

但靜雨卻睜開眼睛。「他去找小貓？」她沙啞地問。

「鋸峰的孩子不見了。」灰翅輕聲說道。

「他太放任他們了，」她咕噥著。「我的孩子才不會亂跑出去。」

灰翅溫和地望著她。「我們知道外頭有什麼，森林比山上還安全。」他說的是實話嗎？斜疤隨時有可能會回來，假獵物的消息是抵擋不了多久的。

「對於莽撞的貓來說，沒有什麼地方是安全的。」靜雨抬起頭，空洞的眼神中充滿痛苦。

「我們已經兵分三路出去找了，」灰翅告訴她。「在遇到危險之前，他們就會被找到的。」

靜雨看著他，藍眼中充滿溫柔慈愛。「你是我孩子裡最溫和的，我有時會擔心你缺少清天的活力和鋸峰的頑強，不過你有一顆最良善的心，總是往好處想。」她僵硬地挪動身體，疼痛難耐。「我要你去找鋸峰，我就知道你一定會找到的。」

「但願我可以再回到山上。」他當時知道已經再也無法回頭，只能跟著清天去找尋新的家園時，心中非常沮喪。

而我們卻連新家在哪裡都意見不合！

「我知道鋸峰堅持要跟清天走，而你不確定他平安無事，是不會離開他的。」靜雨的喉嚨發出沙啞的震動聲。

「可是我沒有做到，」灰翅喃喃地說。「他的腳跛了。」

「他從樹上掉下來難道是你的錯？」靜雨問。

灰翅目光往下。「不。」**是清天，是他逼鋸峰爬那麼高的。**

「用不著可憐他，」靜雨厲聲說道。「他有伴侶又有孩子，而且他們有得吃、有得住。」

這話讓灰翅稍稍提振了心情，靜雨終於認可他們這裡的生活了嗎？這裡並沒有她想像的那麼糟。他的內心又糾結了起來，**她一定要撐過新葉季**，到時候她就可以看到滿眼的綠意，聞到每棵樹叢底下獵物的氣味，這樣她就能了解，他們來這裡的決定是對的。

他感覺到靜雨還在看著他，好像有話要說。

「怎麼了？」他對她眨眨眼，一臉疑惑。

「為什麼你沒有伴侶？」

他全身一陣熱。「我以前有過，」他喃喃低語，一想到他經歷的傷痛，那種感覺依然強烈。「龜尾。」

靜雨的眼中出現一絲亮光。「你終於注意到她了。」

「是的，」他胸口一緊。「我們在一起的時候很快樂，真希望快樂的時光可以久一點。」

「你們有孩子嗎？」

「我們在一起的時候，她已經懷了別的貓的孩子了。」

靜雨眨眨眼。「誰的？」

「一隻寵物貓的。」灰翅低下頭來，試圖隱藏他對那隻傲慢又自私的公貓的恨意。「龜尾和我一起扶養他們。」

「他們現在在哪？」

「麻雀毛和梟眼住在橡樹林，礫心一直在照顧妳啊。」

「礫心是龜尾的孩子？」靜雨尾巴抽動著。「你為什麼不早點跟我說？」

「我一時也沒想到。」一下子發生了這麼多事。

「現在我知道為什麼每次你說話的時候，他總是充滿敬意地望著你。」靜雨說。「他知道你不是他的生父嗎？」

「當然知道。」

「你一定非常用心，才會培養這麼深厚的感情。」

灰翅低著頭。「希望我有做到。」

「你不應該一直活在哀慟中。」

灰翅猛然抬頭。「誰說我會一直這樣？」

靜雨疼惜地看著他。「你應該有自己的伴侶跟孩子。」

空地傳來腳步聲，營地裡響起小貓的叫聲。「冬青！鋸峰？我們回來了！」

「小貓！」灰翅衝出去。

鷹羽、露鼻和暴皮一跳一跳穿過雪地，清天跟在後面。

「他們有受傷嗎？」灰翅問。

「他們沒事。」清天告訴他。

「我們爬樹！」鷹羽誇口。

灰翅發現清天身上的毛一團一團糾結在一起。「你剛剛打架了？」

清天看見他背脊的毛波動著，喉嚨不禁發出咕嚕咕嚕的聲音。「我從樹上爬下來，背上還背著三隻小貓。」說著還往後縮了一下，好像一想起來就怕。

「我們剛剛快被烏鴉吃掉了，」露鼻站在灰翅面前，驕傲地望著他。「但牠沒抓到我們！」

他對她皺眉頭。「你們不應該擅自跑出去，冬青和鋸峰都快擔心死了！」

「他們在哪？」暴皮四處張望。

「我在營地外面聞到了他們的味道。」鷹羽說。

空地邊緣的松樹窩裡沙沙作響，礫心坐了起來，眨眨惺忪的雙眼。「發生什麼事了？」

露鼻跑向礫心。「我們爬樹了！」

清天哼了一聲。「他們差一點變成烏鴉的食物。」

「可是你救了我們啊！」鷹羽開心地看著清天。

礫心從他的窩裡跳出來，聞一聞露鼻。「妳凍壞了。」

灰翅這才發現小貓在發抖。「我們要幫他們暖暖身。」

礫心朝靜雨的窩點頭示意。「靜雨的熱氣可以帶給他們溫暖，他們能讓靜雨的發燒降溫。」

露鼻圓睜著眼看著礫心。「我們不能進去那裡面，她會把我們吃了！」

灰翅抽動鬍鬚覺得好笑，靜雨剛來的時候脾氣很壞，現在應該有好些了，鋸峰的孩子或許能提振她的精神。「她看到你們會很高興的，」他說。「不過她現在身體不舒服，所以你們不要爬到她身上或是吵她。」

暴皮的牙齒已經在打顫了，粉紅色的鼻子也變白了。

「去吧。」礫心把露鼻推向他的窩。

暴皮和鷹羽也跟著他們走，還回頭問：「冬青什麼時候會回來？」

「我去找她，」清天嚴厲地瞪著小貓。「還有大家。當時整個營地都出動去找你們了。」

「要罵晚一點再罵吧，」礫心很快地說。「現在得讓他們先暖和起來。」說完就把他們送進他的窩裡，清天則朝營地外走去。

灰翅跟著礫心走。

走進窩裡，小貓們像小貓頭鷹一樣排排站，緊張地望著靜雨。

「礫心要我們進來暖暖身。」露鼻膽怯地說。

靜雨抖動尾巴。「聽說你們在這種大雪的天擅自跑出去。」

「我們還自己爬到樹上去。」暴皮跟她說。

礫心走上前去。「他們可以躺在妳身邊保暖嗎？」

「當然。」靜雨往後挪出空間，移動時她眼裡充滿痛苦。

「我們會小心，不會把妳弄痛的。」鷹羽保證。

「謝謝你。」靜雨慈愛地看著他爬上床鋪，躺在她肚子旁邊，接著是露鼻，最後是暴皮。

「你的眼睛像你爸爸。」靜雨告訴暴皮。

「我不像，」露鼻插話。「但是冬青說我跟爸爸一樣聰明。」

「那你呢？」靜雨問鷹羽。「你哪裡像你爸爸？」

「我會爬樹，」鷹羽對她說。「而且我沒有摔下來。」

靜雨抽動鬍鬚。「他一定非常以你們為榮。」她用尾巴環繞著他們。「靠緊一點，你們很快就會暖起來了。」

回憶如和煦微風般吹向灰翅，**小時候她也是這樣安撫我和清天**，不過這樣的記憶好像來自上輩子一樣。他突然覺得很累，索性趴下來把腳掌收進肚腹底下。

礫心的氣息吹動他的耳毛。「我要去高地看看有沒有以前留下的藥草可以用。」他低聲說，語氣充滿憂慮。

「你這麼急著要用嗎？」灰翅望向靜雨，她和小貓們正靠在一起休息。

「她的傷口愈來愈嚴重了。」礫心說話比呼吸還小聲。

「要我跟你去嗎？」灰翅準備爬起來。

礫心用鼻子抵住灰翅的肩膀。「跟他們在一起。」

他走出去之後，灰翅看著小貓，他們都放鬆地垂著頭，露鼻把鼻子靠在暴皮的背脊，鷹羽的口鼻抵住露鼻的肩膀，像小老鼠一樣擠在一起熟睡著。這裡除了有小貓輕柔的鼾聲外，灰翅還聽到了母親急促刺耳的呼吸聲。

她的眼睛雖然半開著，卻什麼都看不到。

希望礫心的藥草有效！灰翅胸口緊繃，**她不能大老遠地跑來這裡死啊！**

清天被雷霆的聲音叫醒，他轉過頭來，對兒子眨眨眼。**天還沒亮！**月光從松樹林間灑下來，反射在雷霆的眼睛裡。

「什麼事？」清天愣在那裡。「你叫我幹嘛？」他刻意把聲音壓低，不想吵醒躺在一旁的星花。

「礫心叫我來的，是靜雨，」雷霆的喵聲中帶著恐懼。「她病情惡化了。」

清天連忙站起來，從荊棘叢底下跳出來，星花動了一下，但沒醒過來。

「現在灰翅陪著她，我要去叫鋸峰了。」雷霆指向荊棘窩穴，歷險回來的小貓已經吃飽，在那裡睡得很香甜。

雷霆走了之後，清天嚐嚐空氣中的味道，冰雪的味道已經散去，森林的霉味流竄舌尖。雪融了，融化的雪水從枝葉天篷滴答落下。

他踩過泥濘融雪走向礫心的窩。

年輕公貓在入口等著。「我很高興你決定多留一晚，」清天走近時，礫心嘆了一口氣，眼中帶著哀傷。「我以為我救得了她，」他聲音變得沙啞。「但她的傷口……」

「你已經盡力了。」清天從腳底開始麻木沒有感覺，連潮溼的空氣跟松樹的氣味都聞不出來了。**靜雨就要死了**，他望著幽暗的洞穴，**我必須進去**，他身上每根毛髮都顫慄著。**我沒有辦法**。

有隻貓踏著泥濘的融雪，朝他的背後走來，幾乎要碰到他了，清天才聞出是星花的味道。

他轉過身來，深深地望著她明亮的綠眼睛。

「她在等你。」星花的氣息溫暖了他的鼻尖。

他閉起眼睛，害怕得心怦怦跳。然後，他眨眨眼，走進窩裡。

他一進去，灰翅就轉過身來，這隻灰色公貓一直蹲伏在靜雨身邊。「礫心給她一些止痛藥了，」他的聲音顫抖著。「我不知道她能不能聽到我們的聲音。」

清天望著他母親，看起來似乎只是石楠床鋪上的一塊毛皮，他從沒見過她如此虛弱。即使在山上最缺乏食物的日子，她仍是充滿活力，為了生存和孩子的安全奮鬥打拚。現在她就癱在那裡，耗盡所有精力，每一次急促的呼吸都讓全身不住地顫抖。她的鼻頭乾硬，緊閉的雙眼卻溼答答的像是受了新傷。

「靜雨，」灰翅在清天蹲下後，靠著她。「清天已經來了，妳要找他，記得嗎？」

清天呆在那看著靜雨呻吟著。

她緩緩睜開眼睛。「你來了啊。」

「對。」清天試圖藏住悲傷。

「我知道你會來的，我親愛的朋友。」

朋友？我是妳兒子。「我是清天。」他把自己湊近一點，好讓她聞到他的味道。

「見到祢真好，蔭苔。」

她以為我是蔭苔！

他身後的樹叢沙沙作響，鋸峰趕來了。他鑽到灰翅身邊。「她現在怎樣？」

「她以為她看到蔭苔。」清天嘆了口氣。

鋸峰背脊的毛波動著。「她知道我們在這裡嗎？」

灰翅的肩膀下垂。「我想可能不知道。」

「蔭苔。」靜雨看著清天。

他悲痛萬分，**她不認得我了，**強忍住想要逃離的衝動。

「這是一趟最後的旅程，親愛的老友。」靜雨掙扎著邊說話邊呼吸，耳朵虛弱地抽動著，似乎想要聽什麼。「祢剛剛說什麼？」她皺起眉頭。「原諒他？但他殺了他的部族夥伴，趕走他的弟弟！」

清天僵在那兒，渾身發熱。

灰翅望著他。「她不曉得她在說什麼。」

但她說的是事實。悲傷像爪子掐住他的心，掐得很深，讓他痛得幾乎要叫出聲。

突然，靜雨的眼睛閉起來，頭也垂了下去。

鋸峰把口鼻湊近。「她是不是——」話在嘴裡說不出口。

知道弟弟在想什麼，清天把身體往前靠，感覺到靜雨還在呼吸。「不是。」

就在清天說話時，靜雨的眼睛慢慢睜開。

他往後退縮，心猛然一抽。靜雨的藍眼睛變得透澈明亮，定睛直視著他。

「是我，我是清天。」他告訴她，希望她不要再叫他蔭苔。

「我知道。」她喃喃低語，眼光移至灰翅、然後鋸峰。「我所有的兒子都在這裡。」語氣中滿是欣慰。「我走了之後別太難過，這是一種解脫。我已經活得夠久了，而且還活得精采。我經歷過飢寒，也知道何謂愛。」她溫和地看著他們三個，最後把目光定在清天身上。「我原諒你，我的大兒子。蔭苔都告訴我了，祂說……」她突然不住地咳嗽，咳到身體無助地不斷抽搐。

「靜雨！」清天靠向她。

「快救她！」鋸峰對礫心喊，礫心正睜大著眼，在門口徘徊。

「我已經無能為力了。」礫心喃喃低語。

等到咳嗽舒緩之後，靜雨呼吸急促、聲音沙啞。「蔭苔告訴我……」

「告訴妳什麼？」清天把臉靠近。

「讓她休息。」鋸峰伸出腳掌輕柔地放在她身側。「她要節省力氣。」

「節省力氣做什麼？她就要死了！」清天渾身顫抖。「蔭苔說什麼？」

「這一切都注定了，」靜雨沙啞地說。「你也身不由己，事情就是會這樣發生。我原諒你了，而現在，清天，」她拚命深吸一口氣。「你要原諒你自己。」

說完靜雨的眼神渙散，頭無力地下垂，身體也靜止不動了，排山倒海的悲傷朝清天席捲而來。

清天站起來，屈身靠向靜雨，用舌頭輕輕將她的眼睛合起來。

原諒你自己，她的話語還縈繞在他心中。為什麼？他思緒盤旋著，發生了這麼多事！他要原諒自己什麼罪？

微弱的晨曦穿透窩穴，鷹羽的喵聲從營地傳來。「雪融了！」

小腳掌在泥濘的空地裡踩踏著。

鋸峰疲憊地站起來走出窩外，灰翅也垂著尾巴跟出去。

清天心痛地注視著靜雨，**如果她沒來，我就不用面對這一幕。**

但他內心深處隱然明瞭，與母親最後相處的時刻，是他這一生的重要關鍵。

第二十三章

一大滴水啪噠掉到雷霆的背脊，他不禁打了一個寒顫。下了一整天的雨，又要入夜了。

靜雨的身體就放置在他旁邊，清天和灰翅分侍兩側，在暮色中僵硬地坐著，而鋸峰則在陽影身邊顫抖著。

他們已經為靜雨守靈一整天了。泥掌、蕨葉、鼠耳在附近來來去去，忙著把捕獲的獵物放進獵物堆。礫心把坑地拿回來的藥草整理分類，星花則在一旁幫忙把分好的藥草整齊包成一捆捆的。高影蹲伏在空地的頂端，嚴肅地看守營地。正午的時候，小貓們都到森林裡安靜地練習爬行，冬青緊跟在後，到了午後，他們興奮的喵叫聲從營地外傳進來，立刻被他們的媽媽制止。現在天就要黑了，他們也回營了。

「我們為什麼要安靜？」露鼻和哥哥們走過空地邊緣時小聲問道。

「對靜雨表示尊敬啊。」冬青低聲回答。

鷹羽鼻子噴氣。「誰叫她來這裡死的。」

「噓！」暴皮用力打他哥哥的尾巴。「她對我們很好，你不記得嗎？」

雷霆不安地望著陽影，他是怎麼想的？這隻黑貓的眼睛連眨都沒有眨一下，哀戚地望著樹林。雷霆不禁心生憐憫，**他大老遠來找爸爸，而現在他真的是舉目無親了**。

高影站起身，太陽就像一顆火紅色的球逐漸沒入松林間，襯出黑色樹幹的剪影。

「我們要把她埋了。」

陽影扭過頭來看著她。「要埋在哪裡?這裡不是她的家。」

「她的至親都在這裡。」高影走向年輕公貓。

陽影默默地望著她。

清天抬起頭。「她要埋在我們大家都方便去悼念的地方。」

灰翅點點頭。「要在共有的土地上。」

「在四喬木?」鋸峰望著哥哥。

「那裡也埋了許多她認識的貓。」高影嚴肅地說。

雷霆想起那戰後的墳場,現在又多了一個墳墓。在這墳墓裡頭躺著的是安詳死去的貓,有許多愛她的貓陪伴著。「我幫忙抬她去那裡。」

「我也是。」鋸峰站起來。

灰翅站起來伸展四肢,受傷的前腳在泥濘的地面滑了一下。

高影朝著泥掌點頭示意,他正在他的窩裡梳理毛髮。「我們出去的時候,你能看守營地嗎?」

冬青走向鋸峰。「我要跟你去嗎?」她望向小貓,他們在融雪裡玩得溼答答的。

鋸峰搖搖頭。「留在這裡。」

「我也去。」礫心從他的窩裡走出來。「她的葬禮我也要去幫忙,都怪我沒能救活她。」

灰翅輕輕摩擦過他身邊。「她只是老了,」他嘆口氣。「時候到了。」

雷霆站起身，這才發現他的身體有多僵硬。他趕緊抖抖身體，讓熱氣再度活絡地流到腳掌和尾巴。

星花穿過空地和清天輕觸口鼻。「河波也應該在場。」

清天皺著眉頭。「為什麼？」

「他是首領，跟你、雷霆、高影都一樣，」她說。「你們是同一朵花的花瓣，不是嗎？」

「還有風奔，」灰翅想到高地上的營地，接著補充。「儘管……我們還需要給她空間。」

清天看起來若有所思。「沒錯，我們先別去打擾她，但我們其他首領應該要在場。」他說。

「我去叫河波。」星花說。

雷霆突然對這隻母貓心生感激，但他發現清天不安地豎起毛髮。

「這段路對妳來說太遠了。」他說。

星花看著他。「懷孕並不會讓貓變脆弱，只會變得更堅強。」

「我跟妳一起去。」高影走上前來。

雷霆聽出她語氣中的暖意，不禁驚訝地眨眨眼。**是啊，有何不可呢？**星花不是一直盡其所能地彌補她的背叛嗎？她一直陪在清天身邊沒有離開，她尊重清天的母親，而現在她主動提出要去找河波來參加葬禮。**她最後有可能贏得大家的信任嗎？**

清天點點頭。「好吧，」他同意了。「我們在四喬木碰面。」

高影走向營地門口，在那裡等星花和清天碰鼻子道別。

「要小心。」他喃喃低語。

「我會的。」

就在星花跟著高影走出營地之後，鋸峰屈身把鼻子伸進靜雨的身體底下。雷霆也蹲下來幫忙，把老母貓的身體頂到鋸峰肩膀上，然後自己也鑽到底下一起扛。她的身體已經沒有剛過世時那麼僵硬了，現在只是冰冷地癱軟在他們肩頭。

清天領著大家走出營地，灰翅跟著礫心和陽影走在最後。

到了森林邊緣的時候，他們停下腳步。

怪獸在泥濘的轟雷路上吼叫著，濺起了髒汙的融雪，在路邊形成一波波雪泥。

「在這裡等著。」清天朝雷霆點點頭，然後爬向草地。他瞇起眼睛，掃視轟雷路，又一隻怪獸呼嘯而過，他趕緊蹲低身體。「就要有空檔了。」他叫雷霆和鋸峰他們趕快從樹林裡出來。

雷霆踉蹌走在凹凸不平的草地上，灰翅鑽到他和鋸峰之間，肩膀頂住母親的身體。

「快跟上來。」清天嘶吼著。

怪獸眼睛發出的亮光朝他們照射過來，又有一隻怪獸呼嘯而過。

「就趁現在！」

雷霆感覺到清天在後面推著他走上溼滑的黑石路面，和灰翅、鋸峰一起扛著靜雨，跌跌撞撞衝向轟雷路的另一邊。

雷霆看著灰翅受傷的腿，不禁皺起眉頭，鮮血又汩汩流出染紅了他的毛。「你還可以嗎？」

「她不重。」灰翅咕噥地說。

雷霆看見他眼中泛著淚光，靜雨餓得骨瘦如柴，死時連小貓的重量都沒有。

「走吧，」清天在後面催促著。「我們趕快離開這兒，往林子裡去。」就在他說話的時候，另外一隻怪獸又呼嘯而過，濺了他們一身的爛泥和碎石。

雷霆往前走，腳下的地面愈來愈崎嶇不平，他試著跟上灰翅和鋸峰的腳步。到處盤根錯節、荊棘密布，他被絆倒兩次，每次都感覺靜雨的身體被晃動到。當清天領著他們從樹林走向平坦的草坡時，他終於鬆了一口氣，從這裡可以通往四喬木坑地的邊緣。

他們到達坡頂的時候，灰翅不斷喘氣。

「讓陽影代替你吧。」雷霆說。

這黑貓一直很留意靜雨的身體，每次雷霆被絆倒，或是靜雨快要從鋸峰的肩膀上滑下來，他都顯得很擔心。

灰翅疲倦地迎向雷霆的目光，然後從靜雨的身體下面鑽出來。「你可以幫忙嗎？」他輕聲問陽影。

陽影點點頭，鑽到鋸峰和雷霆之間。

雷霆抬頭看清天，**應該讓他有機會抬著他母親到長眠之地。**「你可以替換我嗎？」

清天感激地眨眨眼，趕緊過去補位。

雷霆鑽出來後，往四喬木坑地跑去，在泥濘的草坡上滑行。到了坡底，在墳場邊緣止步。這裡吹不到風也晒不到太陽，大地被一片白雪覆蓋。他試著刨一刨地面，驚訝地發現爪子下的地面都被冰封住了。

我們要怎麼在這裡挖墳墓啊？

他四下張望，想找個沒有被雪覆蓋，陽光照得到的溫暖區域，這時候另一邊草坡上的蕨叢傳來沙沙聲響。他認出了高影的毛色，星花的毛在金黃色的蕨叢中難以辨認，不過他聞出了她的氣味，還有河波的。看到銀色公貓從灌木叢裡走出來，雷霆的喉嚨發出呼嚕呼嚕的震動聲。

河波神情肅穆地看著他。「聽到靜雨過世的消息，真的很遺憾。」

「她的時候到了。」雷霆回答。

高影走過來，星花跟在後面。

「你們找到埋葬的地點沒？」高影環顧空地，鋸峰、陽影和清天正把靜雨的身體放到地上。

「這地面都被冰封住了，」雷霆告訴高影。「我們沒法挖。」

礫心穿過空地，眼睛盯著一個嵌在地上的大石頭。「如果我們搬開這顆石頭，就可以把她的身體放進去。」

雷霆望著那塊岩石，那裡的確夠深，足以當成墳墓，但他們怎麼移動得了呢？「我們搬不動啊！」

礫心看著清天和鋸峰。「如果我們一起來，就可以。」

清天轉過臉來，眼睛發亮。「我不是說過了嗎？」他叫了起來。「我們要統一。」

灰翅白了他哥哥一眼。「我還以為你已經忘了這一廂情願的想法。」

「我當然沒忘——」

高影打斷他的話。「現在不是爭論的時候。」

河波走過來聞聞這塊岩石。「我們要先鬆動它。」他若有所思地喃喃低語。

礫心匆匆走到坑地邊緣咬了一根棍子過來，把棍子一端插進石頭和地面接縫的地方，再用前爪握住前後搖動，讓棍子鑿進石頭底下。

河波眼睛一亮。「我也來幫忙。」他也去找了一根棍子。

雷霆看出他們正在挖鬆石頭邊緣那些凍土，好讓石頭有移動的空間，他也跑到空地邊緣的蕨叢裡找棍子，找到一根堅固不易斷裂的木棍，趕緊再跑回來，把棍子插進石頭和土壤的接縫，用前爪努力扭動。看見周圍的土被挖鬆了，他心裡真是說不出的快樂。

「推！」他對清天喊著。

清天用他的肩膀抵住岩石的一邊，然後發出聲音用力頂。高影也鑽到他身邊，一起用力頂。灰翅和陽影見狀也趕緊加入，他們用後腳抓地支撐，用力頂石頭。

雷霆這時候抽掉棍子，也趕來幫忙。

他鑽到灰翅和陽影之間，肩膀抵住岩石，爪子緊扣地面，顫抖地用全身的力量頂。

吱嘎一聲，岩石鬆動了。雖然只動了大約一段鬍鬚的距離，但是這個小動作已經讓石頭和泥土脫離了。雷霆感到空氣從石頭底下流竄過來，精神一振，更加用力地頂。清天趁勝發出更用力的聲音，他身邊的陽影渾身顫抖，灰翅也喘著氣奮力頂著石頭。

慢慢地，石頭開始前後滾動，直到雷霆感覺到石頭向坑地一邊滾。「推！」他大喊一聲。

石頭終於滾開了，雷霆的腳掌滑進那塊凹地，看見蟲子在他腳下鑽動，木蝨爬上他的爪子，還有蝸牛在土上走過，留下溼溼亮亮的痕跡。他跳上來，眨眨眼看著大家。

陽影抬起頭看著雷霆，眼中閃閃發光。「即使在這麼寒冷的季節，這裡也還有生命。靜雨看到一定會很高興的，就算她死了，還有這麼多生命圍繞在她身邊。」

「只要我們紀念她，她就不算真的死去，」雷霆低下頭。「她在這裡會永遠被懷念的。」

「在山上也是一樣的。」陽影神情肅穆地點點頭。

清天和鋸峰走到靜雨身邊，把她扛在肩頭帶到墳墓邊。雷霆讓開到一旁，讓他們把她滾進凹洞裡。

礫心跳進去，小心翼翼地讓她的口鼻靠著前爪，尾巴覆蓋在鼻子上，看起來好像蜷伏在那裡睡覺，然後再跳出來，咬了根蕨葉覆蓋在她身上。

年輕公貓的舉動讓雷霆很感動，他也去叼了根蕨葉來，放在礫心的蕨葉上。陽影也跟著做，接著是灰翅，他們在她身上覆蓋了一大疊金黃色的蕨葉。

「我們要把石頭再推回去，」雷霆喃喃地說。「免得她被吃腐肉的動物侵擾。」

高影輕輕點頭。「但我們要先表達我們的追思。」她看著灰翅。

這隻灰色公貓望著金黃色蕨葉。「靜雨，」他低聲說。「謝謝妳這麼愛我們，願意放手讓我們走自己的路。」

「謝謝妳在翩鳥生前一直將她抱在懷裡。」清天語氣中帶著濃濃的哀戚。

「謝謝妳走了這麼遠的路，來和我們共度最後的時刻。」鋸峰哀傷地望著凹地。

雷霆抬起口鼻，嘗嘗空氣中的味道。就在這個時候，一滴水啪噠打在他的鼻頭上，然後又一滴。不一會兒，雨滂沱而下，像是有無數的腳掌踩踏著冰封的林地一樣。

河波開始用腳掌推石頭，雷霆趕過來幫忙，清天、高影、陽影也加入。星花站到一旁，看著他們合力把石頭推回定位。

「我們得回家了。」高影在雨中喊道。

「等一下。」陽影全身顫抖，蹲伏在石頭邊，把鼻子湊到石頭和土地的接縫處，聞著他朋友僅存的最後氣味，閉著眼睛，一動也不動。

「他會凍著的！」灰翅驚慌地望著礫心。

「讓他再哀悼一會兒吧。」礫心的聲音有些心不在焉，他的眼神飄向空地，瞇著眼睛似乎有什麼東西引起他注意。

雨愈下愈大，雷霆一身的毛都黏在身體上，但他並不覺得冷。熟悉的氣味充滿這裡，他瞇著眼發現一些身影在雨中顯現，模模糊糊在空地穿梭。

是貓靈！

他認出鷹衝也在的時候，整個心激昂了起來，蔭苔也站在祂身旁，祂們一起向新的貓靈點頭致意。

靜雨！

這老母貓的靈魂輕盈地移動，和祂的老友碰鼻子打招呼。祂的毛髮有光澤、眼睛明亮，好像沒有經歷過痛苦一樣。

鷹衝身體與祂穿梭交纏。「歡迎，我親愛的朋友。」

「你們現在明白了嗎？」空地的一邊傳來喵聲。

雷霆眨眨眼看到一隻棕白相間的母貓對著他們喊。**祂是誰？**

清天擦過雷霆身邊，匆匆迎向母貓。「亮川！」他的聲音充滿喜悅。

他的第一個伴侶。雷霆瞄向星花，她看得見這隻懷過清天孩子的貓嗎？祂被老鷹抓走了。

但星花並沒有察覺貓靈的存在，她只是看著陽影，眼中充滿憐憫之情。

清天向前想要碰觸她的鼻子，那模糊的身影卻已經消失不見了。

雷霆轉過頭來面向河波。「你看到了嗎？」

河波發出呼嚕呼嚕的聲音。「當然。」

「她是什麼意思？」

清天轉向雷霆，眼睛發亮。「她的意思就是貓靈以前就說過的，我們要在一起，我們必須統一。」

礫心搖搖頭。「清天，她不是這個意思。」他輕聲說道。

灰翅走到年輕公貓身邊。「他說的沒錯，清天。我們必須選擇新的開始。」

「但是……」清天的眼神中交雜著希望與悲傷。「那當然意味著我們要團結在一起……」

雷霆不禁同情起清天，**他到底什麼時候才會放棄這樣的想法？**「我現在有我自己的營地、自己的貓，」他告訴他父親。「我的未來是跟他們在一起，不是跟你。」看到清天藍眼睛裡出現一絲憂傷，雷霆心裡有點罪惡感，讓他的希望破滅了，雷霆低下頭。「你永遠是我父親，」他繼續輕聲說。「但你得讓我們做自己，我不會再回去跟你住了，我要走我自己的路。」他猶豫地抬起頭來看清天，很訝異父親的眼神平靜下來了，星花已經陪在他身邊。

「你爸爸了解，雷霆。」她向清天瞥一眼。「這對他來講並不容易，不過他了解。」

清天點點頭，眼底充滿感情。

雷霆喉嚨一緊，趕緊低下頭。「你們要互相照顧。」說完轉身準備離去，他朝靜雨的墳墓望了一眼，陽影還在那邊，閉著眼睛，他是否察覺到空地出現貓靈了呢？

雷霆向灰翅和高影點點頭，然後往上坡走，他該回家了。「謝謝你特地趕來。」他經過河波身邊時向他道謝。

他穿過蕨叢，到達坡頂時轉個方向朝森林走。貓頭鷹的叫聲從雨中傳來，滂沱的雨水打在森林中，風吹過枝頭吱嘎作響。他加快腳步沿著回家的路跑了起來，一直跑到他聽見喵聲從山谷底下傳上來。他停在山谷上方往下眺望營地，一片黑暗籠罩著樹叢和窩穴，雨水沖刷下的石頭閃閃發亮。他往下跳，爪子緊緊地扣住溼滑的石頭表面。到了谷底，他鑽過金雀花叢，聞到夥伴們熟悉的氣味，不禁喜樂滿懷。

「雷霆！」閃電尾迎上前來，一身黑毛因雨水而顯得更加光滑。「我們剛剛還在想，是不是要派巡邏隊出去。」

「我想這種天氣最好還是不要。」雷霆在空地裡，就只有看到閃電尾。「大家都在哪？」

「在他們的窩裡啊！」閃電尾發出呼嚕呼嚕的聲音。「你沒注意到嗎？現在在下雨！」他向雷霆點頭示意，朝空地盡頭佇立的一塊大岩石走，再往岩石旁邊的灌木叢鑽進去，雷霆也跟進去。

在那低矮蔓生的樹叢下，已經挖出可以容納兩個床位的凹洞，雨在上頭嘩啦嘩啦地下，洞裡卻非常乾爽。

「看，」閃電尾朝他們剛剛鑽進來的洞口示意，從這裡可以清楚看到金雀花叢入口。「我覺得這裡是睡覺的好地方，很乾爽，又可以看到有誰進進出出。」

雷霆發出呼嚕呼嚕的聲音。「我的床位是哪一個？」只有一個床鋪了青苔。

閃電尾指向那鋪有青苔的床位。「你今晚先睡我的，」他說。「你一定很累了，明天我們再找新鮮的青苔來鋪你的床。」

外頭金雀花叢傳來沙沙聲，雷霆定住不動，朝營地入口望去。奶草從那裡鑽進來，嘴裡叼著一隻老鼠，葉青跟著鑽進來，啣著一隻田鼠。

「夜間狩獵？」雷霆對閃電尾眨眨眼。

閃電尾發出呼嚕呼嚕的聲音。「他們請粉紅眼照料小貓，黃昏的時候出去的。」

「一起？」

「從你離開以後，他們就沒有分開過。」

雷霆的心整個飛揚起來。雖然外頭下著傾盆大雨，但他卻舒適乾爽地躺在窩裡，而夥伴們也很滿意這裡的生活。明天他就要和閃電尾一起在森林裡探索，為**他的**夥伴帶回獵物。

第二十四章

灰翅的鼻子靠在那塊掩蓋靜雨墳墓的岩石上。

在他身後，高影正和河波道別。「告訴碎冰和斑皮，我們想念他們，知道他們在新家過得開心，我們也很高興。」

河波甩動尾巴。「我竟然曾經獨自住在那小島上，現在如果沒有我的夥伴的話，我真無法想像該怎麼生活。」

灰翅的毛髮沿著脊椎豎了起來，**誰是我的夥伴？**高影跟鋸峰？他已經跟他們在一起生活很久了，不在一起的話好像怪怪的，但是一想到要回去那幽暗的松樹林，他就覺得很鬱悶。或許是因為靜雨離去的悲傷所致，只要有個晴朗的早晨，陽光穿過枝頭灑在針葉林地上，就能讓陰鬱的情緒一掃而空。而且礫心也在那裡，他堅定的眼神總是讓他想起龜尾。

「我們該走了。」清天的叫聲把灰翅從思緒中拉回現實，他哥哥和星花彼此相依地站在一起。「要常來看我們，」他告訴灰翅。「特別是小貓出生後，一定要來。」他的眼光飄向星花，星花回眸以對。

一眼的女兒對清天展現了無比的勇氣與忠誠，灰翅肚腹突然一陣悲傷糾結著，龜尾也曾經像這樣陪伴著他。

你不應該一直活在哀慟中，你應該有自己的伴侶跟孩子。他母親的話語一次又一次地在耳邊迴響。

「你會來看小貓吧？」星花走向灰翅。

「當然。」灰翅心不在焉地回答。

他目送著清天和星花並肩向森林走去。

高影用鼻頭推推陽影。「和我們一起回去吧，」她低聲地說。「你在這裡一直淋雨會感冒的。」

陽影把自己撐起來，目光低垂。礫心趕緊走到黑公貓身邊，用肩膀抵住他的身體，帶著他走向空地邊緣。鋸峰也跟上去，回頭再望了靜雨的墳墓一眼。

高影走在最後。「你要來嗎，灰翅？」

灰翅感到全身都被雨水淋得溼透了，水滴從鬍鬚上滴下來，積在腳下。

「灰翅？」高影瞇起眼睛。

「我來了。」

他走到坡頂的時候，一陣風把小雨打在他臉上。這風帶有高地的氣息，他吸進胸口時，不覺一陣心痛。

你應該有自己的伴侶跟孩子。

礫心引導著陽影繼續往下坡走，朝松樹林的方向前進。

灰翅的腳突然變得很沉重，他停下腳步。「我不能跟你們走了。」

高影扭過頭來，睜大眼睛。「什麼？」

灰翅感到非常內疚，但他得說實話。「我不能再住在松樹林。」

「但那是你的選擇啊！」

「我做這樣的選擇是因為要協助妳建立新家園。」他嚴肅地看著高影。「現在你們已經安頓好了，不需要我幫忙了。」

「是因為我指控你想當家做主嗎？」高影的尾巴不安地抽動著。

鋸峰望著他。「灰翅，我們需要你。」

「不，你們不需要。」灰翅轉過頭來眺望高地。「我在那裡幾乎無法呼吸，你說的沒錯，我在松樹林裡沒辦法跑得跟以前一樣快，但在這裡，在高地風的吹拂之下，我可以盡情奔跑也不會氣喘吁吁。」

「你不會寂寞嗎？」高影很憂慮的樣子。

灰翅想到灰板岩胸口一緊。「但願不會。」

礫心的眼神在黑暗中發出亮光，他離開陽影走向灰翅。「你要選擇你自己想走的路。」他輕聲說道。

「你會介意嗎？」灰翅搜索他的眼神，如果礫心需要他的話，他是不會離開的。

「我希望你快樂，」礫心說。「而且我需要你的時候，我知道要去哪裡找你。」

「你要去哪裡？」高影皺眉頭。「回去老營地嗎？」

礫心的眼光沒有離開灰翅。「他要去風奔的營地。」

灰翅一語不發地回望著他。

高影的眼神飄向鋸峰。「當然。」她向灰翅點頭。「我們會想念你的。」

鋸峰走上前去，鼻子抵在灰翅的肩頭。「要回來看小貓，」他說。「他們會想念你

的。」

灰翅點點頭。「照顧蕨葉。」他感到有些罪惡感，是他邀請她加入的，而他現在卻要離開。不過她待在高影的營地會比較安全，比和斜疤在一起安全。他的肚子一緊。「你們要小心。」他提醒。

鋸峰皺起眉頭。「小心什麼？」

「別忘了，松樹林還是新領土，你不曉得還會有什麼貓會跑出來，說那塊地是他們的。」要跟他們說斜疤的事嗎？**先不要好了**。如果他來了，蕨葉會知道的。她自然會把所有該知道的事告訴他們，沒有必要讓他們先擔心這個。

高影甩動尾巴轉過頭去。「那裡現在是我們的領土了，有必要的話，我們會不惜一戰來保衛它。」

她走向陽影，推著他向前，雨水打在她身上閃閃發光，鋸峰也跟上去。

灰翅用鼻子碰礫心的頭。「我以你為榮。」

「我知道。」說完礫心掉頭，跟著營地夥伴離去。

灰翅轉身往高地的方向走，他看見遠方高地坡頂的雲層逐漸散去，他的內心雀躍不已，索性邁開腳步飛奔。他奔過雨後新綠的高地，鑽進石楠叢，享受著在裡頭穿梭自如的感覺，再鑽出來衝向寬闊的高地。他幾乎忘卻腳傷的疼痛一路奔跑，聞到風奔和小貓的氣味時，已經離營地不遠了。雨勢已經舒緩下來，他抖掉身上的雨水，享受被風吹拂的感覺。走到通往營地的石楠隧道口時，他的身體幾乎都乾了。

他悄悄地走進營地空地，四下張望。空地周圍一片黑暗，沒有一點動靜，**大家一定都在窩裡睡覺**。他應該再走出去，在高地上找個地方過夜嗎？

「有入侵者！」一聲尖叫把他嚇了一跳，利爪往他的臉頰劃過去，有隻貓跳上他的背，刺破他的毛皮。

「塵鼻，是我！」他認出這隻貓的氣味，把他從身上搖下來。小貓還從他身上揪下一團毛，讓他痛得往後縮。

「灰翅？」塵鼻在黑暗中盯著他。「你在這裡做什麼？」

周圍的石楠叢沙沙作響，腳步聲雜沓而至。

「灰翅？」風奔穿過空地。

金雀毛超前走過來。「一切都還好吧？」

曉鯉和蘆葦在幽暗中眼睛閃閃發光。

「一切都還好，」灰翅告訴他們。「但我沒辦法繼續待在松樹林了，在那裡我幾乎無法呼吸，我需要高地的風才能透透氣。」他充滿期待地望著風奔，她會接納老夥伴加入她的新家嗎？

「那就歡迎你加入我們。」風奔發出呼嚕呼嚕的聲響。

蛾飛從窩裡跳出來。「你要來跟我們住嗎？」她繞著他蹦蹦跳跳，眼睛發亮。

「沒錯。」灰翅和小貓玩笑地擊掌。

一股溫暖的氣息襲上鼻腔，他的心跳不由自主地加快了起來。

「灰翅？」灰板岩從石楠叢裡鑽出來，迎向他的目光。「你真的要永久待下來嗎？」她走向他，灰翅感受到她滿滿的氣息。

「是啊。」

塵鼻鑽到他們中間。「你可以讓我當獾騎嗎？」

風奔翻了個白眼。「該睡覺了！」這時雲層已經散去，空中閃耀著星光。

「噢，拜託！」蛾飛以乞求的眼光盯著她媽媽。

「讓我帶他們到高地上吧，」灰翅向風奔眨眨眼。「雨後的石楠聞起來特別清香。」

金雀毛發出呼嚕嚕的聲音。「我要是妳的話，就不會浪費時間跟他們爭辯。」他用鼻子推著風奔的臉頰。「我們回窩裡睡吧，他們想遊蕩就由他們去，孩子們跟灰翅在一起很安全的。」

「他們太大了，不適合再玩騎獾的遊戲。」風奔說道。

「那是灰翅的問題。」金雀毛穿過空地。

「我跟你一起去。」灰板岩說。

「那我呢？」蛾飛喵叫著。

塵鼻爬上灰翅的背時，灰翅哼了一聲。**風奔說的沒錯，小貓簡直重得像隻肥兔子。**

灰板岩走向她。「妳可以爬到我背上來，但我可不敢保證可以背妳很久喔！」小貓爬上去時，她身體還不斷晃動。

「背到高地坡頂！」蛾飛乞求著。

灰翅鑽進隧道，塵鼻壓低身體，讓樹叢摩擦過他的頭。鑽出高地之後，灰翅一路往上坡走，想從坡頂眺望全景。

他的傷腳因為背著塵鼻而痛了起來，可是他並不在乎。灰板岩跟了上來，蛾飛小心翼翼地在她背上保持平衡，灰板岩皺著眉頭吃力地背著這隻小母貓。

「你們兩個，下來吧。」灰翅把塵鼻從肩頭卸下來。「你們可以從這裡跑向坡頂。」

塵鼻跳到草地上。「來吧，蛾飛！我跟妳比賽。」

灰翅看著兩隻小貓衝出去，他和灰板岩並肩在後面走。「我回來妳高興嗎？」他口乾舌燥地問。

灰板岩逗弄地瞄他一眼。「你覺得呢？」

清天和星花緊緊蜷伏在一起，已經是午夜，金毛母貓暖暖地熟睡中。夜空中的星斗，透過橡樹枝頭熠熠發光。

在埋葬靜雨後，他們回到了營地。剛回營時，橡毛和蕁麻急忙上前來迎接，想知道他們發生什麼事了，怎麼在外面耽擱這麼久。在告訴他們靜雨的死訊之後，大夥兒都過來和他摩擦身體，表達慰問之意。赤楊和白樺還拿獵物過來給他，兩隻田鼠是他們在蛇岩那裡抓到的。

清天把一隻田鼠分給星花的時候，白樺瞇起眼睛。「我們是要抓給你的。」

清天瞪著他。「在營地裡我們彼此分享食物。」

赤楊哼了一聲。「發現她不見的時候，我們還以為她又走了。」

清天豎起頸毛。「她是去找我。」

他們不在的時候，是不是又在傳什麼閒言閒語？他們是不是懷疑星花難以信任？如果他們看到她在高影營地展現的忠誠和勇氣，他們就知道答案是肯定的。她把自己擺一邊，不斷地鼓勵安慰著清天，高影和灰翅看到她的付出，也對她平等相待。靜雨欣賞她的氣魄，就連雷霆也開始對她表現出些許敬意。

一想起至親，他不禁悲傷滿懷。連續兩晚，他都跟他們睡在同個樹林底下，他們也一起悼念靜雨。**為什麼他們要選擇跟我走不同的路？**

他閉起眼睛，沉浸在星花帶來的溫暖，帶著倦意沉沉入睡。

✦✦✦

「清天。」

輕柔的喵聲將他喚醒，他扭過頭來，眨眨眼。

一隻銀色母貓站在他的窩邊，眼中閃耀著星光。

「風暴？」他把聲音壓低，身旁的星花動了一下，但沒醒。這貓靈在這裡做什麼？他滿懷罪惡感，想起他對權力的渴望，讓當時肚子裡懷著他孩子的風暴離他而去。而他現在跟星花在一起，比跟風暴在一起的時候更快樂，祂是來指責他的嗎？

「對不起。」他說。

祂睜大眼睛。「為什麼？」祂的聲音中帶著濃濃的情感。「你已經擁有你想要的一切，看到你終於安頓下來，我很高興。」

清天喉嚨一緊。「真希望我當時能給祢幸福。」不堪的往事又再度盤旋心中，鋸峰發生的意外、他和雷霆的爭執，以及與灰翅的戰爭。「我讓大家失望了，尤其是靜雨。」母親憎惡的表情又重現眼前。

「清天，」風暴的眼底滿是疼惜。「原諒你自己。」

靜雨也是這樣告訴我。

「你犯過錯，」祂繼續說。「但這是生活的一部分。」

「我把大家都趕走了。」他淒涼地望著祂。

祂朝星花點頭。「並不是大家。」

他把目光轉往下。「星花了解我。」

銀色光輝灑向清天的窩穴，他抬起頭，風暴的身體如月亮般閃耀著。「其他貓比你想像的還要了解你，你並沒有把他們趕走，他們只是選擇自己要走的路，他們那樣做是對的，你將會看到。」祂仰望星光。「我們都有自己歸屬的地方。」

「祢們不是都應該跟我在一起嗎？」

風暴發出呼嚕呼嚕的聲音。「噢，清天，」她喃喃地說。「你難道真的想讓你的未來充滿過去的陰影？」祂伸出前爪輕輕放在星花的身上。「你的未來在這裡，在你孩子的身上，好好照顧他們。」

清天感到一陣涼意，他睜開眼睛。

我在睡覺！風暴只是一場夢，他轉過身想把鼻子挨在星花的肚子上，對尚未出生的孩子充滿了愛。

星花！她在哪？他的身邊空蕩蕩的，她床位上的青苔是涼的。

「星花？」他低聲喚著，她去上廁所了嗎？有一種不祥的預感在內心升起，他連忙爬起來跳到窩外。

他站在蕨叢邊緣，豎起耳朵。「星花！」

一陣哀號從樹林中傳來。

她受傷了嗎？小貓提早出生了嗎？

他衝出蕨叢往樹林奔馳而去。「星花？」他豎起耳朵，仔細聽叫聲從何而來。

「她在這裡。」挑釁的叫聲從陰影中傳來。

清天的肚子像被利爪揪住一樣，扭頭轉向那聲音。

陰暗中露出眼睛的亮光。

「誰在那？」他發出嘶嘶怒吼。

樹林中黑影幢幢，他看到星花金色的身影，身旁圍繞著三隻毛髮髒亂、滿身傷疤的公貓。

清天亮出利爪。「放了她。」他怒吼著。

「她想走的話，自己可以走。」一隻公貓從後面走上來，他是隻棕色虎斑貓，有著寬闊的肩膀、裂開的耳朵和半邊的鬍鬚，還有一道白色傷疤斜斜劃過胸前。

清天看著他身後的星花，她為什麼不逃呢？她像隻小貓柔順地站在薑黃色公貓和灰色虎斑貓之間。「過來我這裡，星花，我不會讓他們傷害妳的。」

她一動也不動，眼中盡是恐懼。

「星花一向這麼懂事。」棕色公貓訕笑著。

「妳認識這些貓？」清天驚訝地看著星花。

「我們一起長大，」棕色公貓回頭看了星花一眼。「我一直認為她是我的伴侶，不過她竟然懷了你的孩子。」

清天滿腔怒火。「你是誰？」

「我叫斜疤。」公貓沾沾自喜。「一眼的老朋友。」

清天怒不可遏地狂吼。「星花跟我在一起了。」他撐起後腿，發出嘶嘶的聲音，斜疤往後跳，掐住星花。他的爪子刺進她的肩膀，把她往地上拽，壓制在地。虎斑貓和薑黃公貓蹲伏在兩側，齜牙咧嘴。

星花呻吟著，恐懼地睜大雙眼。

清天僵住了，要怎麼樣才能保住星花的安全，又能擊退他們呢？

「這才對嘛，」斜疤吼著。「要傷害這樣美麗的貓不是可惜了嗎？而且她肚子裡又有小貓了，一想到連小貓也會受到傷害，我的心都碎了。」他的鬍鬚冷酷地抽動著。

薑黃色公貓也嘶吼著，眼露凶光。「可憐的小貓。」

清天從脊椎升起寒意，目光觸及星花的眼眸，試圖隱藏恐懼。「你想幹嘛？」

「我告訴你，」斜疤嘶吼。「星花和我在一起很久了，我是一眼最親密的朋友。」

星花眼中燃起怒火。「放開我！」她的腳在地上滑動掙扎，斜疤把她的頭按得更緊，抵住地上潮溼的樹葉。「一眼根本沒正眼瞧過你！」她嘶吼著。「你不配提他。」

斜疤壓平耳朵。「哦，真的嗎？」他爪子一揮，劃傷了她的臉頰。「那妳為什麼答應他成為我的伴侶？」

「那是很久以前的事了！」星花掙扎得更厲害。

看她臉頰上的血汩汩滲出，清天一陣恐慌，他不懂到底發生什麼事了，只希望終止這一切。「停！告訴我，你來這裡做什麼？你到底想要什麼！」

斜疤把頭慢慢轉向清天，放開星花，走上前去，撇著嘴。「別以為我們不曉得你們在招募流浪貓。」他歪著頭，惡狠狠地盯著清天。「為什麼你要建立這麼大的貓族？現在不管我們走到哪，都可以聞得到你們做的記號，看到你們在打獵。」

「所以呢？」清天儘量不把目光飄向星花，她正用腳掌輕觸臉頰。

「這裡以前是我們的，」斜疤怒吼。「流浪貓會把抓到的獵物分給我們，我們就不會去打擾他們。現在他們加入你們，以為自己安全了，再也不用分獵物給我們。」他回頭看著公貓們。「我們愈來愈餓了，對吧？」

「如果要獵物就去抓啊！」清天怒吼。「森林裡有足夠的獵物能餵飽你們。」

「我們不只有三張嘴而已，」斜疤的眼睛瞇成一條縫。「我們惡棍貓有很多，從兩腳獸地盤來的，從松樹林來的，從河邊來的，我們多到你無法想像。」

「為什麼我們從來沒見過你們？」清天不覺心生恐懼。

「因為沒必要，」斜疤吼著。「我們只會在森林的邊緣收取獵物，以前住在這裡的流浪貓知道我們的需求，他們會把捕獲的獵物放著，讓我們自己去拿，他們也不會在邊境打獵，這樣我們根本不需要到這裡來覓食。但是現在流浪貓都幫你打獵了，我們什麼也沒有。」他以威脅的眼神瞪著清天。「為什麼你們這些高山貓要到這裡來壞事呢？」

「我們山上也鬧飢荒。」清天告訴他。

「這樣不行，」斜疤繞著星花，他銳利的眼睛上下打量她。「我們要讓事情恢復原來的樣子。」

「我們不會離開這裡的！」清天嘶吼。

「我們也不會要你們離開，」斜疤停在星花身邊，把嘴湊到她受傷的臉頰，慢慢舔拭她毛上的鮮血。「我只是想和你們其他貓族的首領也見見面，一起來討論，看要怎麼分獵物給我們，就像從前流浪貓做的那樣。」他仰望高掛天空的明月。「明晚，同樣的時間，我要和所有首領在河邊的陽光岩見面。」

清天瞪著他，怎麼可能會有首領同意這狐狸心腸的東西？「如果他們不要呢？」

斜疤的尾巴用力一甩。「那我就殺了星花。」他向虎斑貓點點頭，轉身走進森林。虎斑貓咬住星花的頸背拖行，跟在斜疤後面。薑黃貓也跟上去，在星花後面嘶吼，星花奮力掙扎卻只是徒勞。

清天的思緒翻騰，腳掌充血。他想一股腦兒衝過去救星花，但結果是她可能會死。

還有小貓！

他煩透了。

突然身後的蕨叢沙沙作響，他豎起毛髮一轉身，看見快水鑽了出來。

「妳剛剛在旁邊看嗎？」他倒抽一口氣。

她點點頭，目光銳利。

「那妳為什麼不出來幫忙？」

「二對四？」快水瞇起眼睛。

「三對三！」清天嘶吼。「星花是跟我們同一陣線的。」

「是嗎？」快水一副不相信的樣子。「聽起來她跟斜疤很熟的樣子，妳還記得她為了她父親背叛我們吧？難道她不會再為她父親的朋友又出賣我們一次？」

清天氣急敗壞。「妳沒看到她受傷了嗎？」

「那也可能是他們演出來的。」

清天氣得幾乎要腦充血，他伸出前爪，向快水的臉上劃過去。「這樣像是演出來的嗎？」他嚎叫著。

快水閃躲不及，口鼻冒出鮮血，她不滿地瞪他。「抓傷我也無法讓星花變忠誠。」

「她是忠誠的！」清天嘶吼。「比我的至親還忠誠！」

「只有你才這麼想，」快水用腳掌摸摸口鼻。「你真以為別族的首領會為了救星花冒險？就算她懷了你的孩子，誰會為了救一個叛徒去跟惡棍貓打仗？」

清天盯著母貓，她的忠誠到哪去了？她難道不明白這些惡棍貓威脅的不僅是星花而已？他們威脅的是每一隻貓！他穿過蕨叢，挫折不已。接著繞過坡堤，鑽進荊棘樹叢，走出營地。他繼續朝樹林邊緣前進，樹冠在晨曦中像著了火似地耀眼。快水錯了，其他貓會幫忙的，他們不像她是蠢笨的老傢伙，他們會了解這是大家共同面臨的威脅。

而且他們會為星花而戰的。

他們必須這麼做！就算要用強迫的，清天也會不惜一試。

任誰也不能威脅我的孩子，還能全身而退。

幽暗異象

六部曲

單本定價：250 元

IV 黯黑之夜

惡棍貓首領暗尾已經被擊敗，然而他殘酷的統治所留下的傷痛需要更長的時間才能癒合。傷痕累累的影族失去眾多族貓，河族情況同樣糟糕，幸好兩族都慢慢著手重建。

V 烈焰焚河

失落的天族回歸，卻也迎來動盪的時期。影族與天族合而為一，五大部族如今只剩下三族。一些貓兒堅信河族會重返部族，但在此之前，預言顯示了怒火漫燒將吞蝕營地。

VI 風暴肆虐

影族新族長虎星為了帶領部族重新壯大，使得部族間的鬥爭愈演愈烈。在此同時，幽暗的異象出現，是否暗示有一場無可避免的風暴即將發生？五大部族最終又該何去何從呢？

單本定價：250 元

I 探索之旅

預言又來了，這昭示著貓族們和平又美好的日子即將結束，除非找到預言所指示的事物，否則所有部族將面臨未知的命運。

II 雷電暗影

赤楊掌歷經各種困難，最終抵達天族的營地。但天族已經不知所蹤，他們的領地被一群惡棍貓佔據，這群惡棍貓還目無法紀，甚至是依著弱肉強食的方式生活著。

III 破碎天空

影族已經四分五裂，松樹林被一群惡棍貓占領，征服其他部族之前，首領暗尾都不打算停手。赤楊心比以往更加確定唯一的希望是找到天族並實現預言。

國家圖書館出版品預編目資料

貓戰士五部曲部族誕生. 五, 分裂森林 / 艾琳．杭特 (Erin Hunter)著；鐘岸真譯. -- 初版. -- 臺中市；晨星, 2017.05
面； 公分. --（貓戰士；44）

譯自：A Forest Divided

ISBN 978-986-443-256-1（平裝）

874.59　　　　106003671

貓戰士五部曲部族誕生之V

分裂森林 *A Forest Divided*

作者	艾琳．杭特（Erin Hunter）
譯者	鐘岸真
責任編輯	陳品蓉
校對	陳品蓉、許仁豪、蔡雅莉
封面插圖	約翰．韋伯（Johannes Wiebel）
封面設計	柳佳璋
美術編輯	黃偵瑜
創辦人	陳銘民
發行所	晨星出版有限公司 407台中市西屯區工業30路1號1樓 TEL：04-23595820　FAX：04-23550581 行政院新聞局局版台業字第2500號
法律顧問	陳思成律師
初版	西元2017年05月15日
二版再版	西元2023年04月30日（七刷）
讀者訂購專線	TEL：（02）23672044 /（04）23595819#212
讀者傳真專線	FAX：（02）23635741 /（04）23595493
讀者專用信箱	service@morningstar.com.tw
網路書店	https://www.morningstar.com.tw
郵政劃撥	15060393（知己圖書股份有限公司）
印刷	上好印刷股份有限公司

定價250元

（缺頁或破損的書，請寄回更換）

ISBN 978-986-443-256-1

☐ 我已經是會員，卡號 ______________

☐ 我不是會員，我要加入貓戰士會員

姓　名：______________ 性 別：________ 生 日：______________

e-mail：______________________________

地　址：☐☐☐______縣／市______鄉／鎮／市／區 ________路／街

______段______巷______弄______號______樓／室

電　話：______________________________

☐ 我要收到貓戰士最新消息

貓戰士鐵製鉛筆盒抽獎活動

將兩個貓爪和一顆蘋果一起貼在本回函並寄回，就可以獲得晨星出版獨家設計「貓戰士鐵製鉛筆盒」乙個！

貓爪在貓戰士書籍的書腰上，本書也有喔！蘋果則是在晨星出版蘋果文庫的書籍書腰上！

哪些書有蘋果？科學怪人、簡愛、法布爾昆蟲記、成語四格漫畫...更多請洽少年晨星官方Line ID：@api6044d

點數黏貼處

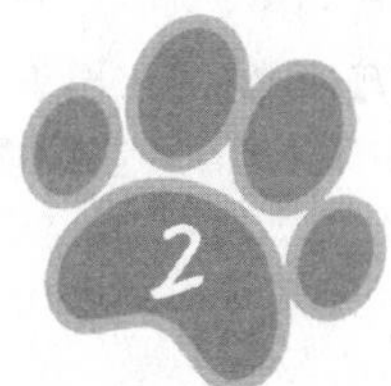

請填妥後對折裝訂，再貼妥郵票寄出

請黏貼
8 元郵票

407

台中市工業區30路1號

晨星出版有限公司

TEL：（04）23595820　FAX：（04）23550581
e-mail：service@morningstar.com.tw
http://www.morningstar.com.tw

請沿虛線摺下裝訂，謝謝！

加入貓戰士俱樂部

【貓戰士會員優惠】

憑卡號在晨星出版社購書可享優惠、擁有限定商品、還能獲得最新消息等會員福利。

Line ID：
api6044d

【三方法擇一，加入貓戰士會員】

1. 填妥本張回函，並寄回此回函。
2. 拍照本回函資料，加入官方Line@，再以Line傳送。
3. 掃描後方「線上填寫」QR Code，立即填寫會員資料。

「線上填寫」
QR Code

★寄回回函後，因郵寄與處理時間，需2～3週。